Daniela Chana
Neun seltsame Frauen. Erzählungen

Neun Musen hatte Apoll, und neun Frauen begegnen uns in diesen Geschichten: Eine versucht, mittels eigener Interessen ihren Ehemann zu vertreiben, eine andere tastet sich im Urlaub an ihre faszinierende Zimmernachbarin heran, eine dritte ist Tellerwäscherin und entdeckt die Zusammenhänge zwischen Lippenstift und Erfolg. Sie sind Mädchen, Frauen, elegante Damen, Beobachterinnen, Konkurrentinnen, heimliche Verehrerinnen, schlagen sich herum mit Psychopathologie und Prekariat und stellen sich mutig Gespenstern und Doppelgängern.

Daniela Chana zeichnet sie alle mit Scharfsinn und Sympathie und lässt sich von den strengen Grenzen der Realität nicht einschränken – mythologische Figuren haben schließlich jedes Recht auf Verzauberungen.

Daniela Chana, 1985 in Wien geboren, promovierte an der Universität Wien im Fach Vergleichende Literaturwissenschaft. Ihre Kurzgeschichten und Gedichte wurden bereits in zahlreichen Literaturzeitschriften (*Lichtungen, kolik, entwürfe, etcetera, Am Erker*) sowie im Feuilleton und in Anthologien veröffentlicht. Auftritte bei diversen Literaturfestivals folgten, u. a. beim Poesiefestival W:ORTE 2016 und 2019 in Innsbruck, beim European Poetry Festival 2018 in London oder beim Wiener Kultursommer 2020. Ihr Lyrikdebüt *Sagt die Dame* (2018) wurde unter die „Lyrik-Empfehlungen 2019" der Deutschen Akademie für Sprache und Dichtung gewählt.

Daniela Chana

Neun seltsame Frauen

Erzählungen

Limbus Verlag

Gedruckt mit freundlicher Unterstützung von
Stadt Wien

Die Arbeit an den Erzählungen wurde gefördert durch das
Startstipendium für Literatur 2017 des Bundeskanzleramts
Österreich sowie ein Arbeitsstipendium des Bundesministeri-
ums für Kunst, Kultur, öffentlichen Dienst und Sport.

Lektorat: Merle Rüdisser
Einbandillustration: © Johanna Rüdisser
Druck: Finidr, s.r.o.

ISBN 978-3-99039-195-2
www.limbusverlag.at

Tháleia (Komödie)

Wenige Wochen nachdem ich den Job als Tellerwäscherin angenommen hatte, verlor ich den Verstand.
Anfangs gefiel mir die Atmosphäre in der Steneküche. Ich genoss es, dass die ganze Zeit um mich herum
Befehle gebrüllt wurden, die mich nichts angingen,
und der Chefkoch regelmäßig Wutanfälle bekam, die
an die gesamte Küchencrew, nur nicht an mich gerichtet waren. Während der Chef de Cuisine vulgäre
Ausdrücke durch den Raum schrie und dabei mitunter Töpfe und Pfannen auf den Boden warf, sodass es
laut schepperte, stand ich seelenruhig und ungerührt
im Kämmerchen neben der Küche und spülte das Geschirr. Es hatte nichts mit mir zu tun, wenn der Koch
das Team als „unfähige Rindviecher" oder als „Säue
und Eber ohne Geschmacksnerven" beschimpfte. Ich
stand da, polierte teure Weingläser und das Porzellan,
das für die Spülmaschine zu heikel war, und nichts war
schwierig, nichts strengte mich an. Die Arbeit war jeden Tag gleichbleibend einfach, es gab nichts, das ich
falsch machen konnte.

Zuvor hatte ich nicht geglaubt, dass es den Beruf
der Tellerwäscherin tatsächlich noch gab. Dann war
ich aber an einem sehr kalten Frühlingstag im April in
die Bücherei gegangen, um Heizkosten zu sparen, und
dort auf einen Zeitungsartikel über Spitzengastrono-

mie gestoßen. Darin wurde erklärt, Geschirrspülmaschinen seien für den Ablauf in einer professionellen Küche zu langsam. Ein gebrauchter Topf müsse stets sofort wieder benutzt werden können, quasi postwendend, und da sei die Arbeit von Hand deutlich effizienter. Zudem gebe es oft heikles Porzellan mit fragilen Verzierungen, das man ohnehin nicht in einer Maschine waschen dürfe. Die Geschirrspülmaschinen, so erfuhr ich, wurden tatsächlich fast nur für robuste Teller, Besteck und Wassergläser verwendet. Ich schlug die Zeitung zu, ging aus der Bücherei und machte mich fast sofort auf die Suche nach einem Job in einer Restaurantküche. Nach der langen erfolglosen Arbeitssuche der vergangenen Monate ging es auf einmal erstaunlich schnell und einfach. Dafür musste ich mir nicht einmal eine Bluse anziehen, ich ging einfach in der Lederjacke und den Sportschuhen hin.

Ich hatte meine eigene Kammer abseits des Geschehens, ein bisschen wie eine Souffleuse im Theater. Jeden Abend kam der Chefkoch für ein paar Sekunden zu mir in die Kammer, um sich auszuschnaufen. Wenn er vor Zorn richtig getobt hatte und die schwierigsten Gänge endlich hinausgeschickt waren, versteckte er sich für eine Weile hinter der Wand neben dem Spülbecken. Ohne mich zu beachten, schloss er die Augen und atmete tief durch. Dann nahm er stets eine kleine Schnapsflasche aus seiner Kochjacke und trank einen ordentlichen Schluck, während ich zwei Meter neben ihm stand, mit dem Schwamm in der Hand. Anfangs schämte ich mich. Ich hielt den Atem an und traute

mich kaum mehr, meine Hand im Spülbecken zu bewegen und ein Geräusch zu machen, weil ich erwartete, dass er plötzlich die Augen öffnen, mich ansehen
und dann anschreien würde, weil ich Zeugin seiner
schwächsten und verletzlichsten Sekunden geworden
war. Erst nach einigen Wochen, nachdem sich das Spiel
fünfzehn oder zwanzig Mal wiederholt hatte, begriff
ich, dass der Koch meine Anwesenheit ignorierte, weil
ich für ihn keine Bedeutung hatte. Ich war niemand,
für den es sich lohnte, herumzuschreien oder Pfannen
und Töpfe auf den Boden zu werfen. Es gab keine Leis-
tung, die mir ein Gesicht verlieh. Ich erfand keine geni-
alen Saucen, an denen man meine Persönlichkeit ablesen konnte, oder dekorierte Teller in einer unverwech-
selbaren Handschrift. Es gab keinen Geschmack oder
kein Gewürz, das man mir zuordnen konnte, sondern
nur einen Stapel sauberer Teller, Gläser und Tassen, die
darauf warteten, wie ein leeres Blatt Papier von jemand
anderem beschrieben zu werden. Ich war für das ständige Löschen zuständig und für das Bereitstellen, mein
Job war nur ein Platzschaffen für andere.

Nachdem ich das begriffen hatte, fiel es mir weniger
schwer, mit diesen intimen Momenten des Kochs umzugehen. Während er neben mir stand und durchatme-
te und seinen Schnaps trank, klapperte ich weiter mit
den Tellern und Gläsern im Spülbecken und täusch-
te meinerseits vor, ihn zu ignorieren. Es war ja auch
nichts Besonderes, dass er trank. In der Küche tranken
alle die ganze Zeit. Alle tranken den Wein, der für die
Saucen verwendet wurde, sodass man ständig fluchte,

die Flasche sei schon wieder leer. Hemmungslos wurde mitunter sogar der teure Wein aufgemacht, der für die Gäste bestimmt war, und dann irgendwo in der Buchhaltung falsch eingetragen. Ganz co-abhängig hielt die gesamte Küchencrew beim Lügen zusammen, damit fehlender Alkohol nicht auffiel. Die Kellner tranken sogar die Reste aus den Weingläsern, die von Restaurantgästen zurückgeschickt wurden.

Obwohl ich schon zweiundzwanzig Jahre alt war, hatte ich noch nie Alkohol getrunken. Eines Abends aber, als das Restaurant eine hymnische Kritik in einem großen Gastronomiemagazin erhalten hatte und zum besten Lokal der Stadt gekürt worden war, feierte die Crew nach Küchenschluss übermütig, und da ergab es sich, dass irgendjemand auch mir ein Glas Rotwein auf die Anrichte stellte. Meine Arme steckten bis zu den Ellenbogen im Schaum, und eine ganze Weile starrte ich irritiert auf das Glas wie auf etwas ganz Fremdes.

„Normalerweise hantiere ich immer nur mit deinen leeren Freunden", sagte ich in Gedanken zu dem Glas. „... oder Feinden", fügte ich noch hinzu, um fair zu sein. Der Wein kam mir vor wie ein Fehler im Bild. Ich schaute das Glas an, während ich weiter das Geschirr abwusch, als wäre ich in dem Moment schon vom Wein hypnotisiert, ohne einen einzigen Schluck getrunken zu haben.

Ich war bisher nur wenige Male auf einer Party gewesen. Es war für mich ein Horror, einen Raum zu betreten, in dem mehrere Leute saßen, die einander kannten. Ich ertrug es nicht, wenn sie die Köpfe nach mir drehten und mich ansahen. Wenn mir jemand eine Frage stellte, wusste ich nie etwas zu sagen. Ich kannte keine Witze, und wenn ich versuchte, lustig zu sein, beleidigte ich meist irgendwen. So hatte es sich nie ergeben, dass mich jemand in die Kunst des Trinkens eingeführt hätte, die man genauso lernen muss wie jede andere Kunst. Und jetzt stand ich da, mit dem weißen Schaum auf den Armen, und das Glas war voll. Es war die einfachste Handbewegung. Ich stellte die letzte Tasse auf das Abtropfgitter, das Wasser lief aus dem Spülbecken, und von meinem Arm tropfte es.

Ich griff hin.

Ich trank.

Es widerte mich an.

Es war zu bitter und zu sauer und brannte im Hals wie bei einer Erkältung.

Das war also Wein: eher Schmerz als Geschmack. Ich stürzte ihn hinunter, um ihn schnell los zu sein wie ein abgelaufenes Lebensmittel, das man vor dem Verfall retten muss, und war froh, als das Glas endlich leer war. Und ausgerechnet danach sollten so viele Menschen verrückt sein?

Ich trocknete die Teller und Gläser mit dem Geschirrtuch ab und stellte sie auf die Regale, dann spülte ich noch mein eigenes Weinglas. Als ich fertig war, ging ich durch die Küche und ein paar Schritte durch den Gastraum zur Toilette. Im Gastraum wurden gerade die Tischdecken ausgetauscht und der Boden gewischt. Vorsichtig schlich ich mich an der Wand entlang, um das Putzpersonal nicht zu stören, und auf einmal, als ich den Blick hob und in den großen Raum schaute, spürte ich es: die Wärme in den Armen und Beinen, die ganz langsam durch den gesamten Körper floss, die Entspannung, die Zufriedenheit. Ich begann zu schweben, etwas in mir lachte ohne Grund.

Das war also Wein: die Wärme, die danach kam.

Ich lachte, während ich auf der Toilette war, und ich lachte, während ich mir die Hände wusch. Als ich beim Griff zur Türklinke ein wenig schwankte, sagte ich „Ups", weil betrunkene Leute in Filmen das manchmal so taten, und ich war jetzt eine von denen. Ich war mir nicht sicher, ob ich auch „Ups" gesagt hätte, wenn ich nie so einen Film gesehen hätte. Mit einem Lächeln ging ich zurück in die Küche und genoss bei jedem Schritt den leichten Schwindel. Zum ersten Mal hatte ich eine Ahnung von der ungeheuren Macht bekommen, die in einem Gefühl steckt. „Wer so ein Gefühl in einem Menschen auslösen kann, wird angebetet werden wie ein Gott", dachte ich. In meinem betrunkenen Zustand schien ich auf einmal alles zu verstehen, was mir früher kompliziert erschienen war: die Wirkungsweise von Religionen, außerdem die Liebe, den Populismus, Diktaturen und überhaupt die ganze Populärkultur. Das leuchtete mir plötzlich alles ein. Wahrscheinlich auch die Wirtschaft, die Börse. Überall ging es um Gefühle, um innere Erregung, um Menschen, die ihr Leben lang nach nichts anderem strebten als nach einem richtig guten Gefühl.

Als ich zurück in die Küche kam, sah ich einen Haufen Menschen, die deutlich mehr getrunken hatten als ich und deutlich weniger betrunken waren. Sie hielten ihre Weingläser mit Eleganz und ohne das kleinste Schwanken. Ich taumelte in meine Kammer, wo ich neben dem Spülbecken meine braune Lederjacke und die Umhängetasche aufgehängt hatte, und zog mich an. Jemand hatte in der Küche Musik aufgedreht, ich hörte eine leise Gitarre und eine Sängerin, die mit dunkler Stimme traurig auf Spanisch sang. Die Melodie schoss durch meine geweiteten Adern mit einer Heftigkeit, die ich noch nie erlebt hatte. Damit eine Frau so singen konnte, dachte ich, musste ihr Mund zuvor viele Weingläser und viele Lippen von Männern berührt haben.

Bevor ich die Kammer verließ, warf ich noch einen Blick auf das leere Weinglas, mein Glas, das als einziges jetzt noch umgedreht auf dem Abtropfgitter stand. Ich wollte es über Nacht stehen lassen wie ein Denkmal und erst am nächsten Morgen einräumen, oder gar nicht, nie wieder. Für immer sollte dieses Glas da stehen, es war ein historisches Monument, und außerdem war es wirklich besonders schön. Ein Wassertropfen perlte auf dem glänzenden Stiel. So schön war ein Glas noch nie gewesen. Schweigend ging ich durch die Küche und winkte den Köchen mit der linken Hand, aber niemand sah mich.

Noch nie hatte ich auf meinem Heimweg vom Restaurant den Sternenhimmel gesehen. Normalerweise schaute ich nur vor mir auf den Asphalt und bemühte mich, den kurzen Fußweg so schnell wie möglich hinter mich zu bringen, um nicht ermordet oder vergewaltigt zu werden. An diesem Abend hatte ich zum ersten Mal keine Angst vor den Gefahren der Dunkelheit, sondern ging gemütlich wie bei einem Spaziergang und schaute nach oben. Bisher war mir ja noch nie etwas zugestoßen, und sollte doch etwas passieren, fühlte ich mich jetzt stark genug, irgendwie damit fertig zu werden. Sollte ich ermordet werden, so könnte mir das nachher sowieso egal sein, und im Falle einer Vergewaltigung würden mir schon Psychologen mit einer Traumatherapie helfen können. Mir war jetzt einfach alles egal.

Fünfzehn Minuten später sperrte ich die Tür zu meiner Einzimmerwohnung auf. Wankend und glückselig duschte ich und zog mir meinen Pyjama an, danach stand ich an der Küchenanrichte und aß ein Käsebrot mit Senf und saurer Gurke. Langsam merkte ich, wie mir die Betrunkenheit verloren ging; sie wurde immer weniger. Am liebsten hätte ich sie festgehalten, wollte nie wieder ohne sie sein, aber sie rann mir durch die Finger, und nach dem letzten Bissen vom Käsebrot fühlte sich alles schon wieder ganz normal an. Ich putzte mir die Zähne, legte mich auf die Matratze am Boden und deckte mich mit zwei Decken zu, weil es ein kühler Frühling und das Heizen teuer war.

Als ich am nächsten Tag ins Restaurant kam, waren die Köche bereits mit dem *Mise en Place* beschäftigt. Niemand zeigte irgendwelche Anzeichen von Betrunkenheit oder einer langen Nacht. Der Chefkoch machte nebenbei schnell einen Topf Spaghetti mit Tomatensauce und Zucchini für die Küchencrew. Ich aß meinen Teller stumm und verstand nicht, was die anderen meinten, wenn sie den Chefkoch mit dem Ellenbogen in den Oberarm stießen und sagten: „Die Nudeln sind aber nicht al dente!", oder: „Die Sauce ist ein Graus! Das kriegt ja meine Oma besser hin!" Sie machten das jedes Mal. Das Essen für die Küchencrew war die einzige Gelegenheit, bei der jeder am Koch etwas aussetzen durfte.

In der ersten Stunde gab es für mich immer nur wenig zu tun, da putzte ich in meiner Kammer an der Anrichte herum und hörte zu, was sich in der Küche abspielte. Dort war von *Foie gras* und Kaviar die Rede, von Trüffel, Austern und Fichtennadeln. Unter den meisten Begriffen hatte ich mir zu Beginn kaum etwas vorstellen können, und Fichtennadeln waren in meiner Welt auf keinen Fall etwas Essbares, sondern höchstens etwas Aromatisches gewesen, aber das lernte ich in dieser Zeit recht schnell: dass man eigentlich nicht mit der Zunge, sondern mit der Nase kocht und isst. Deswegen wurden in diesem Restaurant auch Blumen auf den Tellern serviert, von denen ich mich immer fragte, wer eigentlich als Erster getestet hatte, ob die giftig waren. Auch der Verstand spielt beim Kochen nicht immer eine Rolle. Das begriff ich, nachdem mir klargeworden war, dass es sich bei Foie gras um die Fettleber von Gänsen handelte. Von diesem Moment an sah ich die gesamte Spitzengastronomie mit anderen Augen.

Die folgenden Tage vergingen ohne besondere Erlebnisse. Ich wusch Geschirr, aß die angeblich komplett misslungene Pasta des Chefkochs, niemand stellte ein Glas Wein auf meine Anrichte. Nur mein Blick war ein wenig wissender, ein wenig verstehender, wenn ich sah, wie die Kellnerin in der schicken Schürze ein Tablett mit zwei Rotweingläsern hereintrug, von denen eines nicht ganz geleert war, und dann vor mir und dem Spülbecken haltmachte, sich zur Seite drehte und verstohlen den Rest aus dem Glas trank.

Am sechsten Tag nach meinem Wein-Erlebnis geschah aber etwas Bedeutendes. Es war ein Freitagabend, das Restaurant war komplett gefüllt. Seit der Kritik in dem Magazin war das Lokal jeden Abend ausgebucht, und die Wartezeit für Tischreservierungen betrug mehrere Wochen. Nachdem ich eine große Ladung Geschirr fertig abgewaschen, getrocknet und in die Regale geräumt und die weniger heiklen Stücke in die Spülmaschine gegeben hatte, beschloss ich, schnell zur Toilette zu gehen, ehe die Kellner den nächsten Stapel bringen würden.

Bei den wenigen Schritten, die ich durch den Gastraum gehen musste, drückte ich mich wie immer dicht an der Wand entlang, um so wenig wie möglich aufzufallen. Dabei warf ich meinerseits einen neugierigen Blick auf die vollen Tische. Es war ein bizarres Vergnügen, dieses Überladene zu sehen. Alles war hier irgendwie übertrieben: das Essen auf den Tellern, der Schmuck der Damen, die Noblesse der Herren. Jedes Mal kam es mir vor, als blickte ich in eine Welt, die sich ein Kind ausgedacht hatte. Dieses Kind wusste noch nichts von Heizkosten und Stromrechnungen, außerdem von Bettlern auf der Straße und Gänsen, die monatelang mit Metallrohren gemästet wurden, damit sie eine Fettleber bekamen, die man Foie gras nannte. „Ärzte sprechen Latein, um ihre Patienten nicht zu beunruhigen, und Küchenchefs sprechen aus demselben Grund Französisch", dachte ich. Hier war das Leid unsichtbar und nur der Zweck im Vordergrund, jeden Abend war der Raum voller Menschen, die glaubten, alles sei gut, sie seien nur zum Genießen auf der Welt und die Sintflut könne nach ihnen ruhig kommen. Sie wussten nicht, dass die Sintflut um sie herum schon längst begonnen hatte und sie nur auf einem Floß mit vier Wänden und Sichtschutz dahintrieben. Sie wussten nicht, wer die waren, die ihre Teller wuschen, und die, die auf ihren Tellern lagen.

Als ich eine Minute später wieder aus der Toilette herauskam, drang plötzlich ein Schrei durch den Gastraum. Ich zuckte zusammen und schaute zum Ecktisch neben dem Aquarium, wo eine Frau mit kinnlangen schwarzen Haaren gerade mit zorniger Geste von ihrem Platz aufstand und ihre Serviette auf den Teller warf. Sie trug ein elegantes schwarzes Kleid und hohe Lederstiefel. Ihre Lippen waren auffällig rot geschminkt, sodass sie durch den ganzen Raum leuchteten, während sie sprach. Ich hatte noch nie Lippenstift getragen.

„Du widerlicher Idiot!", schrie sie den Mann an, der ihr gegenüber saß. „Alles, was du kannst, ist Vorwürfe zu machen und andere zu erniedrigen! Du findest den schwachen Punkt eines Menschen, und darin bohrst du dann herum!"

„Ich bitte dich, mach doch jetzt keine Szene", sagte der Mann etwas leiser und blickte ängstlich nach allen Seiten. Alle im Raum schauten zum Tisch neben dem Aquarium, auch die Fische. Am dezentesten die Kellner.

„Du musst dich entschuldigen! Ich erwarte von dir, dass du dich entschuldigst!", schrie die Frau. Noch nie hatte ich so tiefroten Lippenstift gesehen. Aus beruflicher Routine warf ich einen Blick auf das Weinglas, das vor ihr stand. Am Trinkrand war ein halbkreisförmiger roter Abdruck.

Der Mann hob beide Hände wie ein Agent in einem Film, der mit einer Waffe bedroht wird. „Himmel, es tut mir ja leid! Ich hatte das doch auch gar nicht so gemeint."

Er schien wirklich Angst zu haben. So war das also, dachte ich: Wenn Frauen mit tiefrotem Lippenstift zornig herumschrien, dann hatten Männer Angst. Eine Weile stand ich noch still und beobachtete die Frau, die sich aufgeräumt mit der Hand durch die Haare fuhr, den Kopf wiegte und sich schließlich wieder setzte. Elegant griff sie zum Rotweinglas und trank einen großen Schluck. Das Glas stand ihr gut.

Als ich zu meinem Spülbecken zurückkam, dachte ich erst einmal nicht mehr an die Szene, die ich beobachtet hatte. Die Kellner lieferten mir im Sekundentakt schmutziges Geschirr und ich konzentrierte mich völlig auf meine Arbeit, die mich manchmal fast in einen tranceähnlichen Zustand versetzte. Dann aber fiel mir plötzlich im Schaum eine Tasse mit einer abgestoßenen Stelle am Trinkrand auf. Es gab mehrere Tassen mit abgestoßenen Stellen in diesem Restaurant, was mich am ersten Arbeitstag sehr verwundert hatte. Erst später war mir erklärt worden, die kleinen Mängel würden besonders geschätzt, weil sie dem Porzellan ein edles und fast antikes Aussehen gäben, das perfekt in das Konzept des Lokals passe. Tatsächlich bekamen die Tassen dadurch den Charakter von Individuen.

Ich weiß nicht, woran es lag, aber plötzlich schien diese Tasse dem Mann zu ähneln, den ich soeben beobachtet hatte. Abgeschlagen und traurig lag sie in meiner Hand, und während ich sie mit dem Schwamm polierte, hörte ich die Worte des Mannes wieder, die nun aus der Tasse kamen: „Ich bitte dich, mach doch jetzt keine Szene!"

In meiner Fantasie war es die Tasse, die redete. Nachdem ich sie lang genug mit dem Schwamm poliert hatte, ließ ich sie in den Schaum zurücksinken, wühlte mit den Händen im Spülwasser und erfühlte plötzlich ein Weinglas. Majestätisch tauchte es auf, der Schaum lief daran hinab und über meinen Handrücken, und ich spürte: Dieses Weinglas war die Frau. Man erkannte noch rote Lippenstiftspuren am Trinkrand. Ich stellte mir vor, wie die Lippenabdrücke selbst zu Lippen wurden und die Worte der Frau wiederholten: „Du widerlicher Idiot! Alles, was du kannst, ist Vorwürfe zu machen und andere zu erniedrigen! Du findest den schwachen Punkt eines Menschen, und darin bohrst du dann herum! Du musst dich entschuldigen!"

Nachdem das Glas gesprochen hatte, wischte ich heftig mit dem Schwamm den roten Lippenstift ab, dann ließ ich es zurücksinken. Es war wieder stumm.

Jetzt musste die Tasse wieder auftauchen. Ungeduldig wühlte ich im Schaum. Da hatte ich sie, griff sie am Henkel, zog sie hoch, die abgestoßene Stelle am Trinkrand sagte: „Himmel, es tut mir ja leid!"

In diesem Moment kam der Chefkoch herein. Ich hatte gar nicht daran gedacht, dass es schon wieder Zeit für sein Verschnaufen war. Hastig ließ ich die Tasse im Schaum verschwinden und polierte unter den Wellen an irgendetwas herum. Der Chefkoch lehnte sich mit geschlossenen Augen an die Wand neben dem Spülbecken, zwei Meter von mir entfernt, und schnaufte tief durch. Ich ging meiner Arbeit nach, spülte ein Glas, eine Tasse, aber mein Herz klopfte, als hätte mich jemand bei etwas Peinlichem erwischt.

„Eines Tages schicke ich die alle zum Teufel", flüsterte der Chefkoch plötzlich.

Ich erschrak heftig, noch nie hatte er in meiner Kammer etwas gesagt. Verschämt schaute ich auf den Schaum. Sprach er mit sich selbst oder mit mir?

Da machte er die Augen auf und sah mich direkt an. „Das ist doch ein unfähiges Pack da draußen!", sagte er.

Diese Worte waren eindeutig an mich gerichtet, denn nun sah er mir aufmerksam und abwartend in die Augen. Es kam mir vor, als hätte ich bei einem Waldspaziergang einen wilden Bären getroffen, der plötzlich anfing, sich für mich zu interessieren.

„Findest du nicht auch?", fragte er.

Ich erinnerte mich vage an Filmszenen, in denen Männer mit Bierdosen an Imbissbuden standen und fremden Menschen ihr Herz ausschütteten. In solchen Situationen musste man immer nicken, auch wenn der Mann so etwas sagte wie: „Meine Frau hat es verdient, dass ich sie schlage, findest du nicht auch?"

Ich nickte also und sagte: „Ich verstehe zu wenig davon."

Der Koch wurde fahrig, etwas ungehalten: „Na, aber du kannst doch wohl essen?! Dann kannst du auch die Qualität von Köchen beurteilen. Kannst du essen oder nicht?"

„Ich tue es des Öfteren."

„Na also! Gestern war doch Ruhetag. Was hast du gestern gegessen?"

Er war einen Schritt auf mich zugekommen, ich wich ein wenig zurück. Meine Hände hingen immer noch im Schaum. Es war unangenehm für mich, dass er mich so selbstverständlich mit Du ansprach. „Gekochte Kartoffeln mit Salz und Senf, dazu eine Eierspeise mit Schnittlauch und gebratenem Speck und danach einen Apfel."

„Und was sonst?"

„Nichts Besonderes, am Abend noch ein Käsebrot mit Essiggurke und Senf."

„Das ist alles, was du einen ganzen Tag lang isst?"

„Es ist nahrhaft und ich muss aufs Geld schauen."

„Ach ja, du verdienst ja noch schlechter als ich hier!"

Dabei winkte er böse mit der Hand, als wolle er das zu niedrige Gehalt wegwerfen. Ich hatte das Gefühl, dass er den Unterschied zwischen dem, was ich verdiente, und dem, was er verdiente, trotzdem nicht verstand.

„Aber weißt du", sagte er dann ganz weich, „die Menschen, die eine gute Arme-Leute-Küche beherrschen, die können wirklich kochen! Es gibt keine größere Kunst, als aus ganz wenigen Rohstoffen und mit ganz wenig Geld ein gutes Essen zu machen. Das Arme-Leute-Essen ist die Königsdisziplin! Jemanden mit einem Truthahn zu beeindrucken, ist nicht schwer, aber nur mit Zwiebeln, Kartoffeln, einem Stück Brot und ein paar Kräutern jemanden satt und glücklich zu machen, das ist echte Meisterschaft."

Er seufzte, dann griff er in seine Kochjacke und zog seine Schnapsflasche hervor. Ich schaute in den Schaum, während er trank. Als er die Flasche wieder verstaut hatte, redete er weiter: „Wenn ich mein eigenes Restaurant hätte, dann würde ich es *Arme-Leute-Küche* nennen und dort nur ganz einfache Gerichte anbieten. Das ist im Trend, ich sag es dir! Die Leute wollen doch diesen ganzen Konsumwahnsinn nicht mehr! Das beste Gericht auf meiner Karte würde heißen: *Alle Reste aus der Küche auf einem Teller*. Das wäre so eine Art Überraschungsmenü. Jeden Tag fallen ja andere Küchenabfälle an, und der Chefkoch würde daraus spontan und kreativ ein vollwertiges Gericht zaubern. Der Witz daran wäre, dass die Leute beim Bestellen gar nicht wissen, was diesmal alles auf dem Teller sein wird."

„Aber wäre das nicht ein Problem mit dem Allergene-Gesetz? Also, ich dachte, es müssen auf der Speisekarte immer bei jedem Gericht die Zutaten aufgelistet sein, die allergische Reaktionen auslösen können."

Der Chefkoch schaute mich böse an: „Ach, da schreibe ich einfach hin: *Es könnten heute sämtliche Allergene enthalten sein oder keine – fragen Sie, wenn es Sie unbedingt interessiert, einfach den Kellner, er ist ein Mensch und man kann mit ihm reden! Zu früheren Zeiten war es so üblich, dass Menschen miteinander geredet haben! Da musste man keine komischen Buchstabencodes in irgendwelche Karten schreiben."* Er wedelte mit dem Finger wie ein Lehrer, dann fügte er noch hinzu: „Genau das schreibe ich auf die Karte. Ach, mein Ideal wäre sowieso, dass es gar keine Speisekarten mehr gibt! Auf eine Tafel sollte man schreiben, mit Kreide, was man an dem Tag anbietet, und jeden Abend wird das wieder mit einem Schwamm abgewischt. Alles andere ist doch lächerlich."

Sicherheitshalber nickte ich und stellte mir unseren Sternekoch in einem kleinen rustikalen Restaurant vor, wo es eine Tafel statt einer Speisekarte und anstelle von Kaviar oder Fichtennadeln nur ein paar große Säcke mit Kartoffeln, Karotten, Zwiebeln und Brot gab. Wagemutig fragte ich: „Würden Sie dort Gänsestopfleber servieren?"

„Bist du verrückt?", rief der Koch, griff sich mit der Hand ans Herz und schaute mich ganz entsetzt an. „Nie im Leben!"

„Sie mögen also gar keine Stopfleber?"

„Es ist mir ein Graus! Ich leide darunter genauso wie eine Gans!"

„Aber wie können Sie das dann jeden Tag hier zubereiten?"

Der Koch schwieg eine ganze Weile, dann sagte er: „Wie kannst du den ganzen Tag mit deinen Händen im Schaum stecken?"

Damit drehte er sich um und verließ meine Kammer.

Ich hatte nie Lippenstift getragen, aber am nächsten Tag ging ich vor Schichtbeginn in die Parfümerie neben dem Restaurant und strich mit den Fingerspitzen über die schwarzen und goldenen Stifte, die wie Weinflaschen aus Löchern an der Wand ragten. Ich suchte nach dem tiefen Rot der dunkelhaarigen Frau, nicht weil ich es selber tragen wollte, sondern weil ich es bei mir haben, es berühren und riechen können wollte. Wie ich es schon bei anderen beobachtet hatte, testete ich die Lippenstifte auf meinem Handrücken. Mit zitternden Fingern schraubte ich einen nach dem anderen auf und malte damit Striche auf meine linke Hand.

Es dauerte mindestens fünfzehn Minuten, bis ich eine Farbe gefunden hatte, die mir intensiv und dunkel genug erschien. Vermutlich war es nicht exakt derselbe Farbton, den die dunkelhaarige Frau getragen hatte, aber er kam zumindest so nah heran, dass ich den Lippenstift besitzen wollte. Erst jetzt suchte ich nach dem Preisschild und erschrak heftig, als ich sah, dass er über dreißig Euro kostete. Konnte das wahr sein?

„Kann ich Ihnen helfen?", fragte plötzlich eine Verkäuferin hinter mir.

Ich starrte auf die Lippenstifte und murmelte: „Nein, danke."

Leider kam sie näher an mich heran und beugte sich ein wenig vor, sodass sie mein Gesicht sehen konnte. „Ich berate Sie gerne, wenn Sie einen neuen Lippenstift suchen. Ich glaube, der hier wird ein bisschen zu dunkel für Sie sein. Sie sind ein hellerer Typ! Probieren Sie mal einen, der mehr ins Orange geht."

Ich mochte es nicht, von Verkäuferinnen angesprochen zu werden. „Ich hab mich schon entschieden", sagte ich leise.

„Aber eine hellere Farbe passt besser zu Ihnen", erklärte die Verkäuferin eifrig. „Probieren Sie mal diesen." Sie nahm ein Exemplar aus dem Regal, drehte die Verschlusskappe ab und hielt mir einen orangefarbenen Lippenstift entgegen.

„Das ist nicht das, was ich suche ..."

„Probieren Sie doch einmal! Sie werden nicht glücklich sein, wenn Sie jetzt unüberlegt eine Farbe kaufen! Glauben Sie mir, da braucht man viel Geduld und Erfahrung, sonst ärgert man sich ewig!"

„Wie lange hält denn so ein Lippenstift?"

Die Verkäuferin blinzelte. Sie war sehr stark geschminkt. Vielleicht musste sie alle unverkauften Produkte aus dem Sortiment aufbrauchen, bevor sie schlecht wurden. Sie sagte: „Äh ... also, unsere Produkte halten genauso lang wie alle anderen Lippenstifte. Es kommt natürlich darauf an, wie oft Sie ihn verwenden."

„Wenn man einen Lippenstift jeden Tag trägt, wie lange kommt man dann damit aus?"

„Na ja ... Ich komme mit meinen Lippenstiften mindestens eineinhalb Jahre aus, aber ich verwende immer mehrere parallel."

„Da bin ich aber beruhigt. Man zahlt also für eineinhalb Jahre dreißig Euro. Das ist dann so wie etwa ... na ja ... äh ... zweiundfünfzig plus sechsundzwanzig, nicht wahr ... also, dreißig durch achtundsiebzig ... das sind wohl vierzig Cent pro Woche. Das geht ja fast."

Die Verkäuferin schaute mich verständnislos an.

„Obwohl", fügte ich noch hinzu, „nur um sich die Lippen anzumalen? Ich meine, kann einem das wirklich vierzig Cent pro Woche wert sein?"

Ich hatte eher zu mir selbst gesprochen. Dennoch hatte die Verkäuferin genau zugehört. „Also, ich weiß jetzt nicht genau, was Sie meinen, aber es ist wissenschaftlich erwiesen, dass Frauen, die sich schminken, mehr Erfolg im Berufs- und im Privatleben haben. Sie treten selbstsicherer auf, sind erfolgreicher bei Vorstellungsgesprächen, finden leichter einen Partner, werden generell ernster genommen. Aber man muss natürlich die richtige Farbe wählen! Bei Ihnen wäre das eher ein heller Ton."

Erstaunt schaute ich auf ihre Finger mit den langen, rosa lackierten Nägeln, an denen sie die verschiedenen Punkte aufgezählt hatte. Am Handrücken traten ihre Adern stark hervor.

„Das alles hängt davon ab, ob sich eine Frau die Lippen anmalt?"

Die Verkäuferin verlagerte ihr Gewicht auf eine Seite, ein Gelenk knackte, sie stützte sich mit einer Hand am Lippenstiftregal ab. „Nun ja, ein gepflegtes Auftreten verbessert eben den Eindruck, den man macht. Bei einem Vorstellungsgespräch oder auch bei einem Kennenlernen in einer Bar zählt zunächst einmal der erste Eindruck von einer Person. Das wird innerhalb von Sekunden entschieden. Das ist wissenschaftlich erwiesen."

„Aber warum passen zwei Leute besser zusammen, wenn die Frau einen roten Lippenstift trägt?"

„Sehen Sie, es kommt eben auch darauf an, in welcher Liga Sie spielen wollen und zu welcher Schicht Sie sich zugehörig fühlen. Das sind geheime Codes, die wir unterbewusst verstehen." Sie machte eine kurze Pause, dann fügte sie noch hinzu: „Das ist wissenschaftlich erwiesen."

„Ich glaube, ich hab sozusagen noch nie in irgendeiner Liga gespielt."

„Das tun Sie ja automatisch! Wenn Sie nirgends mitmachen, dann sind Sie eben in der Außenseiter-Liga."

„Oh, ach so. Und in welche Liga würden Sie diese Farbe einordnen?" Ich hielt ihr den dunkelroten Lippenstift hin.

Sie schaute ihn nur widerwillig an. „Ich würde sagen, diese Farbe ist für Dunkelhaarige mit sonnengebräunter Haut."

„Das ist eine eigene Liga? Die Dunkelhaarigen?"

„Nein. Das Dunkelrot ist etwas für sehr selbstbewusste, elegante Frauen. Frauen in hohen beruflichen

Positionen oder Gattinnen von ebensolchen Männern. Und ich würde diese Farbe nur am Abend tragen, aber es kann schon sein, dass eine sehr selbstbewusste Frau damit auch tagsüber aus dem Haus gehen kann."

Ich schaute den Lippenstift an. Dass die Frau, die ich beim Streiten beobachtet hatte, zur Liga der selbstbewussten und eleganten Frauen gehörte, hätte ich irgendwie auch ohne Farbanalyse gewusst, das musste nicht erst wissenschaftlich erwiesen werden. Umso verdächtiger kam es mir plötzlich vor, dass die Verkäuferin mir diese Farbe unbedingt ausreden wollte.

„Und wofür steht der orangefarbene Lippenstift?", fragte ich und zeigte auf das Modell, das sie mir die ganze Zeit ins Gesicht hielt.

„Es ist eine dezente Farbe für unscheinbare, etwas biedere Typen. Das brave und bescheidene Mädchen von nebenan. Damit wird man keinen Mann verführen, aber man kann den Sohn von der Nachbarin heiraten und mit ihm fünf Kinder haben."

Ich wusste, dass sie jetzt absichtlich gehässig war, und lächelte ihr zu. „Ich nehme das Dunkelrot."

„Sie haben wohl noch Hoffnung, oder wie? Na ja ..."

An der Kassa fiel es mir doch etwas schwer, so viel Geld für einen Lippenstift auszugeben. War das wirklich nötig? Für das Geld konnte man in den Supermarkt gehen und Fleisch, Salat und Gemüse kaufen. Aber ich spürte die wunderbare Erregung in mir, die mich überzeugte. Den Lippenstift in meiner Faust zu halten war fast, als berührte ich die Lippen jener Frau.

Aber warum? Wollte ich das überhaupt?

Ein paar Stunden später war ich schon wieder mit meinem Theater im Schaum beschäftigt. Ein Weinglas mit rotem Lippenstiftrand war erneut in meiner Fantasie zur Frau geworden, die heftig mit ihrem Gegenüber stritt. Diesmal warf sie dem Mann seinen wiederholten Ehebruch vor.

„Und du?", fragte plötzlich die Teetasse mit dem abgeschlagenen Rand. „Hast du mich etwa nicht betrogen? Oder zählt das bei Frauen nicht?"

„Doch", empörte sich das Weinglas, wütend aus dem Schaum auftauchend. „Aber bei mir war es Liebe! Ich habe den Mann geliebt, mit dem ich dich betrogen habe."

„Na, vielen Dank", rief die Teetasse.

„Ja, ich habe ihn geliebt, und trotzdem bin ich zu dir zurückgekommen. Weil das Leben mit dir mir wertvoller war als diese heftige Verliebtheit. Aber du … Du hast mich wahllos betrogen, mit irgendwelchen Frauen, die gerade verfügbar waren und für die du gar nichts empfunden hast!"

Darauf tauchte das Weinglas zornig unter. Während die Teetasse noch über eine Antwort nachdachte, bemerkte ich zunächst nicht, dass der Koch hereinkam und einen Schluck aus seiner Schnapsflasche trank. Erst als er zu sprechen begann, schrak ich hoch.

„Ein fantastisches Gericht, das man in einem einfachen Gasthaus anbieten könnte, wäre zum Beispiel auch Sauerkraut mit Knödeln."

Schnell ließ ich die Tasse los, die in den Schaum sank und auf das Weinglas traf. „Sauerkraut mit Knödeln?", fragte ich.

„Aber ja. Das wäre der Renner in unserem Gasthaus."

„In unserem Gasthaus?"

„In unserer Arme-Leute-Küche. Sag, was hast du heute zum Frühstück gegessen?"

Ich zögerte. Es ist schwierig, nicht beleidigt zu sein, wenn man zuerst von einer Lippenstiftverkäuferin als unscheinbar und bieder bezeichnet wird und am selben Tag ein Koch mit einem eine Arme-Leute-Küche eröffnen will.

„Äh ... Ich habe ein Ei in der Pfanne aufgeschlagen und dazu ein paar Cocktailtomaten und Kräuter."

„Fantastisch! Die Cocktailtomaten in die Pfanne, bis sie so richtig heiß und schrumpelig und an einigen Stellen schwarz sind und die Haut sich ablöst?"

„Äh, ja, genau so."

„Fantastisch! So sind Tomaten am allerbesten! Ich sage sogar, anders kann und soll man Tomaten gar nicht essen. Du bist wenigstens noch jemand, der Ahnung hat und ein Gespür!"

Er schwieg einen Moment und schaute verträumt über das Tellerregal, als sähe er dort eine unendliche Weite. Dann machte er plötzlich eine wegwerfende Geste und sagte: „Die Ochsen da drüben sind ja komplett unfähig!" Dabei deutete er mit dem Kopf in die Küche, wo das Personal eifrig und angespannt arbeitete. „Die können nichts ordentlich marinieren und abschmecken. Schweine haben bessere Geschmacksnerven als diese Ochsen!"

Ich schaute kurz rüber zu den Ochsen. Einer war soeben damit beschäftigt, ein Lachsfilet millimetergenau auf einem Teller mit Reis, Fisolen und Champignons anzurichten.

„Die Arme-Leute-Küche, das hat Potenzial!", rief der Chefkoch.

„Aber sind Sie sicher, dass viele Menschen bereit sind, Geld für Gerichte auszugeben, die sie ganz leicht auch selber zu Hause machen können? Also, eine Suppe mit Zwiebeln und Kartoffeln und ein paar Kräutern ..."

„Was soll denn das heißen? Hast du eine Ahnung! Die Leute sind doch alle komplett unfähig! Die können ja alle gar nichts! Die gehen in ein Restaurant, damit ihnen jemand Nudeln mit Tomatensauce macht, weil sie sogar dafür zu blöd sind! Jetzt sag ich dir mal was: Einer meiner ersten Jobs war in einer Küche für Fertiggerichte. Da hab ich den ganzen Tag frisches Essen gekocht, das dann mit Zusatzstoffen haltbar gemacht wurde. Das waren so lächerliche Sachen wie Nudeln in Rahmsauce mit zwei, drei Kräutern. Oder Nudelsuppe. Lächerlich einfache Dinge! Und das muss den Leuten jemand vorkochen, damit sie sich das im Supermarkt in einem Packerl kaufen und zu Hause innerhalb von zehn Minuten aufwärmen können. Weil die zu blöd sind, selber Nudeln in ein Wasser zu geben und sich irgendeine Sauce zu machen. Die Blödheit ist grenzenlos!"

Es gefiel mir, wenn der Koch schimpfte. Er hatte dann so viel Energie und Leben in sich, und das war insgesamt mehr Energie und Leben als ich in meinem Alltag sonst jemals um mich hatte. In meiner Wohnung war es immer still, und auf dem Weg zur Arbeit oder nach Hause ging mich nichts etwas an. Nur in den Minuten, in denen der Koch neben mir in der Kammer stand und schimpfte, oder manchmal, wenn seine schreiende Stimme zu mir hereindrang, färbte ein Teil seiner Lebenskraft auf mich ab.

„Und ich sag dir noch was: Die Leute sind ja beleidigt, wenn sie mit gutem Essen belehrt werden. Die wollen nicht, dass man ihnen zeigt, was man besser kann als sie. Die wollen ins Restaurant gehen und dann den Koch belehren: *Also, also, diese Spaghetti, die kriegt meine Oma doch besser hin!* Das wollen die Leute, dann haben sie ihr Vergnügen. Das gehört zum Gesamtpaket. Genauso, wie sie ins Museum gehen wollen und sagen: *Also, so ein Bild, das kann meine fünfjährige Nichte besser*, oder: *So ein Theaterstück, das hätte ich besser schreiben können*, und so weiter. Wenn man ihnen das perfekte Essen serviert, haben die doch in Wahrheit einen Groll."

Ich lachte und wunderte mich darüber, dass der Koch jeden Abend so viel dafür tat und seine Crew zur Höchstform animierte, um damit bei den Gästen einen Groll zu erzeugen.

Der Koch lachte auch. „Siehst du, jetzt schaust du schon viel fröhlicher. Das kann einem ja nicht gut tun, immer nur da in der Kammer mit den Händen im

Schaum … Manchmal schaust du so verkrampft aus, dass einem ganz kalt werden kann."

Ich stoppte in der Bewegung, nahm schuldbewusst die Hände aus dem Waschbecken. Der Koch klopfte mir auf die Schulter, dann zwinkerte er mir zu und ging zurück in die Küche.

Als ich um Mitternacht in meiner Einzimmerwohnung saß, drehte ich den Lippenstift zwischen zwei Fingern. Ich hatte den Teller mit dem Kren-Butterbrot zur Seite geschoben und hielt die schräge rote Spitze gegen den Mond, der durch das Fenster hereinschien. Wie musste sich das Leben für einen Menschen anfühlen, für den so ein Lippenstift ein Gebrauchsgegenstand war? Für eine Frau, die morgens mit lackierten Nägeln in ihrem Badezimmerschrank wühlte, eilig den Lippenstift auftrug, ihre Haare ordnete und dann irgendwohin ging, wo sie etwas Wichtiges zu erledigen hatte? Die den Lippenstift achtlos in ihre Handtasche warf, bevor sie das Haus verließ?

Ich hielt die Spitze an meine Nase. Das Rot duftete nach Wärme und Geborgenheit. Es erinnerte mich an meine Kindergartentanten und meine Lehrerinnen in der Schule. Dieses Rot trug den Duft von Frauen, die sich souverän in der Welt bewegten, sich zurechtfanden und keine Angst hatten, aufzufallen. Solche Frauen nahmen stolz einen Platz für sich in Anspruch, forderten etwas ein, meldeten sich selbstbewusst mit ihrem vollen Namen, wenn das Telefon klingelte. Die Frauen in meiner Familie hatten sich nie geschminkt. In den

Umarmungen meiner Mutter oder meiner Omas hatte ich die Monotonie unsichtbarer Tage gerochen: geschnittene Zwiebeln, die U-Bahn, gegossene Blumen, Kuverts aus der Post, Münzen, die Plastiksäckchen aus dem Supermarkt. Wenn sich aber die Volksschullehrerin von hinten über meine Schulter beugte, um meine Rechenaufgaben zu kontrollieren, dann umgab sie dieser Duft, ein Rot wie ein Theatervorhang. An diesen Duft wollte ich mich klammern, anschmiegen, daran wollte ich mich hochziehen und wachsen.

Jetzt hielt ich den Lippenstift so nah an meine Nase, dass ich sie mir dabei fast anmalte. Als mir das auffiel, schrak ich hoch und ging schnell ins Badezimmer, um mir die Zähne zu putzen und zu vergessen, wie gestört ich eigentlich war.

Wenige Tage später sah ich die dunkelhaarige Frau mit dem tiefroten Lippenstift erneut. Sie saß am selben Tisch neben dem Aquarium und löste entspannt und zufrieden mit Messer und Gabel den Grätenkamm aus einem Fisch. Ich blieb auf dem Rückweg von der Toilette kurz stehen und sah ihr zu. Ihre Bewegungen waren so elegant und souverän, dass man das Gefühl hatte, diese Frau könnte mit Leichtigkeit alles schaffen, einen Löwen zähmen oder einem Delfin das Sprechen beibringen. Erst nach einer Weile richtete ich meinen Blick auf den Mann, der ihr gegenüber saß, und erschrak: Es war ein ganz anderer Mann als der, mit dem ich sie das letzte Mal streiten gesehen hatte. Als ich zurück in meine Kammer ging, dachte ich: „So ist das also, Frauen mit tiefrotem Lippenstift sind alle paar Tage mit einem anderen Mann verabredet. Solche Verabredungen gehören für sie zum Alltag, und wenn sie mit dem einen streiten, dann sind gleich ganz viele Ritter zur Stelle, die ihnen sekundieren."

Ich füllte das Spülbecken mit Schaum, legte eines der Weingläser hinein, dann eine Teetasse und noch eine und noch eine und noch eine. Alle Teetassen mussten sich um dieses Weinglas gruppieren, alle Teetassen der Welt. Ich überlegte kurz, da noch Platz im Becken war, dann zuckte ich mit der Schulter und legte ein zweites Weinglas dazu.

Der Koch kam herein, doch diesmal zog er keine Schnapsflasche aus seinem Hemd, sondern ein Mobiltelefon.

„Schau mal", sagte er, tippte und wischte auf dem Display herum und hielt es mir dann sehr nah vor die Augen, „das wäre der ideale Ort für unsere Arme-Leute-Küche."

Ich machte einen Schritt zurück und schaute. Auf dem Display war ein Foto einer Holzhütte zu sehen. „Ist das in einem Wald?", fragte ich.

„Ach, das sieht nur so aus. Das ist in Grinzing."

„In Grinzing? Der ideale Ort für eine Arme-Leute-Küche?"

„Na, was glaubst du? Gerade die Reichen können doch alle nicht kochen! Und gerade die wollen immer sparen! Niemand ist sparsamer als die Reichen."

„Ich weiß nicht. Wollen die Reichen nicht eher zeigen, was sie sich leisten können, wenn sie essen gehen?"

„Ach, du kennst dich da nicht so gut aus", sagte er, und ich war überrascht, wie liebevoll er mich kritisierte. Wenn er die Ochsen in der Küche als ahnungslos und unwissend beschimpfte, klang das anders. Er nahm das Mobiltelefon wieder an sich und schaute verträumt auf das Foto. „Das wird ein Trend, das wird Kult! Dann rennen die uns die Bude ein."

Mit einem Schrecken überlegte ich kurz, ob der Küchenchef in mich verliebt war. Es war noch nicht oft jemand in mich verliebt gewesen, daher konnte ich nicht gerade auf viel Erfahrung aufbauen, aber dass sich ein Mann mir anvertraute, seine intimsten Momente und Zukunftspläne mit mir teilte und mir ein Foto von einer Immobilie zeigte, hielt ich doch für sichere Symptome.

„Ich verstehe davon nicht so viel", meinte ich.

„Jaja, natürlich, das ist ja kein Problem, du lernst das schon", sagte der Koch und tätschelte mir die Schulter.

Ich hatte auch mit Körperkontakt nicht viel Erfahrung, aber dieses Tätscheln kam mir schon ein bisschen so vor, als würde es mehr bedeuten. Unsicher sah ich mir den Koch ein bisschen genauer an, den etwas runden Bauch, die Bartstoppeln am Kinn, die kleine Locke, die ihm immer ins Gesicht fiel. Seine Hände waren elegant und geschickt wie die eines Pianisten. Auch nach längerer Überlegung konnte ich mich nicht so recht entscheiden, ob ich ihn attraktiv finden könnte oder nicht.

„Und diese Immobilie steht zum Verkauf?", fragte ich.

Der Koch schaute mich überrascht an, dann lachte er: „Haha, die Immobilie! Du bist lustig! Jaja, die Hütte kann man kaufen. Aber ehrlich gesagt: Sie gehört meinen Eltern."

„Oh."

„Tja. Und ich kann nicht zulassen, dass meine Eltern die Hütte an irgendeinen Idioten verkaufen. Das war früher schon einmal ein Café, es gibt eine ganz gut eingerichtete Küche darin, müsste man nur ein bisschen herrichten. Weißt du, als Kind hab ich immer auf dem Boden hinter der Theke gespielt, während meine Eltern serviert haben. Ich hab dort die ganze Zeit mit dem Puppengeschirr herumgeklappert. Also, ich hab da gewissermaßen eine sentimentale Beziehung zu dem Hüttchen. Man müsste nur für die Küche ein paar neue Geräte anschaffen."

Er zuckte abwägend mit der Schulter und ich wurde auf einmal nervös. Wie konkret waren seine Pläne? Sollte das nicht alles ein bisschen anders verlaufen? Begannen Liebesgeschichten nicht normalerweise damit, dass man sich verabredete und dann häufiger sah, fasziniert war, einander langsam kennenlernte und immer mehr Zuneigung und Vertrauen zueinander fasste? Wo waren die romantischen Überraschungen, die kleinen Geschenke und die Sonnenuntergänge? Warum zuerst gar nichts und dann gleich ein Gasthaus? „Moment!", rief ich. „Sollten wir nicht zuerst einmal ins Kino gehen oder so?"

Der Koch schaute mich ratlos an. „Was? Warum willst du ins Kino gehen?"

„Na ja ... also, macht man das nicht so?"

„Ins Kino gehen?"

„Oder so etwas Ähnliches. Ein Abendessen, oder von mir aus ein Theaterbesuch."

Wir sahen einander in die Augen und ich konnte regelrecht zusehen, wie der Koch langsam begriff, was ich meinte, während ich meinerseits verstand, dass ich mich geirrt hatte. Im nächsten Moment zog ein Schatten der Verlegenheit über sein Gesicht, und ich drehte schnell den Kopf weg und schaute in den Schaum.

„Also ...", sagte er und rieb sich mit der Hand den Nacken, „so was mit Liebe und so ... ist nicht zwingend Voraussetzung für ein Gasthaus."

„Es war ja auch nur ein Witz", meinte ich.

Er atmete durch, dann sagte er: „Du hast noch nie einen Witz gemacht."

„Sehen Sie ... Jetzt wissen Sie, warum."

„Weil du das nicht so gut kannst."

„Genau."

Er ging zurück in die Küche, und ich war erleichtert, als ich ihn ein paar Minuten später wieder ganz normal mit der Crew schimpfen hörte. Irgendein Rindvieh hatte eine Forelle nicht schön auf dem Teller angerichtet, und ein blöder Ochse hatte die Senfsauce nicht gut gewürzt. Zumindest war er imstande, wieder zum normalen Tagesgeschäft überzugehen, ich hatte ihn also nicht nachhaltig traumatisiert. Allerdings kam er an diesem Abend kein einziges Mal mehr zu mir in die Kammer.

Am nächsten Morgen wusch ich bei mir zu Hause das Frühstücksgeschirr ab und fing an, mit dem Teller und der Tasse zu reden. Erst nach einer Weile kam ich wieder zu Verstand, als wäre ich plötzlich aus einem Traum aufgewacht, und spülte schnell den Schaum ab. So konnte das nicht weitergehen! Ich konnte nicht meine gesamte Zeit mit Gegenständen verbringen. Die Gespräche mit dem Koch und die bizarre Begegnung mit der Lippenstiftverkäuferin waren meine einzigen menschlichen Kontakte seit Monaten gewesen. Wie lange ging das eigentlich schon so? Ich hatte gar nicht gemerkt, dass ich schon so lange mit niemandem mehr geredet hatte, weil ich so daran gewöhnt war. Jetzt hatte ich den Koch mit meiner Blödheit erschreckt, nur weil mir jede Erfahrung fehlte, weil ich nicht einmal die einfachsten Regeln menschlicher Kommunikation beherrschte. Da war einmal jemand nett und aufmerksam zu mir, wollte sogar mit mir ein Gasthaus in die Welt setzen, und ich verjagte ihn gleich, indem ich davon redete, gemeinsam ins Kino zu gehen!

Ich ging ins Badezimmer und hielt den Lippenstift hoch, den ich neben dem Zahnputzbecher abgelegt hatte.

„Dreißig Euro!", rief ich anklagend. „Für ein vollkommen sinnloses Objekt! Was bist du denn? Kannst du einen Menschen ersetzen?"

Mit wütenden Schritten ging ich zum Mülleimer und wollte den Lippenstift hineinwerfen, aber dann gelang es mir nicht. Selbst beim besten Willen und vom größten Zorn getrieben war ich nicht imstande, etwas zu verschwenden. Dreißig Euro und die verwendeten Ressourcen und vielleicht auch noch Tierversuche, mit denen der Lippenstift getestet worden war, machten es mir moralisch unmöglich, dieses Ding ungenutzt wegzuwerfen. Wenn ich schon den dummen Kauf nicht rückgängig machen konnte, so musste ich doch die Verschwendung zumindest nicht noch weiter auf die Spitze treiben.

Leider fiel mir für dieses sinnlose Ding beim besten Willen kein Verwendungszweck ein. Verschenken war eine Option, aber wem könnte man ein dermaßen teures Geschenk machen, ohne dass es peinlich war? Zudem müsste man eine Frau finden, die exakt in die richtige Liga für diesen Lippenstift gehörte, und das müsste wissenschaftlich erwiesen sein.

Für das Problem gab es keine Lösung, also legte ich den Lippenstift zurück neben den Zahnputzbecher.

Nachmittags aß ich eine Pasta des Küchenchefs, bei der sogar ich merkte, dass sie zerkocht war. Das Essen war dermaßen schlecht, dass nicht einmal die Küchencrew sich traute, darüber herzuziehen. Statt zu lästern, schwiegen alle bedrückt und aßen ihre Teller leer. Einer der Köche klopfte dem Chef sogar auf die Schulter und sagte: „Macht ja nix."

Später wusch ich in meiner Kammer Geschirr ab und überlegte, was ich machen könnte, falls ich im Restaurant kündigte. Welchen Job gäbe es, der die Hände schonte und mich zu menschlichem Kontakt zwänge? Hatte ich schon lang genug gearbeitet, um Arbeitslosengeld zu kriegen? Und war *Ich schäme mich vor dem Koch und rede mit Gläsern und Tassen* ein gerechtfertigter Kündigungsgrund?

Ich verspannte mich am ganzen Körper, als der Koch hereinkam. Etwas aufgeräumt stand er da und schaute mich an.

„Tja", sagte er, „also ... das mit dem Kino ... das können wir schon machen, wenn das für dich wichtig ist."

Ich schwieg eine ganze Weile, schaute ein umgedrehtes Weinglas an, das auf dem Gitter stand. Tropfen rannen vom Stiel hinunter wie Tränen.

„Nein", sagte ich und drehte mich zu ihm. Ich nahm die Hände aus dem Schaum. „Nein, kein Kino."

Der Koch wirkte irritiert darüber, dass ich ihn plötzlich direkt anschaute. Zum ersten Mal sah ich seine Augen, die unsicher hin- und herwanderten. „Aber ich verstehe deine Argumente", meinte er. „Wie soll man miteinander ein Restaurant aufmachen, wenn man noch nicht einmal weiß, ob man sich einen Film zusammen anschauen kann?"

Zum ersten Mal nahm ich wahr, dass der Koch, obwohl er mindestens zehn Jahre älter war als ich, immer noch sehr jung war. Er war kein Experte für das Leben, für Frauen oder für Restaurantgründungen. Seine Versuche waren immer noch unsichere Schritte, genauso wie meine.

„Welche Rolle hatten Sie für mich vorgesehen?", fragte ich.

Auf einen Schlag wurde er wieder ganz eifrig: „Na, Köchin! Gemeinsam mit mir! Weil du den Wert von einfachen Gerichten kennst! Weil dir Gänse leidtun. Jemanden mit deiner Einstellung, mit deinem natürlichen Instinkt und deiner Lebensklugheit hätte ich einfach gern an meiner Seite. Das hab ich hier in der Küche sonst nirgends gefunden."

„Ich habe ziemlich große Wissenslücken."

„Ich auch." Dann wurde er etwas verlegen und sagte: „Siehst du, diesen Verstand, der dir abhandengekommen ist ..." Ich erschrak, aber er redete einfach weiter: „... also, diesen Verstand, den hast du ja nur verloren, weil du keinen Grund hattest, ihn zu benutzen. Dadurch wird ein Verstand beleidigt und zieht sich zurück. Aber wenn du ihn wieder einmal verwendest, also sobald du ihn brauchst, ist er wieder da. Daran glaube ich ganz fest."

Euterpe (Lyrik)

Die Kassiererin sah sehr jung aus und hatte violett la-
ckierte Fingernägel mit glitzernden Flamingos, mit
denen sie meine Einkäufe über den Scanner schob:
Schokoladenmilch, ein Sandwich, Fruchtsaft, ein paar
Knabbereien. Mir gefiel das klirrende Geräusch ihrer
Armreifen, während sie mit meinem Essen hantierte.
Als ich bezahlte, hatte ich für einen Moment den Eindruck, die Kassiererin sehe mich merkwürdig an, wie
ein Orakel, das ein schlimmes Schicksal voraussagt. Sie
zögerte, als nähme sie gar nicht zur Kenntnis, wie die
Münzen in ihre Handfläche fielen, und schaute angst-
voll in mein Gesicht. Ein paar Sekunden lang rechnete ich damit, dass sie gleich so etwas sagen würde wie:
„Ihnen wird heute noch etwas Unheimliches passieren,
geben Sie Acht auf sich!", aber dann wandte sie sich
schon wieder zur Kassa und holte das Wechselgeld aus
der Lade. Etwas verwirrt packte ich die Lebensmittel
in meine Stofftragtasche und ging hinaus. Vom Supermarkt bis zum Hotel waren es nur wenige Schritte.

„Guten Abend", sagte die Dame an der Rezeption
und ich nickte ihr freundlich zu. Sie war so erwachsen
und seriös. Warum gelang mir das nie? Ich konnte mit
niemandem reden, ohne ironisch zu zwinkern und
mich schon im Vorfeld über meine eigenen Worte lustig zu machen, als meinte ich sie gar nicht ernst. Aus

diesem Grund kümmerten sich Beamte nie um meine Anliegen, meine Ärzte hielten mich für eine Hypochonderin, und nach Vorstellungsgesprächen hatte ich noch nie einen Job bekommen. Ich lebte immer noch vom Geld meines Vaters. Mehrmals hatte ich im Laufe der Jahre versucht, seriöses Auftreten zu trainieren, aber jedes Mal, wenn ich vor dem Spiegel einen ernsten Blick geübt hatte, war ich in Lachen ausgebrochen.

Darüber dachte ich immer noch nach, als ich den Aufzug betrat. Sofort nachdem sich die Schiebetüren geschlossen hatten, drehte ich mich zum Spiegel und schaute mich an. Egal, wie ich es anstellte, ich sah immer aus wie ein Mädchen kurz vor der Pubertät. Selbst wenn die Frau an der Hotelrezeption genau dasselbe bunte Sommerkleid getragen hätte wie ich jetzt, mit derselben Haarspange, derselben Handtasche und denselben Schuhen, so hätte sie trotzdem darin erwachsen und souverän ausgesehen.

Die Aufzugtüren öffneten sich im fünften Stock. Ich wühlte in der Handtasche nach der Schlüsselkarte des Hotels und wollte gerade um die Ecke biegen, als ich die zornige Stimme eines Mannes hörte. Erschrocken blieb ich stehen.

„Du gehst mit Männern ins Bett, so wie Menschen früher die Herzen oder Gehirne von Toten gegessen haben, weil sie hofften, dass sie dann genauso gütig oder intelligent werden wie die Verstorbenen. Du schläfst mit berühmten Schriftstellern und Professoren und glaubst, dass du dann genauso gute Bücher schreibst!"

Eine kühle und sehr klare Frauenstimme erwiderte: „Ich schreibe viel bessere."

Der Mann schnaufte: „Du tust so, als wärst du das Opfer, das von älteren Männern ausgenutzt wird, dabei bist du es, die nur sammelt."

„Willst du das jetzt hier auf dem Gang besprechen?"

„Ich will gar nichts mehr besprechen. Ich will überhaupt gar nicht mehr mit dir sprechen. Und ich will überhaupt gar nichts mehr mit dir."

Laute Schritte polterten in meine Richtung und ich hielt den Atem an. Doch auf einmal zögerten die Schritte und kehrten dann um, als hätte der Mann es sich anders überlegt und ginge zu der Frau zurück. Kurz darauf hörte ich wieder seine Stimme vom Ende des Flurs: „Oder *von* dir."

Danach näherten sich die Schritte wieder. Ich drückte mich an die Wand und war erleichtert, als ein Mann im eleganten Anzug eilig um die Ecke bog und an mir vorbeistürmte, ohne mich zu bemerken. Er drückte die Aufzugtaste, und die Türen öffneten sich auf der Stelle. Ohne sich umzusehen, trat er ein, drückte einen Knopf und war verschwunden.

Ich wartete eine Weile. Die Frau musste immer noch im Flur stehen, ich hatte keine Tür gehört. Sehnsüchtig dachte ich an das Sandwich und die Schokoladenmilch im Stoffbeutel und daran, dass ich mir endlich einen gemütlichen Abend machen wollte. Mein Kleid und meine Haare waren verschwitzt von dem langen Tag in der Sonne, die Schuhe waren eng und taten an den Füßen weh, ich wollte duschen, essen, mich ausruhen, lesen und ein bisschen Radio hören. Ich wollte nicht ewig im Hotelflur stehen.

Ein paar Minuten lauschte ich noch in die Stille, dann beschloss ich, nicht länger zu warten. Vielleicht hatte ich die Tür bloß überhört und die Frau war längst in ihrem Zimmer verschwunden. Energisch bog ich um die Ecke, und da sah ich Luca zum ersten Mal.

Sie lehnte mit dem Rücken an der Wand zwischen meiner Tür und der des Nachbarzimmers. Ihre Haare waren schulterlang und violett gefärbt und ihr Körper braungebrannt. Noch nie hatte ich eine erwachsene Frau mit violetten Haaren gesehen. Ihr Kleid reichte bis zum Boden und hatte ein buntes Muster, das an Höhlenmalereien erinnerte. Vom Rocksaum aufwärts erkannte ich auf dem Stoff die Umrisse von Bisons und Pferden, die wie mit Kreide gemalt aussahen. Noch nie hatte ich so extravagante Mode gesehen. Obwohl das Kleid nicht figurbetont geschnitten war, sondern locker an ihr hing, war ihre Silhouette gut zu erkennen, der schmale Oberkörper, die langen Beine. Dazu trug sie Schmuck aus Holz, aber keine Schuhe.

Eine ganze Weile starrte ich sie an, dann drehte sie plötzlich den Kopf in meine Richtung. Sie lächelte gütig wie ein Mensch, der sehr müde ist und sich über nichts mehr aufregt.

„Hallo", sagte sie gelassen.

„Hallo", erwiderte ich.

Danach schwiegen wir und schauten einander an. Ich vermutete, dass sie mich für eine Zwölfjährige hielt, die auf der Suche nach ihren Eltern war. Wie musste es sich anfühlen, beim Blick in den Spiegel diese Frau zu sehen und *Das bin ich* zu denken? Das ganze Leben musste dann ein anderes sein, jedes Problem nur noch halb so groß.

Schließlich löste sie sich von der Wand, ging ein paar Schritte auf mich zu und streckte mir die Hand entgegen: „Ich bin Luca."

Langsam ging ich in ihre Richtung, und noch ehe ich antworten konnte, sagte sie: „Wissen Sie, ich glaube, dass die Seele eines Menschen sich immer selbst hilft. Alles heilt durch Zeitablauf. Wenn jemand sehr lang gelitten hat, dann dreht sich irgendwann etwas um. Die Psyche ist kreativ, sagt irgendwann: Jetzt will ich einfach nicht mehr unglücklich sein, und findet eine Lösung, die Dinge anders zu betrachten oder anders anzugehen."

Ich freute mich über das *Sie*, war erstaunt über ihre Worte, die so intim und verbindlich wirkten, schüttelte ihr die Hand und sagte: „Ich bin Laura."

Sie zwinkerte lausbubenhaft, dann fuhr sie sich mit der Hand durch die Haare. „Sie sind wohl meine Nachbarin? Ich bin heute erst angekommen."

„Ich war den ganzen Tag unterwegs. Ich schaue mir Sehenswürdigkeiten an."

„Bleiben Sie noch mehrere Tage?"

„Ja, zwei Wochen."

Sie hob die Augenbrauen so charmant, wie alte Playboys es manchmal tun. „Dann werden wir uns ja noch einige Male über den Weg laufen. Ich bleibe eine Woche."

„Vielleicht sehen wir uns ja morgen beim Frühstück."

„Ja, vielleicht."

Ich stand regungslos, während sie sich mit einem
plötzlichen Schwung abwandte und zu ihrer Zimmertür ging. Sie zog ihre Schlüsselkarte aus einem winzigen
Umhängetäschchen, das ich noch gar nicht bemerkt
hatte und das kaum größer war als die Karte selbst.

„Also ..." Sie tippte sich an die Stirn wie ein Matrose, der Ahoi sagt.

„Also, vielleicht bis morgen!" Ich nickte, hob die
Hand wie zu einem Winken, aber ohne zu winken,
und sie verschwand im Zimmer. Eine Weile blieb ich
noch stehen und rätselte darüber, was für ein merkwürdiger Mensch das war, eine Frau mit der Schönheit
und Eleganz einer Dame, aber dem Charme eines Hei-
ratsschwindlers. Mit einem Schaudern dachte ich an
die Worte des Mannes über das Essen von Herzen und
Gehirnen. Tatsächlich kam es mir so vor, als hätte diese
attraktive Frau sich das Verhalten alter Playboys einver-
leibt, dieses instinktive Flirten. Nur mit Mühe riss ich
mich los und ging in mein Zimmer.

Ich legte die Einkäufe ab und ging ins Bad, um zu
duschen. Das Kleid war komplett durchgeschwitzt, ich
musste es zum Trocknen aufhängen. Als ich später mit
nassen Haaren das Radio einschaltete, hörte ich in den
Nachrichten, dass die Hitzewelle über der gesamten
Schweiz noch mindestens eine Woche andauern sollte.
Etwas missmutig setzte ich mich an den Schreibtisch,
schob das Buch zur Seite – *The Talented Mr. Ripley* –

und packte das Essen aus. Das Sandwich war nicht liebevoll zubereitet, an allen Seiten fielen Salatblätter und Tomatenfleisch heraus.

Unkonzentriert schlug ich das Tagebuch auf, blätterte kurz und las mir die letzten Sätze durch, die ich vormittags beim Frühstück geschrieben hatte: *Die Faszination der Liebe besteht darin, dass niemand so genau weiß, ob sie wirklich existiert. Menschen haben eine Vorliebe für Dinge, von denen sie nicht sicher sind, ob es sie gibt: Gespenster, Liebe, Gott. Jeder will der sein, der den Beweis entdeckt. Menschen lieben Rätsel.*

Ich schnaufte, stützte den linken Ellenbogen auf den Tagebuchseiten ab, um sie geöffnet zu halten, und suchte mit der freien Hand nach dem Kugelschreiber. Mayonnaise tropfte aus dem Sandwich auf meine Schrift. Verärgert über meine eigenen Worte strich ich die Zeilen durch, dachte kurz nach, biss noch einmal vom Sandwich ab und schrieb darunter: *Welche Menschen?*

Während ich ohne Eleganz das Sandwich aufaß, dachte ich an Luca, die nur durch eine dünne Hotelwand von mir getrennt war. Ich stellte mir vor, wie sie in ihrem Kleid auf dem Bett saß, weinend mit einer Freundin telefonierte und dabei mit der Hand abwechselnd in eine Schachtel Pralinen und eine mit Taschentüchern griff. Oder vielleicht duschte sie, sprühte ihren Körper mit Parfum ein und zog sich ein seidenes Nachtkleidchen an. Womit vertrieb sich so eine schöne Frau allein auf ihrem Zimmer die Zeit? Hatte sie wie jemand gewirkt, der Bücher las? Dann fiel mir ein, dass der Mann im Flur ihr vorgeworfen hatte, mit berühmten Schriftstellern zu schlafen, um bessere Bücher zu schreiben. Sie musste also Autorin sein. Saß sie vielleicht in diesem Moment an ihrem Laptop, arbeitete konzentriert, trank dabei eine Tasse Tee und wippte beim Schreiben mit dem Fuß? Warum hatte sie im Flur keine Schuhe getragen?

Den Rest des Abends verbrachte ich damit, die Geschichte über Tom Ripley weiterzulesen. Jedes Mal, wenn ich Schritte auf dem Flur oder das Geräusch einer Tür hörte, horchte ich auf, um festzustellen, ob es Luca war, die ausging oder Besuch empfing. Ich hörte jedoch kein einziges Mal ihre Stimme. In der Nacht träumte ich von einem bunten Vogel mit einem riesigen krummen Schnabel, der zu mir sagte: „Wenn du im Löwengehege überleben willst, dann musst du dich in ein Tier verwandeln, das vor Raubtieren sicher ist, zum Beispiel in einen Vogel." – „Aber wenn ich das nicht kann?", fragte ich. – „Dann musst du lernen, wie man Spaß daran hat, gefressen zu werden." – „Aber wenn ich das auch nicht kann?" – „Dazwischen gibt es nichts. Du kannst nur atmen oder die Luft anhalten, dazwischen gibt es keinen Spielraum."

Ich wachte am nächsten Morgen kurz nach sieben auf. Sofort dachte ich daran, dass ich so halbwegs mit Luca zum Frühstück verabredet war, also blieb ich keine Sekunde liegen, sondern stand auf, suchte mir ein frisches Kleid aus dem Koffer, frisierte mir die Haare und überlegte, ob Luca wohl eher früh oder eher spät aufstand.

Ich beschloss, es wäre am sichersten, schon ganz früh hinunterzugehen, damit ich sie auf keinen Fall verpasste, und sollte Luca sich als Langschläferin herausstellen, würde ich eben zwei oder drei Stunden neben dem Buffet am Tisch sitzen. Meinen ursprünglichen Plan, nur ganz schnell zu frühstücken und dann zwei Kunstmuseen zu besuchen, verschob ich erst einmal.

Luca erschien, kurz nachdem die Wirtin mir die erste Kanne Kaffee gebracht hatte. Sie trug einen langen bunten Rock und eine weiße Bluse mit volkstümlichen Blumen-Stickereien, dazu ihren auffälligen Holzschmuck. Die folkloristische Mode erinnerte mich vage an amerikanische Musikerinnen der Sechzigerjahre. Luca winkte mir zu und kam an meinen Tisch.

„Also auch eine Frühaufsteherin", sagte sie lächelnd, hängte ihr Umhängetäschchen über die Sessellehne und ging sogleich zum Buffet, um sich Gebäck, Käse und Wurst zu holen.

Irgendwie freute ich mich über alles. Darüber, dass sie früh aufgestanden war, dass sie, so wie ich, keine Vegetarierin war, dass sie ihren Kaffee ebenfalls mit viel Milch trank, dass sie mir zugewinkt und mich angelächelt hatte.

Als sie mir gegenübersaß und ihre Semmel aufschnitt, sagte ich: „Wir haben uns gestern ja kaum kennengelernt. Ich weiß gar nicht, ob ... hm, ob Sie irgendeinen Beruf haben oder so ..."

Luca lächelte auf ihre Semmel. „Es ist ja auch ein peinliches Thema. Ich schreibe für einige Zeitschriften, manchmal erscheint etwas in einem Buch, aber ich verdiene damit praktisch kein Geld. Ich traue mich also kaum, es einen Beruf zu nennen. Eigentlich verdränge ich das Thema."

„Was schreiben Sie denn? Artikel? Reiseberichte?"

„Das wäre sicher besser ... Nein, nur Lyrik. Sonst nichts. Ich verweigere alles andere. Wirklich alles andere."

Ich lachte kurz auf. „Aber ... also, wie viele Stunden am Tag ... oder wie viele Tage in der Woche, äh ... also, wie oft und wie lang schreiben Sie ein Gedicht?"

„Jaja, ich weiß schon, was Sie sagen wollen. Im Grunde kann man nur ganz selten ein Gedicht schreiben. Aber ich glaube trotzdem, dass man alles andere verweigern muss. Würde ich jetzt anfangen, Reiseberichte zu schreiben, dann würde mir nie wieder ein Gedicht einfallen. Ich darf mir das Schreiben nicht kaputtmachen lassen, sehen Sie?"

Bei diesen Worten erlitt meine Bewunderung für sie einen kleinen Schaden; es schreckt mich immer ein bisschen ab, wenn sich jemand so als Genie inszeniert. Solche Leute können anderen meist nicht gut zuhören.

„Zumindest sparen Sie dann Papier", sagte ich trocken.

Sie schaute kurz irritiert, dann lachte sie. „Sie können einen echt überraschen. Zuerst tun Sie ganz schüchtern und unscheinbar, und dann teilen Sie so einen Seitenhieb aus."

„Entschuldigung, ich wollte Sie nicht beleidigen! Also, ich wollte ..."

„Nein, nein", sagte sie und beugte sich ein wenig vor, sodass ich den Duft ihrer Haare riechen konnte.

Ihre Nähe verwirrte mich; ich bekam sofort das Gefühl, weich und biegsam zu werden, als wäre sie eine Flamme und ich ein Material, das bei Hitze schmilzt. „Mir gefällt es, wenn jemand ehrlich ist. Ich bekomme viel zu viel falsche Bewunderung, glauben Sie mir!"

„Ich verstehe nur nicht, warum man alles außer Lyrik verweigern sollte."

„Weil der lyrische Blick eine Gewohnheit ist, die man pflegen muss. In der Lyrik hat alles eine Bedeutung. Jedes Detail ist ein Symbol, eine Vorausdeutung oder dient der Charakterisierung. Man muss vermuten, dass alles etwas sagen will."

„Das klingt ein bisschen paranoid."

Luca lächelte. „Sie schreiben also auch?"

„Wie kommen Sie darauf?"

„Na ja, wenn jemand bei dem Wort *Lyrik* so unbeeindruckt bleibt ... dann ist das zumindest ein Indiz."

„Momentan schreibe ich Artikel für eine Gartenzeitschrift. Eigentlich hätte ich lieber einen Job. Also so etwas mit Monatsgehalt."

Luca lächelte sehr zufrieden, während sie Wurst und Käse in die Semmel legte. „Dann haben Sie also auch einen oder mehrere Mäzene? Ich meine, sonst könnten Sie kaum in so einem Hotel sein."

Ich dachte an meinen Vater. „Ja, also ... wenn man das so sagen will ..."

„Ich gebe Ihnen einen Tipp: Es ist immer besser, mehrere zu haben. Sie sollten aber darauf achten, dass ein Mann auch Ihre Seele nährt."

Für einen Moment fragte ich mich, ob Luca wusste, dass ich den Streit auf dem Hotelflur mit angehört hatte. Ich zögerte kurz, drehte die Semmel herum, bis Marmelade heraustropfte, dann wagte ich mich vor: „*Mann* und *Mäzen* sind also bei Ihnen austauschbare Wörter?"

Luca lachte und zwinkerte mir frech zu. „Nichts gegen Frauen."

Mir wurde kurz ein bisschen unheimlich. Wenn Luca eine skrupellose Frau war, die Gehirne und Herzen von Männern aß, die sie als ihre Mäzene betrachtete, dann tat sie dasselbe vielleicht auch mit Frauen. Zum Glück war ich als Mäzen ungeeignet. Im nächsten Moment kam mir dieser Gedanke schon wieder so absurd vor, dass ich laut lachte.

Luca deutete mein Lachen als Reaktion auf ihren Witz und sagte: „Ich sehe, wir werden uns gut verstehen."

Ihre Frechheit war unwiderstehlich. Sie war wie die Anführerin der coolsten Clique in einer Schulklasse, bei der man unbedingt dabei sein wollte. Luca biss von ihrer Semmel ab, und da fiel mir plötzlich auf, dass sie unglaublich lange und spitze Fingernägel hatte. Waren sie zu Beginn des Frühstücks auch schon so lang gewesen? War es möglich, dass Nägel so schnell wuchsen? Noch merkwürdiger aber war die Form der Nägel, die mich an die Krallen von Raubtieren erinnerte.

Mit der Kaffeetasse in der Hand lächelte Luca nun gütig wie eine einfühlsame Therapeutin oder Kindergartentante: „Was haben Sie heute geplant?"

Ich dachte an die zwei Kunstmuseen. „Oh, eigentlich … eigentlich nichts."

„Ich wollte einen Ausflug nach Nyon unternehmen. Das ist nicht einmal eine Stunde mit dem Zug. Man kann dort eine Führung durch das Schloss Prangins machen, in dem Madame de Staël gewohnt hat."

Damit stieß sie in mir etwas an. Seit dem Ende meines Studiums hatte ich nie wieder jemanden von Madame de Staël sprechen gehört. Nostalgisch dachte ich an meine ersten Semester an der Uni und einen bärtigen, elegant gekleideten Romanistik-Professor, bei dem ich einige französische Vorlesungen besucht hatte. Damals hatte ich noch Hoffnungen gehabt und etwas vom Leben erwartet. Jetzt, Jahre später, morgens um acht an einem Frühstückstisch in einem Hotel in Genf, mit einer Marmeladesemmel in der Hand und einer Frau mit violetten Haaren mir gegenüber, fielen mir plötzlich die kleinen Seminarräume im alten Institutsgebäude in Wien wieder ein, der Duft der Bücher in den Regalen, die Tür mit der wackeligen, fast schon abgebrochenen Klinke, und wie ich voller Träume jede Woche die Treppe hinaufgestiegen war, um französische Literatur und Philosophie zu studieren. Damals war ich so sicher gewesen, dass es mir gelingen würde, aus dieser Leidenschaft eines Tages einen Beruf zu machen, welchen auch immer. Irgendjemandem würde doch auffallen müssen, dass mein Blick in der Vorlesung begeistert-entrückt und meine Seminararbeiten besonders originell waren. Ich war schüchtern, kam mit niemandem ins Gespräch, zitterte vor Angst, wenn mich jemand ansprach, schaute zwischen den Vorlesungen nur stumm vor mich auf meinen Tisch, während die anderen sich unterhielten, aber irgendwie würden doch die anderen spüren müssen, dass ich die Literatur ganz besonders liebte, dass gerade ich hinter der stillen Miene die großen Gedanken verbarg. Damals hatte ich noch an etwas geglaubt.

„Das klingt wundervoll", sagte ich.

Luca lachte munter auf: „Fahren wir doch zusammen! Ich kann ein bisschen Ablenkung vertragen. Wenn ich alleine unterwegs bin, hänge ich doch dauernd nur meinen Gedanken nach und werde traurig."

„Reisen Sie denn alleine?"

„Ja, völlig. Ich kenne hier niemanden."

Ich lächelte. Sie wusste also nicht, dass ich ihren Streit mit dem Mann gehört hatte. Ich beschloss, nichts zu verraten. „Gut, dann machen wir das so."

„Super! Wir könnten uns in einer halben Stunde treffen und zum Bahnhof gehen. Ich klopfe dann einfach an Ihre Zimmertür, ja? Die Züge fahren ganz oft, da muss man sich keine Sorgen machen. Übrigens sollten wir Du zueinander sagen."

Als ich später auf dem Hotelzimmer meine Tasche packte, verspürte ich kurz den Reflex, mich umzuziehen, um besser zu Luca zu passen. Ich erinnerte mich an ein Kleid mit Blumenstickereien, das ganz unten in meinem Koffer lag und eigentlich für elegantere Anlässe gedacht war. Vor meiner Abreise aus Wien hatte ich vage die Idee gehabt, vielleicht an einem Abend ins

Theater zu gehen und mir ein Stück auf Französisch anzusehen. Ich holte das Kleid hervor und legte es auf dem Bett zurecht, aber dann überlegte ich, dass es Luca auffallen würde und sie es vielleicht lächerlich fände, mich plötzlich in einem anderen Gewand zu sehen, das halbherzig ihren Stil kopierte. Ich nahm einen Bügel und hängte das Kleid in den Schrank.

Die Handtasche stand bereits fertig gepackt auf dem Tisch, als ich noch einmal mein Tagebuch hochnahm. Ich schlug es auf, dachte kurz nach, strich die Worte vom vorigen Abend durch und schrieb stattdessen: *Menschen haben zu große Gehirne und noch nicht gelernt, damit umzugehen.* Spontan warf ich das Tagebuch in die Handtasche. Das war ein Fehler.

Luca trug einen winzigen Hut auf dem Kopf, als sie an meine Tür klopfte; sie sah aus wie eine typische Schwester aus einem Tschechow-Stück. Ein altmodischer Schirm hätte noch dazu gepasst, stattdessen setzte sie sich im Gehen eine riesige Sonnenbrille auf, und der zauberhafte Eindruck war zerstört.

Während wir zum Bahnhof gingen, redeten wir über verschiedene Städte in der Schweiz, die wir besucht hatten, und über die Hitzewelle. Es stellte sich heraus, dass Luca schon fast überall gewesen war, auf allen Kontinenten, und dass sie schon jedes Wetter erlebt hatte. In der Bahnhofshalle nahm sie meine Hand und zog mich zu den Ticketautomaten.

„Schau, hier kaufen wir die Fahrkarten nach Nyon! Ganz einfach mit dem Touchscreen! Ich zuerst und dann du!" Lächelnd wie eine Frau in der Fernsehwerbung tippte sie mit lackierten Nägeln auf dem Bildschirm herum. „Geht wirklich ganz einfach!"

Ich verschränkte die Arme und schaute betont desinteressiert in die Bahnhofshalle. Warum machte sie so auf Kindergartentante?

„Jetzt du!"

Ich bemühte mich, besonders souverän zu sein, damit sie merkte, dass ich mit Ticketautomaten umgehen konnte. Trotzdem vertippte ich mich ein paar Mal am Touchscreen. Während ich bezahlte, schaute Luca hemmungslos in meine Geldbörse und zeigte mit einer Raubtierkralle auf meinen Personalausweis, der aus einem Fach hervorlugte.

„Darf ich mir dein Foto ansehen?", fragte sie wie ein kleines Mädchen.

Ich gab ihr den Ausweis, da mein Foto ganz neu und nicht allzu peinlich war.

Sie schaute es eine Weile an, und als sie mir den Ausweis zurückgab, sagte sie: „Du siehst ziemlich jung aus für dein Alter."

„Als ob ich das noch nie gehört hätte ..."

Wir gingen zum Bahnsteig und setzten uns auf eine Bank.

„Sei froh", meinte Luca. „Am Anfang ärgert es einen immer, aber mit der Zeit kippt das. Irgendwann bist du dankbar dafür, dass man dich für jünger hält. Glaube mir, ich bin ein paar Jahre älter als du, und ich fange schon an, die Vorteile zu sehen. Schon alleine, wenn man dauernd in Erklärungsnot gerät, warum man immer noch nichts Vernünftiges im Leben erreicht hat, dann kann es einem sehr helfen, dass man jung aussieht. Die Leute werden dadurch ein bisschen sanftmütiger und gnädiger mit dir."

Ich schaute auf die Uhr. Das Warten auf Bahnsteigen fand ich unerträglich, egal in welcher Gesellschaft. Es fühlte sich an wie eine Mauer, gegen die man stieß: Man wollte sich bewegen, aufbrechen, reisen und kam einfach nicht weiter, weil man warten musste. „Mag sein. Aber vielleicht hätte ich schon mehr im Leben erreicht, wenn ich nicht so jung aussähe."

Luca zögerte kurz und ihr Gesicht wirkte fast erschrocken, dann sagte sie: „Du bist echt schlagfertig! Da weiß man oft gar nicht, was man sagen soll."

Ich lächelte kurz und schaute wieder auf die Uhr.

„Sag mal, kann es sein, dass ich dir auf die Nerven gehe?", fragte Luca. „Ich meine, wir müssen ja nicht gemeinsam ..."

„Nein, nein, auf keinen Fall! Ich bin so froh, dass wir das zusammen machen! Ich weiß nicht, warum das bei mir immer so wirkt. Leute glauben dauernd, dass ich sie nicht mag."

„Na ja, die meisten Leute wenden gewisse Verhaltensweisen an, um anzudeuten, dass sie jemanden mögen und sich nicht langweilen, wie zum Beispiel: lächeln, etwas Nettes sagen, aufmerksam zuhören, nicht auf die Uhr schauen, während der andere redet, und so."

Eine Taube ging wackelnd am Bahnsteigrand vorbei. Für einen Moment schwieg ich, dann lachte ich. „Okay, entschuldige! Ich hab nicht so viel Übung."

„Worin? Im Kontakt mit Menschen?"

„Gewissermaßen. Ich meine ... Ich bin nicht so gut darin."

Luca streckte die Beine aus. Ihr langer Rock war halbtransparent und mit Schmetterlingen in verschiedenen Farben bestickt, um die Nacktheit zu verbergen. Nur an einzelnen Stellen konnte man zwischen Flügeln und Fühlern Lucas Schenkel und Knie erahnen. „Man glaubt immer nur, die anderen wären besser darin, dabei sind die genauso ratlos. Sie probieren nur alles irgendwie und haben eben manchmal Glück."

Ich war froh, endlich ein Thema zu haben, also richtete ich mich auf, und es sprudelte aus mir heraus: „Weißt du, was mich immer so aufregt? Wenn irgendwo ein Serienmörder gefasst wird, dann beschreiben die Journalisten in den Medien nachher so besserwisserisch und überheblich das Täterprofil, und jedes Mal denke ich mir, die beschreiben mich. Wenn es heißt: Ja, der hatte wenig Freunde und war immer allein und so ... Das ist wie ein Schlag ins Gesicht. Als ob das etwas heißen würde! Das tut mir immer so weh! Denn ich weiß eines: dass ich, verdammt noch mal, *keine* Serienmörderin bin und auch niemals eine sein möchte!"

Luca schaute eine Weile vor sich hin, legte den Finger an die Unterlippe und sagte: „Ich weiß, was du meinst. So geht es mir auch. Aber es ist nicht so ein gutes Gesprächsthema für ein erstes Treffen."

Der Zug kam, die Taube flog weg, wir stiegen ein. Versehentlich berührte ich Lucas Taille mit der Hand, als ich hinter ihr herging, und schämte mich sofort.

Luca zeigte keine Reaktion. Sie war es wahrscheinlich gewöhnt, dass Menschen ihre Taille berührten. Wir setzten uns einander gegenüber und schauten aus dem Fenster, als der Zug losfuhr. Pferde und Kühe standen draußen herum, einige hoben den Kopf von der Wiese und schauten uns kauend an, Vögel flogen an uns vorbei. Die Kühe sahen jeden Tag mehr Züge, als ich Kühe sah. Plötzlich kam es mir komisch vor, dass ein Zug für eine Kuh weniger aufregend war als eine Kuh für mich. Die Kuh kaute ihr Gras und dachte: Ach, da ist schon wieder ein Zug, während ich mit klopfendem Herzen aus dem Fenster schaute und dachte: Oh mein Gott, da ist eine Kuh!

„Als ich achtzehn war", sagte Luca plötzlich, „hatte ich einmal Streit mit meinem Vater. Ich weiß gar nicht mehr, worum es ging. Ich glaube, ich habe ihm vorgeworfen, dass er mich immer wie ein Kind behandelt. Also, das war so: Ich schmeiße ihm wütend Vorwürfe an den Kopf, stampfe ordentlich mit dem Fuß auf, und dann renne ich in mein Zimmer. Er sagt die ganze Zeit kein Wort. Auf einmal höre ich, wie er im Wohnzimmer die Schreibtischlade aufsperrt, in der alle Familiendokumente drin sind. Und ich denke: *Oh, jetzt ist es so weit! Ich bin zu weit gegangen. Jetzt gibt er mir meine Geburtsurkunde, sagt: Ab heute bist du erwachsen, und lässt mich frei.* Kannst du dir das vorstellen? Das hab ich echt geglaubt! Hahaha!" Luca lachte laut und schlug sich mit der Hand an die Stirn. „So ein gestörter Gedanke! Als ob das dazugehört, dass irgendwann die Eltern ihrem Kind die

Geburtsurkunde geben und damit die Kindheit quasi abschließen! Hahaha!"

„Was hat er in der Lade gesucht?"

„Ach, keine Ahnung, er hatte schon längst irgendwas anderes im Kopf. Wahrscheinlich hat er seinen Impfpass gesucht, um zu schauen, ob er schon wieder zur Zeckenimpfung muss, oder so."

Wir lachten, dann erzählte sie weiter.

„Hast du auch manchmal das Gefühl, dass nach der Kindheit irgendwie nichts mehr kommt? Nach dem Studium merken wir auf einmal, dass wir stillstehen. Wir werden nie das erreichen, was unsere Eltern erreicht haben, weil es immer nur schlecht bezahlte oder befristete Jobs gibt. Nur solange wir Kinder bleiben, können wir uns solche Reisen und gute Hotels und so weiter leisten. Unsere Eltern dachten damals noch, sie könnten aufsteigen, wenn sie erwachsen sind."

„Aber es würde nichts ändern, wenn man eine schlechtere Kindheit gehabt hätte. Es würde trotzdem keine besseren Jobs und Arbeitsbedingungen geben. Du hättest nur von vornherein schon weniger gehabt."

Luca stützte sich mit dem Ellenbogen am Fenster ab. Plötzlich hatte sie einen Blick wie ein gelangweilter Bernhardiner. „Mag sein ... ach, ist das alles kompliziert!"

Wir schauten eine Weile raus, ich wollte schon anfangen zu erzählen, was ich mir vorher über die Kühe gedacht hatte, als Luca plötzlich wieder zu reden begann: „Was soll man machen, wenn einfach aus allen Träumen, die man einmal hatte, nichts geworden ist?

Wenn alles, was man versucht hat, misslungen ist und einem nichts mehr einfällt?"

Ich zuckte mit der Schulter. „Du hast ja deine Eltern und deine anderen Mäzene."

„Ja, schon. Aber das fühlt sich immer nur an, als hätte man eine Krücke und könnte nicht selber gehen."

Ein Zugbegleiter kam und kontrollierte unsere Tickets. Luca nutzte die Gelegenheit, um bei ihm einen Cappuccino zu bestellen. Ich schämte mich für sie, weil der Zugbegleiter ja kein Kellner war. Trotzdem schaffte sie es, dass er sich auf den Weg machte, um einen Pappbecher mit Kaffee aus dem Speisewagen zu holen. Irgendwie war Luca ein unheimlicher Mensch.

Als wir aus dem Zug ausstiegen und durch das Städtchen spazierten, hatte Luca ihren Pappbecher mit dem Cappuccino immer noch in der Hand. Auf einmal war sie fröhlich wie ein Kind. Sie zeigte mit dem Finger auf die Straßenschilder und sprach die französischen Namen sehr schön aus. Irgendwann fing ich an zu lachen, obwohl ich mich vor ihren Krallen gruselte, die anscheinend noch länger geworden waren. Ich wünschte mir, ihre Haare zu berühren und sie zu umarmen. Wir gingen eine romantische Straße mit Bäumen entlang, und auf einmal sah ich in der Ferne eine Gestalt in einer schwarzen Mönchskutte, die eine riesige Sense über der Schulter trug. So ähnlich hatte ich mir immer den Tod vorgestellt, falls er eine Person wäre. Der Anblick erschreckte mich so sehr, dass ich zusammenzuckte und kurz schrie.

Luca drehte ihren Kopf in meine Richtung und lachte. „Na, na!", sagte sie. „Hat dich eine Wespe gestochen?"

„Siehst du den Mönch da vorne?"

Luca schaute zum Ende der Straße, doch der Mönch war schon nicht mehr zu sehen. Gerade verschwand die Spitze der Sense hinter einer Häuserecke.

„Was für ein Mönch?"

Ich zitterte. „Glaubst du, kommt es oft vor, dass Mönche mit einer Sense über der Schulter herumspazieren?"

„Na ja, wenn ein Mönch gerade von der Gartenarbeit kommt ... Irgendwas müssen die ja den ganzen Tag lang machen. In Klöstern werden oft Kräuter angebaut oder Honig und so was hergestellt ... Kann schon sein, dass die mit der Sense das Gras mähen."

„Und dann spaziert der Mönch mit der Sense durch die Stadt?"

„Vielleicht hat er sich eine Sense von jemandem ausgeborgt und will sie zurückbringen ... oder hat sie gerade abgeholt."

„Ist hier überhaupt ein Kloster?"

Luca zuckte mit der Schulter. „Ich glaube, überall sind Klöster."

Wir erreichten das Schloss Prangins und kauften Tickets für die Führung in französischer Sprache, die eine halbe Stunde später beginnen sollte. Luca warf ihren Pappbecher in einen Mülleimer und sagte: „Würdest du wollen, dass durch deine Wohnung einmal Touristen geführt werden?"

Ich dachte kurz nach. „Ja, eigentlich schon", sagte ich.

„Echt? Na ja ... hast eh recht ... Man muss halt, bevor man stirbt, alle peinlichen Sachen wegwerfen."

„Was sind peinliche Sachen?"

„Na ja, hast du gar nichts Peinliches zu Hause?"

„Nein, alles, was ich zu Hause hab, finde ich irgendwie gut."

„Ja, aber ist dir nicht manchmal peinlich, was du gut findest?"

„Nein."

„Also, mir schon."

Wir schauten uns die Blumen im Schlossgarten an, und ich stellte mir einen Mönch in langer Kutte vor, der mit einer Sense Gras mäht. Luca konnte scheinbar meine Gedanken lesen, denn sie sagte plötzlich: „Irgendwie wäre Nonne mein Traumberuf. Da lebt man ruhig und beschaulich, ist versorgt und kann sich mit schönen Dingen beschäftigen. Man kann lesen, kochen, Kräuter anpflanzen, Lieder singen und so."

„Aber du liebst doch Mode. Könntest du das einfach so aufgeben? Keine bunten Kleider und keinen Schmuck mehr tragen? Nur noch in einer Kutte herumlaufen?"

„Ach ..." Luca wedelte mit der Hand und ich hatte das Gefühl, dass ihr keine Antwort einfiel. Ihre sprunghafte Art ging mir langsam auf die Nerven. Ständig flirtete sie mit Möglichkeiten, aber sobald eine näher an sie herankam, passte ihr irgendetwas nicht und sie rannte wieder davon. Wahrscheinlich war sie so jemand, der einfach nicht ans Telefon ging, wenn ein Liebhaber nach einer Nacht oder ein Chef nach einem Vorstellungsgespräch sie anrief. Es schien ihr zu gefallen, allen Chancen die kalte Schulter zu zeigen und sich am Ende immer überlegen zu fühlen.

Wir spazierten zwischen den quadratischen und rechteckigen Blumenbeeten herum und ich überlegte, ob ich der Gartenzeitschrift einen Artikel über Schlossgärten anbieten sollte. Ich dachte über den ungeheuren Aufwand nach, mit dem aus der Natur etwas Künstliches gemacht wurde. Wenn es in der Natur des Menschen lag, etwas Künstliches zu erschaffen, dann war der Gegensatz im Grunde obsolet. Und wenn der Mensch mit der Erschaffung des Künstlichen nur seiner Natur folgte, hatte die Natur am Schluss ja doch gewonnen, indem sie ihre Erscheinungsform änderte, von Baum zu Computer sozusagen. Allerdings würde das die Leser der Gartenzeitschrift nicht interessieren, die wollten lieber Details über Dünger wissen. Irgendwann fiel mir auf, dass ich Luca aus den Augen verloren hatte. Ich schaute mich um und fand sie ein paar Beete hinter mir. Sie schritt in verträumter Lethargie durch den Garten, als wäre sie die Schlossherrin.

Wir fanden wieder zusammen, als es Zeit wurde, zurück ins Schloss zu gehen. Außer zwei alten Ehepaaren waren wir die einzigen Besucher. Bei der Führung war ich stolz darauf, dass ich alles verstand, sogar die endlosen französischen Jahreszahlen, und mir fiel in den Räumen von Madame de Staël auch nichts Peinliches auf.

Als wir wieder aus dem Schloss kamen, war es noch sonniger und heißer als zuvor. Wir machten uns auf die Suche nach einem Restaurant, und als ich in meiner Handtasche kramte, schaute Luca ungeniert hinein.

„Was ist das für ein Buch?", fragte sie.

„Ach ... also ..."

„Ein Tagebuch?"

„Nicht so ganz."

„Darf ich das sehen?"

„Also, eigentlich ..."

„Nur von außen. Den Einband will ich mir anschauen. Ich mach es nicht auf."

„Na ja ..."

Unsicher gab ich ihr das Buch in die Hand, und Luca schlug es sofort auf. Sie blätterte eine Weile mit den Raubtierkrallen und las die letzten Absätze, die ich geschrieben hatte. Ich ärgerte mich darüber, dass ich die Zeilen vom vorherigen Tag nur mit zwei wütenden Linien durchgestrichen hatte, anstatt die viel gründlichere Methode zu verwenden, jedes Wort unter zahlreichen Kreisen des Kugelschreibers zu verdecken, sodass die Buchstaben nicht mehr entzifferbar wären.

Luca las konzentriert, und ihre Lippen wurden immer verkrampfter. „Ich kann dir sagen, was Liebe ist", meinte sie und schleuderte mir das Buch an den Hals, plötzlich wütend. „Eine Bekannte von mir ist ziemlich arm. Sie hat ein kleines Gehalt von einem Teilzeitjob, von dem sie die Miete für ihre Ein-Zimmer-Wohnung bezahlt, und dazu ein paar Ersparnisse von der Familie. Sie spart überall, wo es nur geht, echt! Den ganzen Winter dreht sie nie die Heizung auf, kein einziges Mal, wegen der Heizkosten. Stattdessen wickelt sie sich zu Hause die ganze Zeit in Decken und Bademäntel ein und trinkt ununterbrochen Tee aus der Thermoskanne, damit sie nicht friert. Sie schaltet fast nie das Licht ein, wegen der Stromkosten, sondern geht früh schlafen und rennt dauernd im Dunkeln herum wie eine Blinde, tastet sich dann immer so mit der Hand an der Mauer vor. Sie hat fast keine Möbel in der Wohnung, nur ein altes Sofa von ihrer Oma, einen Tisch, auch von der Oma, und einen Kasten für ihre Kleider. Sie schläft auf einer Matratze am Boden. Nur die Küche ist sehr gut eingerichtet. Ihre Schuhe und Kleider trägt sie jahrelang, bis sie kaputt sind, sie gönnt sich nie eine Reise, einen Kinobesuch oder Ähnliches. Bücher liest sie gratis in der Bibliothek, wo übrigens die Heizung und das Licht eingeschaltet sind, und wenn sie abends ausgehen will, dann geht sie zu einem Gratis-Vortrag an der Uni oder hört sich eine Lesung von einem Schriftsteller an. Jetzt rate einmal, warum sie so verbissen spart."

„Ich nehme an, weil sie nicht viel Geld hat."

„Ja, schon, aber das ist nur die halbe Wahrheit. Sie spart, weil sie eine große Liebe hat, nämlich die gehobene Kulinarik. Ja, du hättest wohl nicht vermutet, dass dieselbe Frau, die ich dir gerade beschrieben habe, sich regelmäßig die teuersten Delikatessen kauft, nicht wahr? Sie liebt Kaviar und Austern, belgische Schokolade, erstklassigen Wein, teure Liköre und all diese Dinge. Wenn man bei ihr zu Besuch ist – aus Höflichkeit lädt sie nur im Sommer Gäste ein, damit sie nicht frieren –, dann sitzt man am Boden auf einer Decke und isst Kaviar und Meeresfrüchte aus Geschirr von ihrer Oma, das eine ordentliche Patina hat. Und aus uralten Weingläsern trinkt man einen Rotwein, der pro Flasche hundertsiebzig Euro kostet. Und meine Bekannte schließt dabei die Augen und erklärt ganz genau, warum dieser Wein so besonders ist, wo der angebaut wurde und was ihn von anderen unterscheidet. In der Bibliothek liest sie regelmäßig neue Kochzeitschriften und Kochbücher und schreibt auf einen Notizblock mit Bleistift die aktuellen Gourmet-Trends und Rezepte ab. Das ist das Einzige, was bei ihr zu Hause herumliegt: stapelweise vollgeschriebene Notizblöcke mit Rezepten und Fachwissen aus der Welt der Gourmets."

Ich schwieg eine Weile, stellte mir eine dunkle, kahle Wohnung vor, in der sich Notizblöcke stapelten und auf dem Boden Teller mit Kaviar und Austern neben einer offenen Weinflasche standen. „Irgendwie klingt das wundervoll", meinte ich.

Luca lächelte zufrieden.

Dann sagte ich: „Könnte deine Bekannte nicht versuchen, daraus einen Beruf zu machen? Vielleicht könnte sie sogar richtig Geld verdienen und sich dann auch noch Möbel und so was leisten. Und das Gourmet-Essen gratis genießen."

„Du bist ganz schön naiv", meinte Luca und schaute mich spöttisch an. „Weißt du, was für eine harte Welt die Spitzengastronomie ist? Meine Bekannte würde das keinen einzigen Tag überleben. Sie verträgt keinen Stress und keine Konflikte. Ihr ist es am liebsten, wenn sie sich in ihrem gewohnten Bereich bewegt, alles leicht überblicken kann und jeden Tag dieselben Sachen macht. Sie kocht fantastisch, aber in einer Restaurantküche würde sie schon nach einem halben Tag umkommen!"

Zum zweiten Mal spürte ich in mir einen leichten Widerstand gegen Luca. An ihren Worten klebte schon wieder dieser Genie-Begriff, der mir widerlich war. „Sie muss ja nicht in einer Restaurantküche arbeiten. Vielleicht gibt es Möglichkeiten für sie im Journalismus, bei diesen Kochzeitschriften oder so ..."

„Sie ist für das alles nicht geschaffen."

„Macht es ihr so viel Spaß, den ganzen Winter zu frieren und sich in Decken einzuwickeln und in der eigenen Wohnung aus Thermoskannen zu trinken?"

„Es ist die Situation, mit der sie besser umgehen kann."

„Woher kann sie das wissen, wenn sie das andere nie probiert hat?"

„Wenn man sich selbst ein bisschen kennt, dann kann man seine Kräfte und Fähigkeiten einschätzen. Und dann weiß man, was man sich zumuten kann und was nicht. Sie fürchtet sich in einer fremden Umgebung, weint bei jeder kleinen Auseinandersetzung, schämt sich stundenlang für jedes falsche Wort ... Sie möchte in ihrem sicher abgesteckten Bereich sein, wo sie alles kennt und sich zurechtfindet."

„Aber es könnte doch sein, dass ihr Fell mit der Zeit dicker wird. Man wächst doch mit seinen Aufgaben, lernt dazu, entwickelt sich weiter ..."

„Du weißt natürlich alles am besten!"

Plötzlich ging Luca schneller, als wolle sie mir davonlaufen. Ich versuchte aufzuholen, rannte ihr nach und rief atemlos: „Ich finde es eben bescheuert, wenn sich Leute auf ihren Neurosen ausruhen!"

Da blieb Luca mit einem Mal stehen, sodass ich hart gegen sie stieß, und drehte sich zu mir um. Zornig schrie sie mir ins Gesicht: „Was geht es dich, verdammt noch einmal, an? Sie kann ja wohl so leben, wie sie will, oder nicht? Hast du eine Verpflichtung, jemanden zu heilen oder zu retten, der sich nie bei dir beschwert hat? Und noch eins sage ich dir: Eine Neurose ist echt der letzte Ort, an dem man sich ausruhen kann! Das ist der allermieseste, allerschrecklichste Ort, und niemand, absolut niemand würde sich dort freiwillig ausruhen wollen! Jeder, der behauptet, dass man sich auf einer Angststörung, einer Sozialphobie oder einer Depression *ausruht*, ist ein verdammter, gemeiner, unverschämter Zyniker und weiß einfach nicht, wovon er redet!"

„Okay, okay", sagte ich ruhig, aber mit klopfendem Herzen, „es tut mir leid, okay? Ich meine ja nur: Es ist für niemanden leicht ... also ... die Welt ist kompliziert und hart und wir alle müssen irgendwie an uns arbeiten und uns überwinden und ... wir alle haben es schwer, irgendwie."

„Aber manche haben es schwerer. Wenn du den Alltag ohne Neurose schon kompliziert genug findest, dann stell dir erst einmal vor, wie es ist, wenn man zusätzlich eben noch so ein Problem hat. Und wenn sich jemand nicht bei dir beschwert und dich um Hilfe bittet, dann lass ihn, verdammt noch mal, in Ruhe!"

Sie verschränkte die Arme und hinter ihren Pupillen schien ein Feuer zu brennen. Konnte es sein, dass ihre Augen gelb waren? Bisher hatte ich sie für hellbraun gehalten, aber jetzt, im Sonnenlicht auf der Straße, kamen sie mir gelb vor wie bei einem Panther. Auch die Mandelform der Wimpernkränze kam mir auf einmal noch schärfer definiert vor: Waren die Augen bei den Schläfen immer schon so spitz zugelaufen? Sie sah aus wie eine Katze.

„Gut, okay ... Entschuldige, Luca."

Sie entspannte sich ein wenig, war aber immer noch voller Widerstand und fauchte leise.

„Komm, gehen wir etwas essen. Es gibt dort unten sicher super Lokale", sagte ich.

Später saßen wir unter einem Sonnenschirm, schauten auf den Genfer See und aßen Gemüserisotto und Fisch. Luca sah sehr elegant aus, wenn sie das Weinglas hob und daraus trank. Der Chardonnay schien dieselbe Farbe zu haben wie ihre Augen. Mir fiel auf, dass Luca einige Male ungeschickt mit der Gabel gegen ihre eigenen Zähne stieß. Irritiert schaute ich auf ihren Mund und stellte fest, dass sie unglaublich lange Eckzähne hatte. Wie war es möglich, dass mir das bisher nicht aufgefallen war?

„Du hast unglaublich lange Eckzähne", sagte ich.

„Pass auf, was du sagst, du kleines Rotkäppchen!" Eine Sekunde später war sie schon bei einem anderen

Thema: „Ich vertraue darauf, dass ich im schlimmsten Moment meines Lebens gefühllos sein werde. Nur mit diesem Vertrauen kann man das Leben ertragen."

Sie nahm einen Schluck Weißwein und schaute mich herausfordernd an. Ich verstand, dass sie irgendeine Antwort erwartete, mit der ich ihr gefiel. Mein Tagebuch hatte sie enttäuscht, ich musste wieder Pluspunkte sammeln, aber mir fiel nichts ein.

„Hast du eigentlich einen Freund?", fragte sie plötzlich.

„Äh ... nein."

„Das hätte mich auch überrascht."

„Was meinst du? Warum?"

„Na ja ... Du bist so ein Unschuldslamm."

„Na und? Was soll das heißen?"

Sehr würdevoll und souverän trank Luca einen Schluck von ihrem Wein. Sie hatte es nicht eilig, mir eine Antwort zu geben. Nur Untergebene müssen schnell antworten, die Höhergestellten können sich Zeit lassen. Erst als sie das Glas wieder hingestellt hatte, sagte sie: „Man kann sich eben nicht vorstellen, dass du zu diesem Spiel von Provokation und Täuschung fähig bist, das zur Verführung gehört."

„Muss das denn dazugehören?"

„Menschen wollen gelockt werden, sie wollen es ein bisschen schwer haben. Wenn du es schaffst, dieses Märchen zu inszenieren, sodass sie deine Eroberung als ihren Sieg betrachten, dann hast du gewonnen."

„Aber ich will in der Liebe überhaupt nichts inszenieren und überhaupt nicht locken und täuschen."

„Ja, und deswegen hast du keinen Freund."

„Nein", rief ich, und der Kellner, der am Neben-tisch kassierte, drehte sich zu uns um; die Münzen vom Wechselgeld fielen ihm auf den Boden. „Ich will nicht mit einem Psychotrick jemanden erobern! Das könnte man ja dann mit jeder beliebigen Person machen!"

Luca lehnte sich überlegen zurück und nickte. „Richtig."

„Ich will doch die echte Liebe mit der einen Person, die zu mir gehört. Ohne Trick und ohne Täuschung."

„Ich frage mich, was du mit dieser Liebe meinst."

„Hast du noch nie davon gehört, dass manche Menschen besser zusammenpassen als andere?"

„Jetzt, wo du es sagst! Ich glaube, das hab ich tat-sächlich mal gehört ..."

Vor Ärger verschränkte ich die Arme. „Ich verstehe nicht, warum du dich über mich lustig machst."

„Ach, komm schon, du bist einfach ein gefundenes Fressen!"

„Wenn du ein gefundenes Fressen brauchst, dann bist du eine schlechte Jägerin."

Luca schaute mir verwundert und erschrocken ins Gesicht. Erst nach einer Weile fasste sie sich und schüt-telte den Kopf: „Diese Schlagfertigkeit kann richtig unheimlich sein."

„Vielleicht kann ich das ja doch, Provokation und Täuschung und so."

Hinter Luca bewegte sich etwas. Ich schaute an ihrer Schulter vorbei und sah plötzlich wieder den Mönch in der schwarzen Kutte mit der Sense.

„Da geht schon wieder der Mönch!", rief ich panisch und zeigte mit einem zitternden Finger in seine Richtung.

Luca zuckte mit der Schulter. „Dein Mönch, na und? Jetzt bringt er eben die Sense zurück, die er sich vorhin ausgeborgt hat."

„Findest du es überhaupt nicht unheimlich, wenn ein Mönch dauernd mit einer Sense durch ein Dorf spaziert?"

„Ich glaube, Nyon ist eine Stadt."

„Es ist trotzdem unheimlich." Ich griff nach dem Weinglas und konnte es kaum halten. Auf einmal war mir so schwindelig, als würde ich in einer Kapsel herumgeschleudert. Im Hals wurde mir so flau, dass ich glaubte, mich übergeben zu müssen. Eine so heftige Panikattacke hatte ich schon seit Jahren nicht mehr gehabt. Nur am Rande nahm ich wahr, dass Luca sagte: „Ist alles okay? Du zitterst so ..."

Alles um mich herum verschwand: das Restaurant, der Genfer See, der Kellner, die Menschen. Nur ich selbst war ein glühend heller Punkt, der nach allen Seiten hin ausstrahlte. Ich wurde übergroß, ein eiskalter Lichtball aus Panik, Zittern, Herzschlag. Lucas Worte vom Frühstück hallten durch meinen Kopf: Jedes Detail ist ein Symbol, eine Vorausdeutung ... oder so ähnlich? In der Lyrik hat alles eine Bedeutung? Und im Leben?

„Hey, kannst du mich noch hören?" Lucas Hand berührte meinen Arm. Die Geste war so sanft, dass ich zu weinen anfing. Auf einmal schluchzte ich laut wie ein kleines Kind. Würde mich jeden Tag jemand so sanft berühren, dann müsste ich vor gar nichts mehr Angst haben. Vom Weinen wurde mein ganzer Körper geschüttelt.

„Na, sag mal ... Jetzt benimmst du dich aber ein bisschen auffällig!"

Sie ließ ihre Hand auf meinem Arm liegen, kramte mit der anderen in ihrer Umhängetasche und zog ein Taschentuch hervor.

„So, jetzt machst du dich mal wieder schön!", sagte sie.

Wie in Trance nahm ich das Taschentuch, schnäuzte mich und wischte mir die Tränen ab, die immer noch flossen. Langsam beruhigte ich mich. Es tat gut, nicht alleine zu sein. Luca war da, und auch wenn sie mich nicht beschützen konnte, so würde sie zumindest über mein Schicksal Bescheid wissen, und das allein war schon ein Trost. Falls ich jetzt tot umfiele, dann würde sie immerhin wissen, dass ich tragisch gestorben war, und vielleicht um mich trauern. Langsam kehrte die Welt um mich herum zurück, hauptsächlich wegen Lucas Hand.

„Entschuldige", sagte ich.

„Das war ziemlich gruselig. Was ist denn passiert? Hat dich der Mönch so nervös gemacht?"

Ihre Hand lag immer noch auf meinem Arm. „Entschuldige", sagte ich noch einmal, „plötzlich hatte ich solche Angst. Als würde mich jemand mit dem Tod bedrohen. Ich habe ja nur dieses eine Leben, und ich dachte, jetzt ist es weg! Mein eines, einziges Leben!"

Sie sah sich kurz nach allen Richtungen um, dann beugte sie sich zu mir. „Also, ich glaube nicht, dass dich jetzt gerade jemand mit dem Tod bedroht."

„Bist du sicher?"

„Ziemlich."

„Danke, Luca."

Ich nahm einen Schluck Chardonnay. Jetzt ging es wieder fast ohne Zittern. Lucas Hand war warm und sanft, auch wenn die Spitzen der langen Krallen sich leicht in meine Haut bohrten. Dieser Schmerz war ein geringer Preis, den ich gern bezahlte, um vor der Panik sicher zu sein.

Sie hob die andere Hand und strich sich die Haare aus dem Gesicht. Als ich sie anschaute, merkte ich, dass ihre Ohren sehr groß waren und spitz nach oben zuliefen. Gemeinsam mit den gelben Pantheraugen, den spitzen Fangzähnen und den langen Krallen entstand plötzlich ein merkwürdiger Eindruck. Konnte es sein, dass diese Frau sich vor meinen Augen in eine Raubkatze verwandelte?

„Ich denke mir oft", sagte Luca unvermittelt, „dass die größte Gefahr im Leben von Freunden ausgeht. Solange man ganz alleine ohne Kontakt zu anderen Menschen lebt, kann einem kaum etwas passieren, aber sobald man Freunde hat, muss man auf alles gefasst sein. Freunde sind fremde Menschen, die mit dir in Verbindung gebracht werden und in deinem Leben etwas anrichten können. Wenn ein Freund auf einmal kriminell wird, dann stehst du irgendwie damit in Zusammenhang, dabei kannst du gar nichts dafür."

Ganz schnell rief ich: „Aber jetzt gerade tut es mir gut, dass du da bist! Wenn ich jetzt alleine wäre, könnte ich mich wahrscheinlich gar nicht beruhigen. Ich bin wirklich froh, dass du da bist!"

„Aber ich bin ja keine Freundin von dir. Wir sind zwei Fremde, die sich zufällig bei einer Reise begegnet sind."

„Ach so, ja ..."

Sie lächelte. „Aber ganz im Ernst: Freunde sind gefährlich, aber es ist so vertrackt: Wenn du jemanden kennenlernst, kannst du nicht verlangen, dass er dir erst einmal seinen gesamten Lebenslauf, seine Neigungen, ansteckenden Krankheiten und psychopathologischen Auffälligkeiten darlegt. Du lernst jemanden kennen, lässt ihn in dein Leben, ihr versteht euch, unternehmt schöne Dinge, und irgendwann merkst du, dass du eine Einladung an den Teufel ausgesprochen hast."

Der Kellner ging gerade an unserem Tisch vorbei, als Luca *Einladung an den Teufel* sagte, und sah uns erschrocken an. Ich bemühte mich, ihn zu ignorieren, und schaute auf Lucas Hände. Ihre Krallen waren noch länger geworden, und auf ihren Unterarmen hatten sich braune Flecken gebildet wie bei einem Leopardenfell. Jetzt ließ sich nicht mehr leugnen, dass mir ein Panther gegenübersaß, der mit einer Gabel Risotto aß und aus einem langstieligen Glas Chardonnay trank. Luca war zu einer Raubkatze geworden. Aus irgendeinem Grund machte mir diese Erkenntnis viel weniger Angst als der Mönch. Vielleicht war ich bereit, mich bei Luca auf alles einzulassen, alles anzunehmen, was sie mir bot. Wenn sie ein Tier war, dann würde ich das eben gut finden, und wenn sie eine Gefahr war, dann würde ich mich ihr stellen, einfach nur, weil ich es wollte. Ich hatte mich dafür entschieden, ihre Freundin sein zu wollen. Diese Entscheidung war unwiderrufbar.

Als wir uns später auf den Weg zum Bahnhof machten, merkte ich, wie Lucas Schritte immer unsicherer wurden. Sie ging langsamer, trat öfter daneben, schwankte, als hätte sie einen Schwips.

„Geht es dir gut?", fragte ich.

„Vielleicht ... vielleicht ... kann ich mich an deinem Arm anhalten?"

Ihre Stimme klang ganz dünn, völlig anders als noch ein paar Stunden zuvor.

„Ja, natürlich", sagte ich und hielt ihr meinen Arm hin. Sie stützte sich schwer darauf. Ihre Unterarme waren nun komplett mit dem Leopardenmuster übersät, ihre langen Krallen waren nicht mehr zu übersehen.

„Danke", stieß sie zwischen den Raubtierfangzähnen hervor.

Ich stellte ihr keine Fragen, sondern führte sie an meinem Arm die Straße entlang. Luca war meine Freundin, egal ob diese Definition ihr gefiel oder nicht, und wenn sie ein Raubtier war, dann war eben ein Raubtier meine Freundin.

Im Zug holte ich für Luca einen Kaffee im Pappbecher, den sie mühsam in ihren Pranken hielt. Die Fangzähne bohrten sich beim Trinken in den Becherrand und Luca verschüttete einige Tropfen.

„Das macht nichts", sagte ich und wischte sie weg.

Der Zugbegleiter schaute verschämt an Luca vorbei, nickte nur unseren Tickets zu und verließ dann schnell das Abteil.

„Komm", sagte ich, als wir eine Stunde später aus dem Zug stiegen. Als wir durch die Bahnhofshalle gingen, dachte ich daran, wie Luca vor der Abfahrt am Ticketautomaten meinen Ausweis angeschaut hatte. Sie war mir überlegen gewesen, diejenige, die mir etwas aus der Hand gerissen hatte, und jetzt stützte ich sie, damit sie nicht schwankte.

Der Weg zum Hotel zog sich in die Länge, da Luca immer langsamer und zittriger wurde. In der Lobby grüßte ich die hübsche Dame an der Rezeption, die sich irritiert wegdrehte und nur über die Schulter einen leisen Gruß murmelte. Jetzt war es mir doch gelungen, sie zu verwirren! Nicht mit allem konnten die seriösen Menschen problemlos umgehen, ohne sich etwas anmerken zu lassen. Wenn ich mit einer Gestalt auftauchte, die halb Frau, halb Katze war, dann bröckelte auch die Fassade einer Rezeptionistin.

Luca lehnte sich im Aufzug an die Spiegelwand und schloss die Augen. Für einen Moment ließ sie meinen Arm los, und ich hatte sofort den Eindruck, dass da etwas fehlte. Mein Arm fühlte sich zu leicht an ohne ihr Gewicht. Ich freute mich, als der Aufzug stehen blieb und Luca sich wieder an mich hängte.

Ich brachte sie in ihr Bett, dann duschte ich in ihrem Bad, weil ich die Hitze nicht mehr aushielt. Es war unangenehm, anschließend dasselbe verschwitzte

Kleid wieder anziehen zu müssen, aber ich fand auf die Schnelle keine Alternative. Als ich mit tropfenden Haaren zu ihr zurückkam, erschrak ich, wie hilflos sie dalag, mit den spitzen Krallen und den langen Fangzähnen, die sie behinderten. Für eine Sekunde musste ich an meine Oma denken, an meinen letzten Besuch bei ihr im Altersheim, kurz bevor sie starb. Maschinen waren der Natur zur Seite gesprungen, damit sie noch ein bisschen länger weiterlebte.

„Glaubst du", sagte Luca, obwohl sie mit den langen Zähnen kaum sprechen konnte, „dass ich irgendwann im Leben ankommen werde?"

Sie hielt mir ihre Hand hin, und ich nahm sie, streichelte sie sanft. „Vielleicht hast du falsche Vorstellungen vom Ankommen."

„Ich bewundere jede Bäuerin, jeden Handwerker, jeden, der weiß, wo er hingehört."

„Ich glaube, die meisten sehnen sich nach einem Leben, wie du es führst."

Luca fauchte: „Die haben falsche Vorstellungen vom Nicht-angekommen-Sein."

Erato (Liebe)

Den Rest vom Dessert muss sie am nächsten Tag immer alleine essen. In ihrem ordentlichen Haushalt erträgt sie es nicht, Lebensmittel wegzuwerfen. Bevor ein Käse im Kühlschrank das Ablaufdatum erreicht, würgt sie ihn hinunter, auch wenn sie keine Lust auf Käse hat und ihr schlecht wird. Manchmal isst sie vier Scheiben Brot vor dem Schlafengehen, und dann träumt sie wilde und komplizierte Geschichten mit Einleitung, Hauptteil und Schluss, weil ihr Gehirn von den Kohlenhydraten so geladen ist. Das Dessert vom romantischen Abendessen landet pflichtbewusst auf dem Frühstücksteller, ehe sie das Wasser für den Abwasch einlässt.

Das Geschirrabwaschen nach einem Männerbesuch ist immer das Schönste. Zwei Gläser, zwei Teller, zwei Tassen – das fühlt sich an, als würde sie nicht allein leben. Oft entwirft sie dann in ihrem Kopf ein Spiel: Die Kinder sind in der Schule, stellt sie sich vor, und der Mann gerade auf dem Weg in die Arbeit. Manchmal stolpert sie dabei über das Problem, wie sie die Erinnerung an die vergangene heiße Nacht in diese Fantasie integrieren soll; sie passt nicht so recht in das Klischee von der Familienidylle mit zwei Kindern. Mitunter rettet sie sich dann in diese Variante: Die Kinder sind gerade mit der Schule auf Skikurs und ihr

Mann und sie haben die seltene Zweisamkeit genützt, um mal wieder einen romantischen Abend mit Musik, Wein und gutem Essen zu verbringen und es nachher im Schlafzimmer so zu treiben, wie sie es nicht mehr tun konnten, seit die Kinder da sind. Wenn sie es sich so erklärt, lächelt sie vor Glück.

An diesen Vormittagen, die sie alleine mit dem Rest vom Kuchen verbringt, denkt Caroline oft an die Möglichkeit, schwanger zu sein. Eine vage Hoffnung, die sie vor den Männern behutsam als Sorge tarnt, hat sie nach fast jeder Liebesnacht, und deshalb notiert sie in ihrem Kalender akribisch jede Verabredung, damit sie gegebenenfalls wüsste, wer der Vater ist. Nicht dass der Umstand für den entsprechenden Mann eine besondere Bedeutung hätte. Caroline hat schnell verstanden und mittlerweile auch akzeptiert, dass keiner ihrer Liebhaber bereit wäre, mit ihr ein Kind aufzuziehen. Der Architekt hat bereits eine Tochter, die fast in Carolines Alter ist, und die beiden anderen – der Reporter und der Philosoph – hatten nie das Bedürfnis, mit einer Frau so viel Nähe zu teilen.

Der Gedanke, ohne Mann ein Kind aufzuziehen, erschreckt Caroline nicht. Auf ihre Eltern und Geschwister würde sie sich immer verlassen können. Der Architekt ist so weichherzig, dass er wahrscheinlich regelmäßig zum Spielen und Aufpassen käme, auch wenn sie ein Kind mit einem anderen hätte. In diesem Fall vermutlich sogar lieber, als wenn das Kind von ihm selbst wäre. Ihm würde sie sogar zutrauen, dass er zu ihrer Entbindung ins Krankenhaus käme, ihre Hand streicheln und ihr Witze erzählen würde, um sie zu beruhigen.

Der Reporter hingegen, vermutet sie, würde den Kontakt zu ihr in jedem Fall abbrechen, egal ob das Kind von ihm wäre oder nicht. Für ihn sind Kinder so fremd wie Außerirdische und so bedrohlich wie Schlingpflanzen. Auf der Straße weicht er ihnen so weit aus, als hielte er sie alle für ansteckend. Ein bis zwei Abende pro Woche verbringt er bei ihr. Müsste bei dieser Häufigkeit nicht laut Statistik irgendwann einmal ein Kondom versagen? Oder eine unbedachte Berührung mit dem falschen Finger an der falschen Stelle in der falschen Reihenfolge dafür sorgen, dass sich alles magisch zusammenfügt?

In der Nacht hält er sie immer lang im Arm und sie unterhalten sich leise über verschiedene Themen: aktuelle Zeitungsmeldungen, Literatur, Reisen, Philosophie. Einige Male hat er in solchen Momenten auch von seiner traumatischen Kindheit erzählt, vom schwierigen Verhältnis zu seiner Mutter, vom Vater, den er erst im Erwachsenenalter kennengelernt hat, und von gescheiterten und schmerzhaften Beziehungsversuchen. Sie mag es, wenn er mit einem Finger sanft ihre Wange streichelt oder ihr Ohr kitzelt. Wenn er ihr intime Dinge anvertraut, wächst in ihr die Hoffnung, dass er heimlich in sie verliebt ist und es sich bloß selbst nicht eingestehen kann.

Energisch spült sie den Schaum vom Geschirr, fast ein wenig brutal, und gönnt sich eine kurze Pause. Vor dem Fenster hört sie eine Gruppe von Kindern auf dem Weg zur Schule. Sie setzt sich an den Küchentisch, beugt sich seitlich nach unten und fischt die drei Kondome aus dem Mistkübel, die der Reporter und sie in der Nacht verwendet haben. Sie sind schlapp in sich zusammengefallen wie erschöpfte Läufer. Wenn sie jedoch eines zwischen zwei Fingern hochnimmt und vor ihr Gesicht hält, offenbart es sich in seiner ganzen Würde.

„Du hättest Radfahren lernen, im Park Enten füttern, in die Schule gehen und studieren können", sagt sie. „Wer weiß, was aus dir geworden wäre." Dann legt sie das Kondom hin und nimmt ein anderes hoch: „Du hättest Anwalt werden können ... Na ja ... vielleicht eh besser ..."

Entschlossen wirft sie die Kondome zurück in den Mist. Im Grunde ist sie sich gar nicht so sicher, ob sie wirklich ein Kind will. Sie will nur diese Intensität von Liebe und das Gefühl, dass jemand wirklich zu ihr gehört. Mit Kindern konnte sie eigentlich nie etwas anfangen, schließlich hatte sie fast nie Kontakt zu welchen. Sie ist die Jüngste unter ihren Geschwistern, alle Verwandten außer ihre eigenen Eltern sind kinderlos. Tatsächlich kennt sie Kinder nur aus Wartezimmern, Straßenbahnen, Schlangen an Supermarktkassen und von den Spielplätzen, an denen sie vorbeigeht. Sie könnte nicht einmal behaupten, dass ihr in einem dieser Zusammenhänge die Kinder besonders angenehm wären. Aber bei einem eigenen Kind wäre freilich alles ganz anders, da würde sich neun Monate lang im Körper und im Geist irgendetwas Magisches abspielen, sodass eine ganz tiefe und feste Bindung entstünde. Diese Bindung ist es, die sie so schmerzhaft vermisst, dass sie fast jeden in ihr Leben einladen würde, der ihr das verspräche.

Ruckartig steht sie auf und geht ins Schlafzimmer, um die Bettwäsche zu wechseln. Sie wirft die Decke mit beiden Händen in die Luft wie einen Pizzateig und ist ein bisschen stolz auf ihre ritterlichen Männer, die immer alles so sauber zurücklassen. Das sind doch wirklich keine Affen, denkt sie, alle drei sind gebildet und zivilisiert, tragen den Teller nach dem Essen in die Küche und lassen Wasser darüber laufen, bringen ihr Wein, Olivenöl oder Marmelade mit, wenn sie etwas Besonderes gekocht hat, und halten sie zärtlich im Arm, wenn sie bei einem traurigen Film weinen muss. Manchmal legt der Architekt die leeren Schokoladenpapierchen unbedacht auf den Wohnzimmertisch, und dann genügt ein kurzer strenger Blick von Caroline, dass er aufsteht und das Papierchen in den Mistkübel wirft. Der Architekt wechselt auch ihre Glühbirnen, hebt die quietschenden Türen aus den Angeln und schmiert die Scharniere. Für Zeitschriften gibt Caroline schon lange kein Geld mehr aus, weil der Reporter ihr immer die alten Ausgaben verschiedener Wissenschaftsmagazine mitbringt. Vor dem Einschlafen reden sie oft über die Artikel, die sie beide gelesen haben, zum Beispiel über Nomadenvölker in Afrika oder das Sozialverhalten von Flughunden. Mit dem Reporter tauscht sie auch Bücher, Filme und Rockmusik-CDs aus und spart sich seither die Leihgebühr für die Städtische Bücherei. Ihre Mitgliedschaft wird sie dieses Jahr gar nicht mehr verlängern.

Als Caroline im Frühjahr gebeten wurde, einen Tanzkurs zu leiten, zeigte sie das komplizierte Vertragsmuster allen drei Männern und ließ sich von ihnen beraten. Zum Schluss hatte sie drei verschiedene Meinungen, die sie gegeneinander abwägen konnte, und ging selbstbewusst in die Verhandlungen. Früher hätte sie sich nie getraut, selbst etwas einzufordern, und steckte sehr viel Arbeit in unbezahlte Projekte. Nun aber gelang es ihr, mit der Leiterin des Tanzstudios ein vernünftiges Honorar und gute Bedingungen für sich auszuhandeln.

Caroline rafft die schmutzige Bettwäsche zusammen und trägt sie ins Badezimmer. Das Putzen, Waschen und Aufräumen nach einem Männerbesuch beruhigt sie. Wenn das Geschirr sauber und die Bettwäsche frisch ist, wird die Fantasie wieder glaubhafter: Der Mann ist gerade in der Arbeit, die Kinder sind in der Schule. Manchmal wundert es sie schon ein bisschen, dass ihr diese Vorstellung um so vieles lieber ist als die Variante: Der Mann ist gerade nach Hause gekommen und die Kinder sind auch da. Wahrscheinlich liegt es daran, dass ihre Kreativität dafür einfach nicht ausreicht; sie weiß eben nicht, wie das wäre. Würden sich alle die ganze Zeit im selben Raum aufhalten, oder wäre jeder eher für sich? Würden die Kinder still zeichnen und sich gegenseitig ihre Buntstifte borgen, oder würden sie alle auf dem Sofa nebeneinander sitzen und sich einen Disney-Film ansehen? Caroline kann sich

das einfach nicht vorstellen, ihr fehlen die Anhalts-
punkte. Wenn sie abends fernsieht, kann sie sich schon
vorstellen, dass da jetzt ein bis drei Personen daneben-
säßen, die ab und zu einen humorvollen Kommentar
machen oder *Schau mal* sagen. Nur zu den Personen
selbst fällt ihr nichts ein. Sie hat keine Ahnung, womit
sich Kinder in verschiedenen Phasen ihrer Entwicklung beschäftigen.

Im Grunde findet sie es auch gar nicht besonders interessant. Einmal hat sie mit dem Architekten gemeinsam eine Dokumentation über Babys gesehen. Mit
dem Architekten sieht sie ziemlich viel fern; er wählt
den Sender aus, kuschelt sich an sie und schläft nach
zehn Minuten ein, und dann sieht sich Caroline an,
worauf sie Lust hat. Die Sendung über Babys fing ganz
spannend an, nämlich mit der Darstellung einiger me-
dizinischer Extremfälle. Ein frühgeborenes Kind hatte man am Gehirn operieren müssen, das interessierte
Caroline sehr. Danach wurden aber nur noch die normalen Entwicklungsstadien von Babys erklärt, und Caroline merkte, wie sie sich immer mehr langweilte. Sie
musste sich die Hände vor die Augen halten, als Nah-
aufnahmen von sabbernden Mündern gezeigt wurden.
Außerdem erschienen ihr die Bilder von glänzend re-
tuschierten Babys in Windeln irgendwie unangenehm
übergriffig. Sie wollte das nicht sehen. Gleich danach
kam eine Dokumentation über Mumien, und Caroline
merkte, wie sie schlagartig viel wacher und aufmerksa-
mer wurde. Es faszinierte sie, wie die Forscherin eine
winzige Kamerasonde durch die Nasenhöhle in den

Kopf der Mumie einführte, um den Hohlraum zu untersuchen, aus dem man das Gehirn entfernt hatte.

Inzwischen ist es acht Uhr dreißig, und Caroline setzt sich an den Schreibtisch, um eine E-Mail an den Philosophen zu schreiben. Einen ersten Entwurf dazu hat sie schon am Tag zuvor abgespeichert, bevor der Reporter an die Tür geklingelt hat. Angespannt liest sie die Zeilen und denkt über jedes einzelne Wort nach. Es ist schwierig, in wenigen Worten zugleich verführerisch, unabhängig, psychisch gesund und verliebt zu wirken. Sie möchte ihm keine Angst einjagen und trotzdem deutlich machen, dass sie ohne ihn ein Wrack ist, das auf dem Zahnfleisch geht. Er soll wissen, dass sie ein Kampf ist, den er ausfechten muss, aber ahnen, dass er eigentlich schon gewonnen hat. In den Augen des Mannes möchte sie ein aufregendes Abenteuer sein, bei dem er sich nicht nur wild und verwegen, sondern auch geborgen fühlen kann. Deswegen sollen ihre Worte leidenschaftlich, aber nicht pathologisch klingen. Die Gefühle für ihn muss sie vorsichtig tarnen, aber dabei auf keinen Fall überkompensieren. Jede Nachricht soll wie ein Bühnenvorhang sein, hinter dem die Tänzerin zaghaft hervorschaut, manchmal mit dem Kopf, manchmal mit der Hüfte und manchmal mit einem Bein. Oft braucht sie zwei Stunden, um eine E-Mail von fünf Zeilen zu verfassen, und dabei ist sie die ganze Zeit zittrig, als ginge es um eine schwere Prüfung.

Während sie an einem frivolen Schlusssatz feilt, vibriert ihr Handy. Lächelnd liest sie eine SMS des Reporters, in der er ankündigt, er habe in einer Zeitschrift einen langen Artikel über Seehunde entdeckt, den er ihr das nächste Mal mitbringen werde. Dadurch fühlt sie sich gleich etwas stärker. Deutlich gelassener wendet sie sich wieder der E-Mail an den Philosophen zu, schreibt die letzten Worte und klickt mit zusammengekniffenen Augen ganz schnell auf *Senden*. Wenn sie den Reporter und den Architekten nicht hätte, wäre sie an den Gefühlen für den Philosophen schon längst zugrunde gegangen.

Zufrieden steht sie vom Schreibtisch auf und macht ein paar Schritte durch das Wohnzimmer, dreht sogar eine kleine Pirouette. An der Vorhangstange hat sie zwei Kleider zum Trocknen aufgehängt. Ihre Finger zittern, als sie den Stoff berührt, der noch ein wenig feucht ist. Ob der Philosoph ihre Nachricht bereits in diesem Moment liest? Aufgeregt ruft sie sich noch einmal jedes Wort in Erinnerung, das sie geschrieben hat. Sie stellt sich sein Gesicht vor, den schelmischen Ausdruck und dieses leicht Zerknitterte und Verzweifelte an ihm. Zum Tanzen ist er viel zu gehemmt.

Dann wird es Zeit, ins Tanzstudio zu gehen. Sie nimmt ihre Sporttasche und sucht nach dem Schlüssel. Bevor sie aus dem Haus geht, schaut sie noch einmal in den Spiegel. Zumindest ihr Auftreten hat sich in der letzten Zeit wirklich verbessert. Sie hat sich noch nie so viel Mühe mit ihrem Aussehen gegeben wie im vergangenen Jahr, seit sie begonnen hat, auszugehen und sich mit Männern zu treffen. Ihre Röcke sind jetzt kürzer und ihre Schuhe eleganter, und sie geht auch nicht mehr mit der Jogginghose ins Tanzstudio.

Nur Make-up wird sie sich nie angewöhnen. Einmal hat sie auf einer Zugfahrt in England eine junge Frau beim Schminken beobachtet. Die Frau hatte auf dem Klapptisch vor ihrem Sitz einen riesigen Berg mit abenteuerlichen Werkzeugen hergerichtet und zog immer noch mehr und mehr aus ihrem Köfferchen, wie ein fleißiger Handwerker oder ein Heinzelmännchen. Caroline hatte ein wenig Angst vor diesen unheimlichen Geräten und verbarg ihr Gesicht zur Hälfte schützend hinter einem Buch. Eines der Werkzeuge sah aus wie medizinisches Silberbesteck, und ausgerechnet dieses führte die Frau im fahrenden Zug ganz nah an ihr Auge, um ihre Wimpern darin einzuklemmen. Caroline konnte sich beim besten Willen nicht vorstellen, wozu es notwendig sein sollte, an den Wimpern etwas zu verändern. Immer wieder schaute sie vorsichtig hinter ihrem Buch hervor und beobachtete die unheimliche Operation. Die Frau arbeitete ernst und konzentriert, als ginge es um etwas ganz Wichtiges, und Caroline hätte gern so etwas gesagt wie: „Schwester, Tupfer!", oder: „Zange!" Sie fragte sich besorgt, wie das sein musste, wenn so eine Frau einen Mann hatte. Schluckte der nicht ständig Gift, wenn er seine Freundin auf die Wange oder die Lippen küsste? Am Ende der Operation sah die Engländerin ganz künstlich aus, und Caroline hätte gern gewusst, ob das der gewünschte Effekt war.

Caroline streicht kurz über die Kante des Vorzimmerspiegels und freut sich, dass auf ihrem Finger kein Staubkorn haften bleibt. Die Liebhaber sind gut für ihre Wohnung. Seit sie öfter Gäste hat, entfernt sie regelmäßig den Kalk aus den Spülbecken, reinigt die Abflüsse und kratzt das eingetrocknete Fett von den Herdplatten. Für sich alleine hat sie das nie getan. Dabei glaubt sie nicht einmal, dass die Männer ihre Mühe wahrnehmen; niemand bemerkt fehlenden Kalk. Vermutlich würden die Männer nicht einmal vorhandenen Kalk bemerken. Dennoch hat sie sich selbst einen Maßstab gesetzt, den sie jetzt nicht mehr unterschreiten kann. Wenn sie irgendwann wieder Kalk in ihren Spülbecken hätte, käme es ihr so vor, als hätte sie einen großen Rückschritt gemacht.

Sie verlässt die Wohnung und geht die Stiegen ins Erdgeschoss hinunter. Als sie lautes Kinderlachen hört, versucht sie, schnell umzudrehen und zurück in die Wohnung zu laufen, aber es ist zu spät.

„Oh, guten Tag!", ruft die Nachbarin und kommt auf sie zu. Sie führt ein Kind an ihrer Hand. „So ein Glück", sagt die Nachbarin. „Ich wollte Sie eh etwas fragen!"

Caroline nickt und lächelt. Bis vor Kurzem war es nicht üblich, dass die Nachbarin und sie einander grüßen. In ihrem Wohnhaus, das direkt neben einem Kindergarten und einer Volksschule liegt, herrscht eine klare Trennung zwischen zwei Parteien, nämlich Müttern und kinderlosen Frauen. Sofort nach dem Einzug ist Caroline aufgefallen, dass die Mütter nur mit anderen Müttern reden, während sie kinderlose Frauen nicht einmal anschauen oder grüßen. Von dem, was Caroline im Stiegenhaus gelegentlich mithört, weiß sie außerdem, dass die Mütter nie über ein anderes Thema sprechen als über Kinder. Dabei verhalten sie sich erstaunlich indiskret. Einmal hörte Caroline, wie eine Mutter mit dem Kinderwagen unten auf der Straße stand und zum Balkon einer anderen Mutter hinaufrief: „Wart ihr schon beim Arzt?!" Ein paar Stunden später am selben Tag ging Caroline gerade mit einer Teetasse am offenen Küchenfenster vorbei, als ein Kind stolz vom selben Balkon hinunterschrie: „Hey, ich hab Fieber!" Am darauffolgenden Tag erschrak Caroline beim Geschirrabwaschen und zerbrach fast ein Glas, weil eine Mutter von der Straße heraufschrie: „Na, wie geht's bei euch mit den Pusteln?!"

Es ist unmöglich, Hinweise darauf zu finden, wofür diese Frauen sich interessiert haben, bevor sie Mütter wurden. Insofern kann Caroline verstehen, dass sie von ihnen eiskalt ignoriert wird. Worüber soll man auch reden, wenn einer eine Themenfixierung hat und dem anderen das Insiderwissen fehlt? Caroline hat ähnliche Erfahrungen mit *Star Wars*-Fans gemacht. Über Pusteln weiß sie noch weniger als über Außerirdische. Nur von den Vätern wird Caroline immer gegrüßt.

„Aber zuerst: Ich hoffe, Sie hatten eine schöne Reise! Letztens hab ich Sie wieder mit dem Koffer gesehen", sagt die Nachbarin und streicht sich durch die Haare. Aus irgendeinem Grund sehen die Mütter in der Nachbarschaft alle gleich aus, wie Mitglieder einer Gang. Alle haben schulterlange Haare und eine Brille. Sie sind trotz ihrer überstandenen Schwangerschaften schlank und tragen sportliche Kleidung. Caroline vermutet, dass die Mütter alle zum selben Frisör gehen, demselben Diätprogramm folgen und im selben Geschäft einkaufen. Deswegen hat Caroline oft Schwierigkeiten, die Mütter zu unterscheiden, und hält sich an kleinen Details fest: Die von gegenüber hat immer eine rosa Tasche am Kinderwagen baumeln, die von rechts unten hat einen blauen Rucksack mit einer aufgenähten Blume, und die aus dem dritten Stock trägt eine braune Umhängetasche.

„Äh ja ...", antwortet Caroline zerstreut, „ich war einige Tage in New York."

Ihre Augen wandern kurz zu dem Mädchen, das sich an der Hand der Mutter festklammert und mit skeptischem Todesblick zu ihr aufschaut. Manchmal kommt es Caroline so vor, als ob sogar schon Kinder zwischen Müttern und Nicht-Müttern unterscheiden könnten und ihr gegenüber ein bisschen feindselig wären. Es gelingt Caroline nie, einem Kind so verträumt zuzulächeln, wie andere das tun, oder souverän mit ihm in Babysprache zu reden. Sie hat da kein natürliches Programm, das sie abspulen könnte. Im Grunde ist sie da dem Reporter ganz ähnlich.

„Oh, New York", ruft die Nachbarin und drückt die Hand des Mädchens so fest, dass es zornig zu ihr aufschaut, „wie aufregend! Ich war ja noch nie in Amerika! Ach, da würde ich so gern einmal hin! Ist dort wirklich alles größer als bei uns?"

Das Mädchen schreit: „Mama, aua!", und stampft mit dem Fuß auf. Beiläufig lockert die Nachbarin den Griff, ohne hinzusehen.

„Na ja ... also ... Die Häuser sind schon irgendwie höher ... aber insgesamt ist es gar nicht so anders als bei uns ..."

„Ach, ich würde ja so unglaublich gern einmal dort hinfahren ... aber natürlich jetzt mit den Kindern ... Da geht das nicht."

Caroline überlegt. Sie hat schon oft Kinder in Flugzeugen gesehen, und ob das Mädchen in Wien oder in New York quengelt, kann doch auch nicht so einen Unterschied machen. Trotzdem nickt sie, um sich nicht die Beziehung zur einzigen Mutter zu verderben, die mit ihr spricht.

„Ja, natürlich", sagt sie.

Die Nachbarin wirkt irgendwie atemlos und sieht Caroline mit offenem Mund an. „Aber kurz vorher waren Sie doch auch weg, nicht wahr? Anfang des Monats oder so."

„Ein paar Tage am Land, ja."

„Oh, wie schön! Da werde ich ja ganz neidisch!"

Caroline lässt das Kreischen der Mutter über sich ergehen und erinnert sich daran, wie sie im Burgenland eines Morgens einen so heftigen Streit mit dem Reporter hatte, dass sie weinend aus dem Zimmer lief und dabei fast die Putzfrau umrannte. In ihrer Verzweiflung rief sie den Architekten an. Diese Nachbarin mit ihrem offenen Mund, die jeden Tag vom selben Mann liebevoll in den Arm genommen wird und jeden Abend mit demselben Mann und denselben Kindern auf ihrem Sofa einen Disney-Film ansieht, hat keine Vorstellung von dieser Einsamkeit. Sie weiß nicht, wie es ist, wenn man zu niemandem gehört. „Die Landschaft war wirklich sehr schön", erwidert Caroline.

Dass die Nachbarin und sie angefangen haben, einander zu grüßen und sich miteinander zu unterhalten, ist durch ein Versehen passiert. Eines Tages stand Caroline bei den Postkästen und kämpfte mit dem Schlüsselanhänger, der sich im Briefschlitz verfangen hatte. Plötzlich kam hinter dem Stiegenaufgang die Nachbarin mit den beiden Kindern hervor, hörte den Lärm des Schlüssels und grüßte blind in die Richtung der Postkästen, einfach ins Blaue hinein, ohne zu wissen, wer da stand. Erst als sie um die Ecke bog und Caroline freundlich den Gruß erwiderte, sah die Nachbarin, dass ihr ein Fehler passiert war: Sie hatte eine kinderlose Frau gegrüßt. Caroline konnte sehen, wie das Gesicht der Nachbarin immer mehr auseinanderfiel und sich das liebenswerte Lächeln in eine erstarrte, eiskalte Fratze verwandelte. Nun war der herausgerutschte Gruß aber nicht mehr zurückzunehmen, und seitdem grüßen die beiden einander bei jeder Begegnung. Man kann jemanden nicht mehr ignorieren, nachdem man mit ihm etwas Peinliches erlebt hat.

„Also ... Ich wollte Sie etwas fragen", beginnt die Nachbarin und senkt dabei die Stimme. Caroline hat das Gefühl, dass jetzt gleich etwas Unanständiges kommt. „Ich will natürlich nicht andeuten, dass ich Sie beobachte ..." Die Nachbarin wirkt verschämt.

Caroline findet, dass sie schöne Augen hat. Manchmal beobachtet sie die Nachbarin durch das Küchenfenster, wenn sie mit den Kindern aus dem Haus geht.

Es gefällt ihr, wenn sie die Haare zurückstreicht und sich kratzt, wenn sie die Brille mit dem Zeigefinger auf der Nase höherschiebt und dabei ernst schaut. Diese Gesten sind so frei von Eitelkeit. Zu dieser Selbstvergessenheit ist Caroline nicht mehr fähig, seit sie angefangen hat, sich mit Männern zu treffen.

Caroline versteht oft selber nicht, wie das gekommen ist, dass sie auf einmal drei Verehrer hat. Früher ist sie nie ausgegangen und hat immer nur alleine auf dem Sofa bei Liebesfilmen geweint. Vor einem Jahr hat sie den Reporter kennengelernt und gehofft, dass er ihre große Liebe wäre. Dann hat er behauptet, er sei für eine Beziehung nicht bereit, und zufällig hat sie kurz darauf den Architekten kennengelernt. Irgendwie hat sie aber nicht aufgehört, sich weiterhin mit dem Reporter zu treffen, weil es ja sein konnte, dass der doch noch beziehungsfähig würde. Vor Kurzem ist ihr bei einer Veranstaltung der Philosoph begegnet. Welcher sie am Ende heiraten wird, weiß sie noch nicht.

Einmal hat Caroline versucht, ihre Geschichte als Märchen aufzuschreiben. Dabei saß sie mit dem Notizbuch und einem Bleistift am Küchentisch. *Es war eine Frau, die hatte drei Söhne*, begann sie, *und jeden davon liebte sie so, wie er war. Die drei aber waren in ihrem Wesen so unterschiedlich, dass sie einander im Alltag niemals begegneten, und bald vergaß jeder, dass er zwei Brüder hatte. Die Orte, die der eine besuchte, mied der andere, weil sie ihn nicht interessierten, und der dritte hielt sich wieder ganz woanders auf. Auch in dem Raum, der „Zeit" heißt, konnte fast nie einer den anderen treffen. Wir alle wissen, dass die Zeit wie dickes Zeichenpapier zwischen den Sternen aufgespannt ist. Dieser Bogen Papier dient gleichzeitig als Wäscheleine, auf der alle guten und schlechten Witze, welche die Menschen im Laufe der Jahrhunderte machen, wie Kleider zum Trocknen aufgehängt sind. Da die Schwerkraft im Weltall nicht existiert, gibt es keinen Unterschied zwischen leichten und schweren Witzen, sondern nur zwischen lustig und fad. Die drei Söhne jedenfalls befanden sich auf der Wäscheleine der Zeit nie am selben Ort. Der eine schlief am Vormittag, der andere am Nachmittag und der dritte in der Nacht. Deswegen begegneten sie einander auch in ihren Träumen nicht. Es gab zwischen ihnen einfach keine Verbindung, und wenn sie einander begegnet wären, hätten sie wahrscheinlich nichts zu reden gewusst.*

„Also", sagt die Nachbarin, „zufällig habe ich schon ein paar Mal gesehen, dass dieser berühmte Philosoph bei Ihnen war. Da war ja vor ein paar Wochen dieses Interview mit ihm in den Nachrichten, deswegen hab ich ihn erkannt." Die Nachbarin öffnet ihre Umhängetasche mit dem Elefantenmuster und zieht ein Exemplar des neuen Buches vom Philosophen heraus. „Ich muss gestehen, ich hatte das jetzt fast immer dabei, weil ich gehofft habe, Sie zu treffen. Also, ich lese ja eigentlich nicht, aber wenn man schon einmal einen Autor quasi persönlich kennt … Da hab ich mir das Buch gekauft. Vielleicht später für die Kinder einmal …"

Caroline wirft einen kurzen Blick auf das Mädchen, das sich gerade einen leuchtend grünen Kaugummi aus dem Mund zieht und um den Finger wickelt. „Ja", sagt sie, dann schaut sie wieder zurück auf das Buch, das ihr Geliebter unter großen Qualen geschrieben hat. Jetzt war es tagelang in der Elefanten-Umhängetasche einer Frau eingesperrt, die eigentlich nicht liest.

„Könnten Sie …", sagt die Nachbarin, „also, ihn vielleicht mal fragen, ob er das für mich signiert? Für uns? Ich meine … Das kann ja vielleicht sogar eine Wertanlage sein, für später einmal. Man kann sich ja auf die Pension heute nicht mehr verlassen." Drängend hält die Nachbarin ihr das Buch entgegen.

Für einen Moment steht Caroline starr und ist nicht einmal fähig, die Hand nach dem Buch auszustrecken. „Na gut", stammelt sie langsam, „okay … ja … also, natürlich, einmal kann man das schon machen. Aber es sollte jetzt nicht zur Gewohnheit werden."

„Natürlich nicht! Nur unter Nachbarn …"

„Ja, ja, natürlich."

Caroline überlegt kurz, ob der Philosoph es ihr übel nehmen könnte, wenn sie nun anfinge, ihn um Widmungen für irgendwelche Bekannten zu bitten. Erst recht für Bekannte, die ihr gar nicht bekannt sind. Das wirkt so, als wolle sie ihn ausschlachten oder als ginge es ihr am Ende doch nur um seinen Ruhm. Gerade diesen Eindruck hat sie die ganze Zeit unbedingt vermeiden wollen. Aber sie nimmt das Buch. „Gut, also, wenn wir uns das nächste Mal sehen … oder ich läute dann bei Ihnen an."

„Danke", sagt die Nachbarin und lächelt.

„Und wie geht es Ihnen sonst so?", fragt Caroline.

Die Nachbarin schaut auf die Uhr: „Also, Entschuldigung, aber ich muss jetzt eh schon wieder düsen, gell? Wir haben heute am Nachmittag einen Kindergeburtstag, da müssen wir noch alles einkaufen! So ein Stress! Ach, na, Sie können sich das gar nicht vorstellen!"

Caroline denkt, dass sie sich das schon irgendwie vage vorstellen kann. Sie hat eine ungefähre Ahnung davon, dass man für den Besuch mehrerer Kinder wahrscheinlich – ebenso wie für den Besuch mehrerer Erwachsener – eine gewisse Menge an Getränken und Snacks kaufen muss, was bestimmt einen gewissen Stress erzeugt, da man alles rechtzeitig besorgt haben sollte, bevor die Gäste erscheinen. Im Grunde ist das kein komplizierter Sachverhalt. Aber Menschen mit Kindern glauben vielleicht, dass Kinderlose sich alles nicht vorstellen können, was irgendwie mit Kindern zu tun hat. „Na gut ..."

„Auf Wiedersehen!" Sehr schnell dreht sich die Nachbarin um, greift sich die Kinderhand und verschwindet durch die Haustür.

Erst als sie schon draußen ist, fällt Caroline ein, dass sie etwas vergessen hat. „Moment!", ruft sie und hetzt der Nachbarin ein paar Schritte nach.

„Ja?"

„Wie ist Ihr Vorname?"

„Ach so ..." Die Nachbarin schüttelt etwas verlegen ihre Haare aus dem Gesicht. „Ich heiße Margot."

„Gut. Danke. Es ist nur wegen der Widmung im Buch ..."

„Ach so, oder nein, warten Sie ... Nehmen wir lieber den Namen von meiner Tochter. Er soll Bettina schreiben, ja? Bettina, ganz normal. Kann er das schreiben?"

„Ich glaube schon, dass er das schreiben kann."

„Ganz normal. Bettina."

„Ich heiße übrigens Caroline."

„Wie schön. Also, dann, auf Wiedersehen! Und vielen Dank!"

Auf dem Weg zum Tanzstudio bereut Caroline, dass sie das Buch genommen und der Nachbarin die Widmung versprochen hat. So eine Frau kann sich nicht vorstellen, wie fragil die Beziehung zu einem Mann sein kann. Die versteht nicht, dass Caroline es sich durch eine unpassende Bitte leicht mit dem Philosophen verderben kann. Es ist eben nicht so wie bei der Nachbarin, die vor ihrem Mann Schwächen zeigen und sich gehen lassen kann und trotzdem weiß, dass er am nächsten Tag nach der Arbeit wieder zu ihr kommen wird, weil sie verheiratet sind und in derselben Wohnung leben und durch verschiedene Umstände aneinander gebunden sind. Der Philosoph ist durch gar nichts an Caroline gebunden und braucht eher ein sehr gutes Argument, um sich zu einem weiteren Besuch bei ihr aufzuraffen. Eine kleine Unachtsamkeit, ein kleines störendes Moment kann da sofort alles beenden. Caroline spürt, wie sie traurig wird.

Fast nach jedem Männerbesuch fällt sie in diese Traurigkeits-Trance, in der die ganze Welt um sie herum verschwindet und nur noch der Schmerz in ihrem Inneren existiert. Meist beginnt es schon, kurz bevor der Mann aus der Tür geht. In den letzten Minuten seines Besuchs, wenn sich abzeichnet, dass er bald gehen wird, wenn er auf die Uhr schaut, murmelnd den Busfahrplan vor sich hin referiert und dabei den Kopf wiegt, sich in der Wohnung nach seinen Sachen umsieht – Schlüssel, Geldbörse, Handy –, diese Bewegungen, die bei allen Menschen gleich sind, die eine Wohnung verlassen, in der sie nur auf Besuch waren und sonst nichts, nur auf Besuch, nur Gast und sonst nichts, dann spürt Caroline, wie sich ein Schleier über ihre Augen zieht und sie nichts anderes mehr wahrnimmt als diesen Schmerz, wie die ganze Welt sich auf diesen Punkt in ihr zusammenzieht, der wehtut. Innerhalb weniger Sekunden ist sie dann so weggetreten, dass sie nicht einmal mehr die einfachsten Fragen beantworten kann. *Begleitest du mich noch hinunter?*, *Sehen wir uns in fünf Tagen?*, *Hast du viel Arbeit diese Woche?* Wenn Caroline in der Traurigkeits-Trance gefangen ist, kann sie keinen Gedanken fassen, alles schwimmt an ihr vorbei, und sie steht reglos, kann nicht mehr den Kopf heben, um den Mann anzusehen, nur vor sich hinstarren und gegen die Tränen kämpfen, kann nur abwesend nicken, während sie immer weiter davontreibt, die Umrisse der Außenwelt werden blasser und undeutlicher, und in ihr schreit es stumm: „Warum gehst du? Warum hast du mich nicht gern? Ich habe dir meinen Körper als Einsatz gegeben, warum gibst du mir nicht deine Liebe als Lohn? Warum spielst du mit mir und gehst dann weg? Nimm mich in den Arm und halt mich, bleib ein paar Minuten länger, bleib für immer, gib mir das Gefühl, dass ich es wert bin. Nimm mich bitte einfach in den Arm."

Sie sagt nichts von alldem, starrt die unausgesprochenen Worte vor sich in den Boden, und der Mann – in dem Punkt verhalten sie sich alle gleich – weicht immer mehr zurück, macht behutsam einen Schritt nach dem anderen rückwärts aus der Wohnung, und dann ist es Carolines Pflicht, sich am nächsten Tag zu entschuldigen, per Anruf oder E-Mail, dass sie die ungeschriebenen Gesetze nicht eingehalten hat, und sie bettelt darum, dass der Mann wieder in ihre Wohnung kommt. Dass er bereit ist, einen weiteren Besuch bei dieser schwierigen Frau auf sich zu nehmen. Wenn das der Fall ist, steigt in Caroline doch wieder die Hoffnung auf, dass der betreffende Mann in sie verliebt ist und es sich selbst noch nicht eingestanden hat, dass aber bald das glückliche Leben mit verbindlicher Zweisamkeit und ehelichen Pflichten beginnen wird, und sie hofft es so lange, bis der Mann wieder den Busfahrplan vor sich hinmurmelt und seinen Schlüssel sucht. Jedes Mal, wenn ein Mann zur Tür rausgeht, überfällt sie das Hunde-Syndrom, sie möchte kratzen, jaulen und heulen, weil sie glaubt, der Abschied sei für immer. Sie kann sich in dem Moment nicht vorstellen, dass der Mann jemals zurückkommt.

Irgendwann ist da immer der Moment, ab dem sie nicht mehr zurückkommen.

Melpomene (Tragödie)

Zu Hause

Ich stellte den Koffer ab, zog die Schuhe aus und ging ins Wohnzimmer. Die Handtasche rutschte mir von der Schulter, als ich mich aufs Sofa legte. Vor Hunger und Erschöpfung war ich gar nicht imstande nachzudenken, was ich als Erstes tun sollte: schlafen, duschen oder essen. Alle drei Dinge waren so dringend, dass sie vor den beiden anderen erledigt werden mussten, und das führte zu einem gedanklichen Paradoxon, das meinen Geist überforderte. Ich wusste, dass ich mit leerem Magen nicht einschlafen konnte, und doch taten mir die Beine so weh, dass es unvorstellbar war, in die Küche zu gehen und Essen zuzubereiten. Für einen Moment verfluchte ich meinen Ehrgeiz, der mich vor einigen Jahren dazu gebracht hatte, sämtliche Fertiggerichte aus meinem Haushalt zu verbannen und nur noch selbst zu kochen. Warum machte ich mir das Leben schwerer, als es sein musste?

Am ganzen Körper juckten mich die Gelsenstiche, es war unerträglich, mich nicht zu kratzen. Vorsichtig kitzelte ich mit der Nagelspitze um einen Stich am Ellenbogen herum, während ich mit der Ferse des einen Fußes den Spann des anderen rieb. Auf einmal wurde mir eiskalt und Panik brach in meine Erschöpfung ein:

Vielleicht waren es ja gar keine Gelsenstiche, sondern Bisse von Spinnen, Käfern oder Flöhen, die noch in meiner Kleidung steckten oder über meinen Körper krabbelten? Vielleicht verseuchte ich gerade meine Wohnung damit, weil die Tiere von meiner Haut auf mein Sofa spazieren, sich einnisten und Familien gründen würden, wie es in ihrer Natur lag. Mit einem Ruck setzte ich mich auf. Duschen war vielleicht das absolut Erste, was man tun sollte, wenn man nach Hause kam.

Ich ging zurück in den Flur, holte das Kosmetiktäschchen aus dem Außenfach meines Koffers und ging damit ins Badezimmer. Schon auf dem Weg zog ich mir das verschwitzte Kleid aus und warf es wie einen Basketball in Richtung des Wäschekorbs, traf aber nicht. Die Zahnbürste und die Tuben in dem Täschchen waren noch ein wenig nass, also legte ich sie auf der Waschmaschine zum Trocknen auf. Das Shampoo und den Ladyshave stellte ich in der Dusche ab, dann holte ich Unterwäsche und ein Nachthemd aus dem Schlafzimmer. Ich duschte sehr lang und wusch mir die Haare gleich zweimal.

Als ich im Bett lag, spürte ich zum ersten Mal, dass ich wieder zu Hause war. Der Polster war weich und tief, und alles duftete nach meinem Waschmittel. Wie seltsam, dachte ich, würde ich das Waschmittel wechseln, wüsste ich gar nicht mehr, wo ich zu Hause bin ... Mir fielen langsam die Augen zu. Trotzdem konnte ich nicht einschlafen. Mein Magen war so leer, dass mir schlecht wurde, und die Gelsenstiche schienen im Dunkeln noch mehr zu jucken als bei Tageslicht. Bilder von der Insel kamen mir in den Sinn, scharf geschnitten, in wildem Durcheinander: die staubigen Wege auf den Hügeln, das Meer, die sandigen Sportschuhe, das dünne Leintuch im Apartment, mit dem wir uns zudeckten, die riesige Artischocke im Bauernladen, die Lichter in der Taverne am Abend. Und die Frau.

Ich war erschöpft und unruhig, drehte mich in alle Richtungen, dann stand ich auf und ging in die Küche. Es stimmte, was Georg immer sagte: dass ich ein Raubtier war, das ständig mit einem Happen ruhiggestellt werden musste. Im Schrank fand ich eine Packung Makkaroni, eine Dose mit passierten Tomaten, ein Glas Mais und eines mit eingelegten Artischocken. Als ich den Kühlschrank öffnete, entdeckte ich auch noch Parmesan und ein Päckchen Speck. Ich kochte die Nudeln und stellte eine Pfanne auf, in der ich den Speck, die Artischocken und den Mais anbriet und mit der Tomatensauce aufgoss. Inzwischen war es zwei Uhr morgens.

Während ich die Pasta mit einem Berg Parmesan aß, schaute ich durch das Küchenfenster in die schwarze Nacht hinaus. Ein Satz, den ich auf der Insel gehört hatte, hallte durch meinen Kopf: „Hast du nicht gewusst, dass sie immer vor unserem Fenster gestanden ist, um uns zu belauschen?" Mir wurde unheimlich, ich stand kurz auf, um die Straße vor der Haustür sehen zu können. Niemand war da.

Auf der Insel

Auf der Insel hatten wir jeden Morgen mit Quietschen und Knarren die hölzerne Terrassentür geöffnet. Manchmal lag die Katze unter dem Marmortischchen, eine Pfote lässig unter ihrem Körper abgewinkelt, und schaute zu uns herauf.

„Schon wieder die Katze! Na, na, jetzt gehst du aber weg", sagte ich zögerlich und wedelte mit der Hand. Ich hatte Angst, die Nachbarn zu wecken, und wusste nicht so recht, wie man mit lästigen Tieren umgeht. Es war ähnlich wie in der Disco, wenn ich verschämt von einem Fuß auf den anderen trat und ein bisschen mit dem Kopf nickte, in der Hoffnung, dass es als Tanzen durchging. Die Katze jedenfalls schien nicht zu erkennen, dass ich gerade bemüht war, sie zu verscheuchen.

Georg machte einen Schritt auf die Terrasse, klatschte zweimal laut in die Hände und rief: „Jetzt aber!"

Die Katze sprang auf und stahl sich durch das Terrassengeländer davon.

„Ich habe keine Ahnung, wie du das machst."

„Schau mal, wenn du mit Tieren redest, ist es noch wichtiger als bei Menschen, dass deine Körpersprache mit deinen Worten übereinstimmt. Du sagst: Katze, geh weg!, und winkst dabei höflich mit der Hand, als würdest du sagen: Guten Morgen, du liebe Katze, ich habe Angst vor dir und werde alles tun, was du willst; was möchtest du zum Frühstück? – So geht das nicht."

Ich schnaufte und ging zurück ins Apartment. „Was möchtest du zum Frühstück", sagte ich.

„Nicht schlecht", meinte Georg und ging mir nach. „Jetzt hat man eindeutig erkannt, dass du die Frage nicht ernst gemeint hast und in deiner Höflichkeit subtile Aggression lag."

Wir küssten uns, weil wir das an diesem Morgen noch nicht getan hatten. Schon jetzt waren wir so verschwitzt, dass die Haut klebrig war, daher umarmten wir uns nur kurz und nicht sehr innig. Ich ging ins Badezimmer, während Georg anfing, den Kaffee zuzubereiten.

Das kalte Wasser unter der Dusche half für den Moment gegen die Hitze und das Jucken der Gelsenstiche. Trotzdem machten Hotelbadezimmer mich immer traurig. Ich fand jedes Mal irgendetwas, das klemmte oder hakte oder nicht funktionierte und bei mir ein Gefühl der Verlorenheit hervorrief. Hier auf der Insel war es die Halterung des Duschkopfes, die bedrohlich wackelte, sodass man die Brause die ganze Zeit in der Hand halten musste und nachher der komplette Boden überschwemmt war. Es war einfach nirgends so wie zu Hause.

Später saßen wir auf der Terrasse, aßen getoastete Brote mit Tsatsiki und Oliven, und Georg hatte eine Karte von der Insel aufgefaltet, die er sehr konzentriert anschaute. Der Kaffee duftete nach Zimt, und ich dachte an Weihnachten.

„Es sind höchstens fünf oder sechs Kilometer. Wenn wir den Hügel hinaufwandern, an dem wir gestern vorbeigefahren sind, müssten wir nach einer Stunde die andere Seite der Insel erreichen. Dort müsste der Sandstrand sein." Georg fuhr mit dem Finger auf der Karte herum, dann schaute er mich an. „Bei der Wanderung kannst du sicher schöne Fotos machen", fügte er noch hinzu.

„So eine Kanne sollten wir uns zu Hause auch kaufen", meinte ich und deutete mit der Kaffeetasse in Richtung Küche.

„Äh ... ja, gut ... hast du mir zugehört, Silvia?"

„Der Kaffee ist viel aromatischer. Ich glaube, ich weiß, wo man in Wien so etwas kaufen kann. Wenn wir wieder zurück sind, mache ich mal so einen Stadtbummel ..."

„Gut, also ... ich hoffe, du hast mir zugehört?"

Ich stellte die Tasse auf den Tisch und kratzte einen Gelsenstich am Kinn. „Wir wandern über den Hügel, das hatten wir doch gestern schon gesagt. Ich bin eben schon ein paar Schritte weiter."

„Du bist quasi wieder in Wien."

„Überhaupt nicht."

„Manchmal habe ich den Verdacht, dass du gar nicht gern auf Reisen bist. Du willst immer lieber zu Hause sein."

Die Holzläden des Nachbarzimmers öffneten sich, und Jennifer kam in Flip-Flops auf die Terrasse. Von ihren blonden Haaren liefen Wassertropfen an ihrem Körper und ihrem langen Kleid hinab. Um den Hals trug sie eine Kette aus Muscheln, an den Handgelenken klimperten bunte Armreifen.

„Hallo! Guten Morgen", sagte sie und winkte uns mit riesigen Gesten zu, als stünde sie an der Reling eines Schiffes. Das machte sie immer so.

„Guten Morgen, Jennifer!"

„Ich hatte mir ja gedacht, dass ich eure Stimmen gehört habe. Wie geht's? Habt ihr heute schon etwas vor? Ich würde gern mal in die Hauptstadt fahren. Vielleicht wollt ihr ja mitkommen?"

Georg winkte mit dem Plan in seiner Hand: „Nein, danke. Wir wollen heute zur anderen Seite der Insel wandern."

„Ach so ..." Sie schaute so enttäuscht, als wäre ein riesiger Schaden entstanden. „Na ja, da kann man wohl nichts machen ..."

„Liebe Jennifer", sagte ich, „vielleicht können wir ja morgen einen Ausflug gemeinsam machen. Das würde uns wirklich sehr freuen."

Sie sah mich an. „Ja, das wäre wunderschön!"

Von einer Sekunde auf die andere hatte sie wieder zu lächeln begonnen. Das Kleid flog um ihre Schenkel, als sie sich umdrehte und zurück in ihr Apartment ging. Warme Zufriedenheit stieg in mir auf.

„Man kann ruhig auch Nein sagen. Wir sind nicht für ihr Glück verantwortlich", flüsterte Georg.

„Sie tut mir leid. Sie ist die ganze Zeit alleine hier."

„Sie ist eine fremde Frau."

„Deswegen ist es ja interessant, sie kennenzulernen."

Wir standen auf und räumten den Tisch ab, um Jennifer die Terrasse zu überlassen. Als ich die Teller übereinanderstapelte, versuchte ich, durch die offenen

Holzläden einen Blick in ihr Apartment zu werfen. Ich erkannte den Kleiderschrank, der genauso aussah wie unserer. An der Schranktür hatte Jennifer zwei lange Kleider an Bügeln aufgehängt. Jennifer sah ich nicht, aber aus dem hinteren Teil des Apartments konnte ich das Klappern von Geschirr hören und eine gesummte Melodie.

Als ich die Teller in unser Apartment trug, ging Georg gerade ins Bad und rief: „Na, Silvia, da hast du aber wieder eine ordentliche Überschwemmung gemacht!"

Georg schmierte sich mit Sonnencreme ein und packte die Schwimmsachen in den Rucksack, während ich das Geschirr abwusch. Anschließend wischte ich mehrmals mit dem nassen Waschlappen über die Anrichte, um keinen einzigen Brösel zu hinterlassen. Unter einem Tischbein hatte ich am ersten Abend die Überreste einer Kakerlake gesehen, was mir große Angst gemacht hatte.

In der Vormittagshitze stiegen wir auf den Hügel. Die Wanderwege waren so sandig, dass meine schwarzen Sportschuhe schon nach wenigen Schritten fast weiß aussahen. Ich fotografierte Georg vor Olivenbäumen und mit dem Meer im Hintergrund, und Georg machte ein Foto von mir neben einem Oreganostrauch, der aus einem Felsen herauswuchs. Es duftete überall nach Kräutern, und sogar die Sonne schien einen Duft zu haben, der über den heißen Sandweg zu uns reflektiert wurde. Wir machten ein Spiel daraus, die Aromen zu erraten: Oregano, Thymian, Basilikum. War da auch

Rosmarin? Bei den Blumen fiel es uns etwas schwerer, nur den Oleander erkannten wir mit Sicherheit. Als wir an einem Haus vorbeigingen, vor dem mehrere Hunde angekettet waren und bellten, nahm Georg meine Hand und unsere Finger verschränkten sich.

„Quaken da Frösche?", fragte ich.

„Frösche?"

„Es klingt wie ein ganzer Chor von Fröschen."

Nach einer guten Stunde erreichten wir die andere Seite der Insel und suchten uns zwei Liegen mit Sonnenschirm am Strand. Beim Schwimmen kam mir das Wasser erstaunlich kalt vor, und Georg erklärte mir danach ausführlich, dass sich die Historie des gesamten Winters an der Temperatur des Meeres ablesen lasse.

Ich schlug mein Buch auf und drehte mich zur Seite, aber ich wusste nicht, in welcher Position ich liegen sollte, weil Wasser von meinen langen Haaren auf das Strandtuch tropfte und ich keine trockene Stelle mehr fand.

„Gib das Tuch eben weg und leg dich einfach so auf die Liege", meinte Georg.

„Nein, wer weiß, wer da vor mir gelegen ist. Das ist unhygienisch."

„Dann zieh dir das T-Shirt über ..."

„Das ist zu kurz. Männer haben einfach keine Ahnung von den unendlich vielen Problemen, die Frauen haben!"

„Es gibt doch auch Männer, die lange Haare haben ..."

Wir wurden von einem Mann unterbrochen, der winkend auf uns zulief: „Hallo! So ein Zufall!"

Mit einem Ruck richteten wir uns auf und schauten schuldbewusst in seine Richtung. „Oh, hallo!"

Vielleicht hatte Hans gar nicht bemerkt, dass er uns beim Streiten ertappt hatte. Mit rudernden Armen mühte er sich ab, in den Sandalen nicht über Muscheln und Steine zu stolpern, während er auf uns zuging. Gemeinsam mit seiner Frau wohnte er in einem der Apartments in unserer Anlage. Wir hatten ihn am ersten Abend kennengelernt, er hatte uns sofort wichtige Tipps gegen Kakerlaken gegeben.

„Hallo", wiederholte er, als er da war und keuchte heftig. „Gar nicht so einfach, über Sand zu laufen."

„Ja", meinten wir.

„Wie machen das nur all die Models in den Filmen?"

Das wussten wir auch nicht.

„Und wie geht es euch? Habt ihr nette kleine Mitbewohner?"

Er stellte pantomimisch eine Kakerlake dar, indem er die Finger an seine Stirn setzte wie Teufelshörner. Es war erstaunlich treffend.

„Bis jetzt sind wir verschont geblieben", sagte Georg.

„Super! Und das Moskitonetz, funktioniert das auch?"

„Es hält leider nicht die ganze Nacht", erklärte ich. „Irgendwann bewegt man sich ja doch im Schlaf. Aber es macht nichts. Wenn man auf der Terrasse sitzt, sind ja auch überall die Gelsen. Man kann sich eh nicht davor schützen."

„Na ja, stimmt schon … Gibt ja auch Schlimmeres, gell? Wollt ihr nachher mit uns essen gehen?"

Ich war mir nicht sicher, ob wir das wollten, aber eine Stunde später saßen wir mit Hans und seiner Frau Iris in der kleinen Taverne abseits der Liegen und Sonnenschirme und schauten auf das Meer. Iris war der erste reale Mensch, der mir begegnet war, der mehrere Schönheitsoperationen hinter sich hatte. Sonst kannte ich das nur aus Zeitschriften oder aus dem Fernsehen. Sie war so jemand, der alles konsumierte, was der Markt für Schönheit hergab, an allem war irgendwie herumgefeilt worden. Mich gruselte, als mir bewusst wurde, dass das sogar wörtlich stimmte.

„Und habt ihr schon Bekanntschaft mit der einsamen Frau gemacht?", fragte Hans grinsend, während er seinen Fisch sezierte.

„Lass das doch", meinte Iris und legte eine dünne Hand auf seinen Arm.

„Äh … ich glaube nicht …", sagte Georg.

„Na ja, oft bekommt man sie nicht zu Gesicht. Aber wenn doch, dann wird einem unheimlich. Iris und ich kommen ja schon seit vielen Jahren hierher, deswegen haben wir sie schon öfter gesehen."

Iris rieb sich den Arm und schaute widerwillig vor sich hin.

„Was ist mit ihr?", wollte Georg wissen. Für einen Moment dachte ich, er meinte Iris, dabei meinte er die einsame Frau.

Hans legte Messer und Gabel zur Seite und blühte in seiner Erzählung so richtig auf: „Vielleicht seht ihr sie einmal. Sie sitzt immer allein herum, in der Nähe der Apartments, auf einer Bank oder einem Stein. Manchmal schaut sie auf und grüßt die Gäste, manchmal nicht. Sie hat bestimmt Depressionen."

Georg sah mich kurz an, dann wandte er sich Hans zu. „Wie kann man an so einem schönen Ort Depressionen haben? Hier in der Sonne, in der Natur, am Meer ..."

„Na ja, wenn du das jeden Tag siehst, geht es dir auch auf die Nerven. Und den ganzen Winter ist hier überhaupt nichts los, da ist alles öde und einsam und man kann nirgends hingehen."

Iris schaute ernst und konzentriert, während sie an einem Bissen kaute, und wirkte auf einmal seltsam abwesend, als würde ihr Bewusstsein schleichend verschwinden. Gerade als ich sie fragen wollte, ob alles in Ordnung sei, öffnete sie ihren Mund und zog mit Daumen und Zeigefinger eine Gräte hervor.

„So hab ich das noch nie gesehen", meinte Georg.

Auf einmal begann Hans zu flüstern, und alle mussten sich ein paar Zentimeter vorbeugen, um ihn zu verstehen: „Wir glauben – und das glauben einige andere auch –, dass sie uns beobachtet und belauscht, wenn wir im Apartment sind. Sie schleicht wie ein trauriger Geist herum, und ich bin sicher, sie steht dann manchmal vor der Terrassentür und hört uns zu."

„Versteht sie Deutsch?"

„Sicher nicht. Aber sie hört vielleicht gern das Klappern der Teller oder einfach nur die Stimmen. Solche Geräusche geben ja Geborgenheit. Kinder hören ja auch gern zu, obwohl sie kein Wort verstehen."

Mir wurde unheimlich.

Georg spielte nervös mit der Serviette und nahm dann einen Schluck vom Weißwein, ich wandte den Kopf und schaute aufs Meer.

Hans lachte: „Wir nennen sie einfach die einsame Frau."

„Das ist doch alles Unsinn", sagte Iris.

„Hast du nicht gewusst, dass sie immer vor unserem Fenster gestanden ist, um uns zu belauschen?"

„Doch ..."

„Du hast voriges Jahr selbst gesagt, dass sie dir unheimlich ist!"

„Ich glaube schon, dass sie eine traurige Frau ist, und das berührt mich und kann auch einmal unheimlich werden. So habe ich das gesagt. Aber sie ist ja nicht die einzige traurige Frau auf der Welt, und ich glaube schon, dass es schlimmere Schicksale gibt als traurig auf einer Ferieninsel zu sein, und so viel haben wir ja auch gar nicht mit ihr zu tun."

Wenn Iris argumentierte, bewegte sie mit ruhigen Gesten ihre Hände vor dem Brustkorb wie eine Politikerin. Erstaunt nahm ich zur Kenntnis, dass diese Bewegungen das Erste waren, was mir wirklich an ihr gefiel. Obwohl alle Fakten ihres Aussehens dem aktuellen Ideal entsprachen, gelang es mir nicht, sie hübsch zu nennen, aber die diplomatischen Gesten, wenn sie redete, hatten einen Reiz.

„Es ist und bleibt unheimlich", meinte Hans.

Wir aßen unsere Fische, tranken zwei Flaschen Wein und zum Dessert jeweils einen Ouzo. Der Schnaps war so stark, dass mir schwindelig wurde. Ich streichelte Georgs Hand und beobachtete Iris und Hans, die einander kein einziges Mal berührten.

Zurück im Apartment zogen wir sofort die verschwitzten Sachen aus, duschten und legten uns ins Bett. Es war der erste Moment auf der Insel, in dem wir nicht vor Schweiß klebrig waren und wie Pferde rochen, also begannen wir uns zu streicheln und zu küssen und schliefen miteinander. Das Holzgestell des Bettes quietschte.

Als ich danach in Georgs Armen lag, sagte er mit einem Lächeln: „Jetzt hatten wir die ganze Zeit die Terrassentür offen."

„Macht ja nichts."

„Vielleicht hat die einsame Frau uns gehört ..."

„Jetzt fängst du auch noch damit an!"

Georg lachte, aber mir wurde trotzdem ein wenig flau.

Ich kuschelte mich an Georgs Hals und merkte, wie er langsam einschlief. Sein Kinn bewegte sich, er blies Luft aus, schnaufte und schnarchte leise. Eine Weile hörte ich es mir an, dann drehte ich mich von ihm weg, und er wachte sofort auf, streichelte meine Schulter und sagte: „Komm, lass uns einen kleinen Spaziergang machen."

„Bist du schon ausgeschlafen?"

„Jetzt geht es wieder."

Obwohl mir immer noch von der Wanderung die Füße wehtaten, war es sehr angenehm, in der kühlen Abendluft zu spazieren. Ich hatte mir ein leichtes Kleid und die Sandalen angezogen und den weißen Hut aufgesetzt, Georg trug sein weites Hemd und die Leinenhose. Die sportliche Anstrengung des Tages fühlte sich in meinen Gliedern an wie ein kleiner Schwips. Ich war völlig entspannt, alles erschien mir leichter, und ich kicherte grundlos über einen Salamander, der auf einem Blumentopf aus Terrakotta saß. Georg nahm meine Hand und küsste sie.

Wir gingen im Ort eine kleine Runde auf der staubigen Straße. Vor einem Souvenirgeschäft blieb Georg stehen und meinte, er wolle einen Blick auf die Gewürzmischungen werfen.

Als wir den Laden betraten, fiel mir die alte Verkäuferin auf, die still auf einem Plastiksessel in der Ecke saß und uns zum Gruß kurz zunickte. Auf einem kleinen Tischchen neben ihr stand ein Glas Rotwein, dessen Stiel sie mit ihren Fingern festhielt. Während Georg sich die kitschig bedruckten und mit Schleifchen versehenen Gewürzbeutel anschaute, wanderte mein Blick immer wieder zu der Frau. Saß sie den ganzen Tag hier alleine im Laden und nippte an ihrem Wein? Ihr Gesicht war faltig, und ihre Hände zitterten. Wie deprimierend konnte eine Insel sein? Vielleicht gab es hier viele einsame Frauen. Eine Welle romantischer Traurigkeit überschwemmte mich, und ich drängte mich näher an Georg, streichelte seinen kräftigen Oberarm.

„Diese Mischung duftet ganz gut", meinte er und hielt einen Stoffbeutel hoch, auf den die Umrisse der Insel gedruckt waren und aus dem es nach Oregano und Rosmarin duftete.

Als Georg wenig später die Tür zu unserem Apartment aufsperrte, murmelte er: „Komisch ... ich hatte zweimal zugesperrt."

„Und?"

„Jetzt ist aber nur einmal zugesperrt."

„Vielleicht war die Putzfrau da."

„Ich dachte, die kommt nur zweimal in der Woche ..."

Wir gingen hinein und stellten fest, dass unser Zimmer nicht aufgeräumt war. Unsere Laken waren genauso zerwühlt, wie wir sie zurückgelassen hatten, und die Handtücher im Badezimmer waren feucht.

„Vielleicht hast du doch nur einmal zugesperrt."

„Nein, ganz sicher. Ich sperre immer zweimal zu. Die Innenflügel der Terrassentür stehen auch offen, siehst du? Die hatte ich auf jeden Fall zugemacht."

Er ging zur Terrassentür und klopfte auf einen Innenflügel.

„Ich kann mich nicht erinnern ...", meinte ich.

„Schauen wir nach, ob noch alles da ist."

Wir zogen die Lade des Kleiderschranks auf und fanden unter der Unterwäsche den Laptop und die Flugtickets. Auch das Reservegeld war noch da. Es fehlte nichts.

Auf einmal fiel mir ein, was Hans uns im Restaurant am Strand erzählt hatte.

„Aber warum sollte sie hier hereinkommen ...?"

Georg verstand: „Du meinst, die einsame Frau ..."

„Könnte es sein, dass sie einen Schlüssel hat?"

„Ich glaube, Hans hat Blödsinn erzählt."

„Aber fast jedes Restaurant oder jeder Laden hat irgendjemanden, der glaubt, dort zu Hause zu sein. Auch in Wien. Denk doch an den einen Trottel in unserer Pizzeria um die Ecke."

„So etwas nennt man Stammkunden, Silvia. Der Typ denkt sich dasselbe über uns."

„Nur dass wir uns normal benehmen, während er komisch an der Theke lehnt und Selbstgespräche führt."

„Solche Leute wie er bewahren unser Stammlokal vor dem Ruin."

„Ich würde öfter hingehen, wenn der komische Typ nicht dort wäre."

„Na gut ... aber das hier ist kein Restaurant. Für so ein Apartment muss man einen Schlüssel haben."

Mehr fiel uns dazu nicht ein. Der Gedanke, dass eine einsame Frau uns im Bett gehört und anschließend in unser Apartment gegangen sein könnte, um dort Dinge zu berühren und die Innenflügel der Terrassentür aufzuklappen, war zutiefst erschreckend für mich. Georg kniff mich in die Wange und lachte.

Später kochten wir Pasta mit Tomatensauce, Speck und Mais. Während Georg am Herd stand, deckte ich den Marmortisch auf der Terrasse. Gerade als ich den kühlen Rosé und zwei Gläser abstellte, kam Jennifer aus ihrem Apartment. Sie trug ein Tennisröckchen und ein enges Top mit hauchdünnen Trägern.

„Hallo, oh, macht ihr gerade Abendessen? Lasst euch nicht stören. Ich gehe dann eh gleich wieder."

Erst jetzt fiel mir ein, dass ja auch Jennifer uns gehört haben könnte, als wir miteinander im Bett waren. War sie vorhin schon im Apartment gewesen?

„Hallo, nein, nein, kein Problem. Wenn du möchtest, kannst du gern mit uns essen! Oder hast du etwas Bestimmtes vor?"

Jennifer lehnte sich an den Holzrahmen der Terrassentür und schien zu überlegen. Vielleicht war sie nicht sicher, ob ich mein Angebot ernst gemeint hatte. Genau genommen war ich mir da selber nicht so sicher. Es wäre schön gewesen, den Abend mit Georg zu zweit bei Kerzenlicht ausklingen zu lassen und einsame Frauen zu vergessen. „Na gut", sagte Jennifer, „sehr gerne! Dann lernen wir uns endlich besser kennen. Soll ich irgendetwas mitbringen?"

„Äh ... ich denke, wir haben schon alles vorbereitet. Im Grunde machen wir ja nur Nudeln mit Tomatensauce, also nichts Besonderes ..." Ich winkte mit der Roséflasche. „Und Wein haben wir auch."

„Oh, aber ich könnte Schokolade bringen. Ich hab gute Zartbitterschokolade im Kühlschrank. Sonst fühle ich mich nicht wie ein guter Gast."

„Na gut, vielleicht Schokolade zum Dessert, das könnte ganz nett sein."

Wir lächelten einander zu und verschwanden wieder in unseren Apartments.

„Also geben wir heute eine Dinnerparty?", flüsterte Georg, als ich zu ihm an den Herd trat.

Ich umarmte ihn von hinten und lehnte meinen Kopf an seinen Rücken. „Macht doch nichts. Vielleicht hat sie lustige Geschichten zu erzählen. Irgendwie tut sie mir leid."

„Ich verstehe nicht, wie du darauf kommst. Das ist eine reiche, junge Frau, die Urlaub am Strand macht. Wahrscheinlich schleppt sie jeden Abend einen anderen Typen ab."

„Auch dann tut sie mir leid."

Zwei Minuten später saßen wir alle auf der Terrasse. Jennifer aß so gierig, als hätte sie den ganzen Tag nichts zu essen gehabt, und lobte unsere Pasta wie die größte Köstlichkeit der Welt.

„Kochst du selber nie?", fragte ich.

„Oh, ich hab normalerweise keine Zeit. Ich arbeite als Marketingmanagerin in einer Firma, da gibt es zu Mittag immer nur Brote mit Aufstrich und saurem Gurkerl aus der Bäckerei."

„Oh, ach so. Und am Abend?"

„Die Tage sind immer sehr lang. Wir bestellen uns oft Pizza ins Büro. Mittlerweile kriegen wir schon einen Rabatt von der Pizzeria, und der Bote kennt uns alle mit Vornamen."

Sie wiegte den Kopf ein wenig, dann wickelte sie weiter Nudeln auf ihre Gabel. „Das ist wirklich eine unglaublich gute Pasta! Eine Sensation!"

Ich lächelte verlegen. „Georg und ich kochen sehr gern. Es ist unser liebstes Hobby. Wenn wir das nicht hätten, würde uns viel fehlen, auch in der Beziehung zwischen uns ..."

Jennifer nickte.

Georg fragte: „Lebst du denn allein? Ich meine, in Wien", und ich schämte mich ein wenig. Ich hatte Angst, Jennifer könnte sich von uns geprüft oder kritisiert fühlen. Georg und ich wirkten wie das glückliche, konservative Paar, und wir waren in der Überzahl. Unsere Werte waren auf dieser Terrasse in diesem Moment der Maßstab für alles.

„Ja, ich lebe allein, aber ich hab einen Freund. Er ist nur oft nicht da, weil er sehr viel reisen muss. Er hat sich mit einem Reise-Blog selbstständig gemacht. Also, die meiste Zeit des Jahres ist er irgendwo unterwegs, mit seinem Rucksack und Wanderschuhen, macht Fotos und schreibt Artikel, und da sehen wir uns gar nicht. Ab und zu besuche ich ihn irgendwo für ein paar Tage oder eine Woche, aber das ist dann auch nicht so entspannend, weil er ja gleichzeitig arbeiten muss. Er muss dauernd unser Essen fotografieren, und ich muss immer etwas bestellen, was bei den Lesern gut ankommt … Ich hasse Avocado-Toast! Ich darf mir nie Nudeln mit Tomatensauce bestellen, dabei brauche ich das mindestens einmal in der Woche! Wenn ich eine ganze Woche keine Nudeln mit Tomatensauce kriege, werde ich wahnsinnig!"

„Und jetzt bist du hier alleine auf Urlaub?"

„Um mich an ihm zu rächen. Jetzt ist er nämlich gerade in Wien. Aber er soll wissen, wie das ist, wenn der andere nicht da ist."

Ich schaute auf Jennifers elegante Hände, mit denen sie Nudeln aufwickelte wie eine Maschine, und wunderte mich über das leicht Paradoxe an dieser Aussage, hatte aber das Gefühl, es instinktiv zu verstehen.

„So ein Glück, dass wir heute gerade Nudeln mit Tomatensauce gemacht haben", meinte Georg mit einem Augenzwinkern. Er wirkte jetzt ein bisschen wie ein freundlicher Onkel, der ein Waisenkind aufnimmt. „Schreibt ihr euch jeden Tag, dein Freund und du? Oder telefoniert ihr?"

„Nicht jeden Tag. Es gibt ja auch nicht immer etwas zu sagen."

Ich fing einen Blick von Georg auf, der zu sagen schien: Diese seltsamen Leute! Wir sind normal, und andere Paare sind komisch. Ich lächelte.

„Und gefällt es dir auf der Insel?", fragte ich.

„Ja, sehr. Ich gehe schwimmen, liege viel am Strand und denke nach. Und ich lese Liebesromane, einen nach dem anderen. Ich kann gar nicht mehr aufhören! In dem Kiosk dort am Strand haben die wirklich schöne Bücher, und alle auf Deutsch! Ich hab mir sofort einen ganzen Stapel gekauft und werde mir auch bald Nachschub besorgen. Gestern hab ich gleich zwei Bücher komplett ausgelesen! Und in jedem Buch wird geheiratet! Hach ..."

Inzwischen war es dunkel geworden, Georg stand auf und zündete die Kerze an. Es war schon einundzwanzig Uhr. Jennifer lächelte ihm dankbar zu, und für einen Moment spürte ich leichte Eifersucht. Warum musste die makellose Nachbarin wie eine zugelaufene Katze hier sitzen, unsere Pasta essen und erzählen, wie sie von ihrem Freund vernachlässigt wurde?

„In den Tagen hier hab ich sehr viel nachgedacht und eine wichtige Entscheidung getroffen", sagte sie auf einmal ganz ernst. Ihr Nudelteller war jetzt leer.

„Ach ja?"

„Ich werde meinen Job kündigen und mich, so wie mein Freund, mit einem Blog selbstständig machen. Mit einem Mode-Blog. Und dann muss er auch dauernd irgendwelche Sachen machen, die er nicht will: Irgendwelche Outfits tragen, in denen ich ihn fotografiere, und so, oder mit mir gemeinsam eine neue Diät testen." Jennifer lachte boshaft.

Georg schaute mich an, hob die Flasche Rosé und fragte: „Noch ein Glas Wein?"

Übermütig hielt Jennifer ihm ihr Glas entgegen: „Bitte, bitte!"

Sie streckte ihre Beine aus, die sie zuvor übereinandergeschlagen hatte, schüttelte sie kurz und schlug sie dann umgekehrt übereinander. Auf dem Knie, das zuerst unten gewesen war und jetzt oben lag, hatte sie vom Gewicht des Schenkels einen roten Fleck, der langsam verblasste. Ich starrte darauf, während sie genüsslich den Rosé trank und von einer Freundin erzählte, die als Bloggerin Karriere gemacht hatte. „Sie muss ständig irgendwelche Kosmetikprodukte testen, die sie zugeschickt bekommt und mit denen sie eigentlich gar nichts anfangen kann. Aber sie muss sich selbst damit fotografieren und schreiben, wie toll das Zeug ist. Ihre ganze Wohnung ist voll mit lauter Krempel, den sie selber doof findet. In ihrem Flur stapeln sich die Kisten und Pakete, alles voll mit Kosmetika, die sie nie aufbrauchen könnte, und alles ist rosa oder glitzert. Sie weiß schon gar nicht mehr, wo sie das noch hingeben soll."

„Klingt mühsam."

„Neben dem Blog hat sie noch einen Videokanal. Immer wenn wir uns treffen, kommt irgendwann der Moment, in dem sie sich wegdreht und anfängt, in ihr Handy hineinzureden, aber nicht um zu telefonieren, sondern um ein Video zu machen. Sie hält dann das Handy wie einen Spiegel vor ihr Gesicht und quasselt. Dann erklärt sie dem Handy, was sie gerade gegessen hat und wie viele Kalorien das hat und warum das so gesund ist und so. Echt bizarr."

„Und das möchtest du auch machen?"

Jennifer drehte melancholisch das Weinglas in ihrer Hand. „Ich weiß nicht ... Man muss schon ein bisschen exhibitionistisch sein für so was ... Aber man gewöhnt sich vielleicht dran, und dann könnte ich mit meinem Freund gemeinsam reisen und mit ihm unterwegs arbeiten. Dann wäre ich nicht so oft allein. Und irgendwie ... das Gefühl, dass jemand Anteil nimmt an meinem Leben ... das stelle ich mir doch schön vor. Diese Videos von meiner Freundin schauen sich echt viele Leute an, und die warten schon immer darauf, und dann schreiben sie ihr zum Beispiel ins Kommentarfeld *Du bist echt hübsch in dem Kleid* oder so!"

„Na ja ..."

„Und hin und wieder kriegt sie auch Produkte zugeschickt, die gar nicht so schlecht sind. Ich glaube, sie hat sich schon ewig kein Shampoo oder Duschgel mehr gekauft, weil sie alles bekommt."

„Aber das heißt, sie konnte sich auch schon ewig ihr Shampoo oder ihr Duschgel nicht mehr selbst aussuchen", meinte ich.

Jennifer starrte auf den Rand des Weinglases. „Wer kann sich schon etwas aussuchen im Leben ..."

Die Stimmung auf der Terrasse schien plötzlich nah am Kippen. Es hatte etwas Bedrohliches, wenn sich naiver Überschwang in Melancholie verwandelte, mit all der Energie, die sich plötzlich umkehrte.

„Wollen wir jetzt vielleicht die Schokolade aufmachen?"

Als wir später im Bett lagen, konnten Georg und ich hören, wie Jennifer in ihrem Apartment telefonierte, aber wir verstanden kein Wort. Vielleicht führte sie auch Selbstgespräche.

„Hast du immer noch Mitleid mit ihr?", flüsterte Georg.

„Irgendwie schon. Sie isst am Abend im Büro Pizza und träumt davon, dass fremde Leute sich ein Video von ihr anschauen und darunterschreiben, dass ihr Kleid schön ist."

Wir deckten uns mit dem dünnen Leintuch zu, um uns zumindest ein bisschen vor den Gelsen zu schützen. Kurz vor dem Einschlafen erschien es mir, als stimmte ein Chor von Hunden in weiter Ferne einen Gesang an, der wie ein gruseliger Kommentar zu diesem Abend wirkte.

Am nächsten Vormittag schwamm ich lange im Meer, während Georg am Strand ein Buch über Fotografie las. Ich stellte mir vor, zu Hause in meiner Badewanne zu liegen und mir nur vorzustellen, im Meer zu sein. Die kargen Berge rundherum, die Sonne und der Himmel seien nur eine Fantasie, sagte ich mir, ich läge gemütlich und sicher im Schaumbad, und in ein paar Minuten könne ich aufstehen, mir einen Bademantel anziehen und mir auf dem Sofa mit einer Tasse Kakao in der Hand einen Film ansehen. Leider half mir dieser Gedanke nicht gegen das Heimweh, im Gegenteil: Ich wurde nur noch trauriger, weil ich umso stärker spürte, wie sehr ich mich danach sehnte, zu Hause zu sein.

Für einen Moment drehte ich mich auf den Rücken und schloss die Augen. Es knisterte in meinem Hinterkopf, Wasser rann in meine Ohren. Als ich die Augen wieder aufschlug, schaute ich auf den Strand, auf all diese Menschen in Bikinis und Badehosen, denen es Spaß machte, zu verreisen. Was trieb sie an? Warum wollten sie nicht lieber zu Hause sein? Hatten sie so hässliche Wohnungen?

Ich schwamm näher ans Ufer, um mich zu Georg zu legen, als ich bei den Klippen, abseits des Trubels, Jennifer sah. Sie hatte ihre Badetasche an der Schulter hängen und spazierte alleine über den Kieselstrand. Für einen Moment blieb ich im Wasser stehen und schaute sie an. Über dem Bikini trug sie ein Strickkleid, das ihren Körper kaum bedeckte. Die blonden Haare flossen an ihren Schultern hinab. Sie wirkte traurig, strahlte dabei aber eine große Zufriedenheit aus. Im Schatten eines Strauches legte sie ihr Badetuch aus, setzte sich darauf und holte ein dickes Taschenbuch mit einem rosa-glitzernden Cover aus ihrer Umhängetasche. Konzentriert begann sie zu lesen. Um ihr nicht zu begegnen, schwamm ich einige Meter weiter und verließ das Wasser an einer belebteren Stelle. Meine Sandalen waren unauffindbar, und so irrte ich eine ganze Weile unter großen Schmerzen auf den spitzen, heißen Steinen herum.

Eine Stunde später gingen Georg und ich zurück zum Apartment. Georg hatte seinen Rucksack mit den Schwimmsachen über der Schulter und ging voran wie ein Expeditionsleiter.

„Auf dieser Insel könnte ich für immer bleiben", meinte er, und ich machte: „Hm."

„Na komm, Silvia, vermisst du so sehr die grantigen Gesichter von den Nachbarn?"

„Das ist nicht das Erste, woran ich denke, wenn ich an zu Hause denke …"

„Sondern?"

„Hast du nicht Sehnsucht nach einem gemütlichen Kuschelabend mit der Wolldecke und heißem Kakao auf dem Sofa, während es draußen schneit?"

Er dachte für einen Moment nach und sagte: „Nein, also, im Moment fehlt mir das gerade nicht …"

Kurz vor unserem Apartment blieb er plötzlich stehen, sodass ich fast in ihn hineinrannte.

„Sieh mal!"

Eine fremde Frau stand vor unserer Tür und kehrte mit einem Besen die Veranda.

„Glaubst du, das ist die einsame Frau?"

Sie hatte einen langen, geflochtenen Zopf, der über eine Schulter nach vorne hing, und trug einen bodenlangen Rock und eine Bluse. Sie wirkte sehr altmodisch. Ein Vogel sang eine zweisilbige Melodie, in der ich Worte zu hören meinte: „Ge-fahr, Ge-fahr, Ge-fahr!"

„Es könnte die Putzfrau sein", meinte ich.

„Die soll doch erst morgen kommen."

„Warum kehrt sie dann vor unserer Tür?"

Wir schauten ihr noch eine Weile zu, dann machte Georg einen Schritt in ihre Richtung. Der Vogelgesang wurde immer lauter.

„Haben wir nicht noch was im Supermarkt vergessen?", meinte ich und drehte um.

„Sei nicht albern, Silvia! Wir gehen jetzt ins Apartment und grüßen die Frau. In jedem Fall ist es doch nett, dass sie saubermacht."

„Die soll lieber vor ihrer eigenen Tür kehren."

„Manchmal verstehe ich dich nicht. Mit der einen wildfremden Frau hast du Mitleid und die andere willst du nicht einmal begrüßen."

„Also sollen wir heute sie zum Abendessen auf die Terrasse einladen?"

„Davon kann keine Rede sein. Aber irgendwie finde ich das Ganze jetzt auch amüsant und kurios. Sieh mal, was für eine Einbrecherin! Sie kehrt vor unserer Tür!" Er lachte und ging auf die Frau zu, und ich folgte ihm mürrisch. Fast immer, wenn Georg etwas amüsant und kurios fand, wurde ich mürrisch, fiel mir auf.

„Guten Tag", sagte Georg mit einem Lächeln und nickte.

Die Frau sah ihn erschrocken und ängstlich an, und er wiederholte seinen Gruß noch in zwei weiteren Sprachen, die er so ungefähr beherrschte.

„Sind Sie die Putzfrau?", fragte ich.

Sie schien uns nicht zu verstehen, schaute aber freundlich und deutete ein Lächeln an.

Georg stellte pantomimisch Putzen dar und schaute sie fragend an.

Erstaunlicherweise verstand die Frau und schüttelte den Kopf. Dann zog sie sich langsam zurück. Es war wie ein schleichendes Verschwinden, als würde sie sich auflösen; zuerst machte sie ein paar Schritte zurück, dann drehte sie sich um, und auf einmal war sie um die Häuserecke verschwunden.

„Also, sie ist nicht die Putzfrau ...", meinte ich.

Georg drehte sich zur Tür und sperrte auf. Zumindest war niemand in unserem Apartment gewesen.

Abends trafen wir in einer Taverne am Meer auf Hans und Iris. Sie winkten uns sofort zu sich an den Tisch, und ich hatte den Eindruck, dass sie, im Gegensatz zu Georg und mir, nicht gern zu zweit aßen, sondern lieber Gesellschaft hatten.

„Es ist mehr als genug Platz bei uns am Tisch!", sagte Hans mit großen Gesten.

Die beiden waren erst beim Aperitif, hatten aber bereits bestellt. Georg und ich suchten uns aus der Vitrine zwei Fische aus.

„Ich glaube, mittlerweile haben wir Bekanntschaft mit der einsamen Frau gemacht", begann Georg, als wir wieder am Tisch waren, und lehnte sich weltmännisch zurück. Sein Verhalten kam mir ein bisschen angeberisch vor, wie bei einem Teenager, der zum ersten Mal einen Schluck Alkohol trinkt und nun allen demonstrieren will, wie erwachsen er ist.

„Vielleicht war es auch die Putzfrau ...", meinte ich.

„Nein, die war es ganz bestimmt nicht", erklärte Hans mit erhobenem Zeigefinger wie ein Sachverständiger, der den Unwissenden Auskunft erteilt. „Die Putzfrau kommt immer am Montag und am Donnerstag. Sie wohnt in der Hauptstadt und wird vom Chef extra mit dem Auto abgeholt, hergeführt und danach wieder zurückgeführt. Das ist ein ziemlicher Aufwand. Die kommt garantiert an keinem anderen Tag hierher. Wenn zwischendurch mal etwas zu tun ist, holt eher der Chef selber seinen Kübel und den Putzlappen hervor."

Wir schwiegen kurz.

„Gestern war auch ..."

Georg unterbrach mich: „Wie auch immer. Sie hat jedenfalls mit einem Besen vor unserer Tür gekehrt."

Es dauerte eine Sekunde, dann bekam Hans einen heftigen Lachanfall. Er lachte mit dem gesamten Körper, sodass sogar der Tisch davon erschüttert wurde. Iris schaute ihn angewidert an.

„Das ist doch zu komisch!", rief er und lachte noch mehr.

„Na ja, wir fanden es ein bisschen unheimlich ..."

Der Kellner servierte Wein für Georg und mich, Gäste um uns herum kamen und gingen, ein Hund warf einen Sessel um, und Hans lachte immer noch. Hans würde lachen, dachte ich, während die Welt untergeht.

Etwas verlegen schaute ich mich um. Gerade als ich meinen Blick zur Tür der Taverne wandte, kam Jennifer herein. Ich erschrak. Ihre Schönheit rührte mich so tief, dass es sich wie ein Schock anfühlte. Sie trug einen knielangen, engen Rock und eine kurze, gelbe Strickweste, dazu eine elegante blaue Handtasche und blaue Schuhe. Ihr Schmuck war etwas dezenter als sonst. Wörter wie *Mademoiselle* und *Fräulein* fielen mir ein, ich dachte an Lehrerinnen oder Sekretärinnen in französischen Filmen der Siebzigerjahre. Zu diesem Outfit passten Sätze wie: „Ich geh mir mal schnell die Nase pudern", etwas, das im echten Leben vielleicht noch nie ein Mensch gesagt hatte. Ein Kellner eilte zu ihr und fragte sie etwas, Jennifer nickte und hielt ihren Daumen hoch, um die Ziffer Eins zu signalisieren. Eine Person. Hans lachte immer noch, langsam begann Georg verlegen einzustimmen. Jennifer wurde vom Kellner an einen kleinen Tisch neben dem Springbrunnen geführt. Sie setzte sich sehr elegant, deponierte ihr Täschchen auf ihrem Schoß und sah dann hoch, genau in meine Richtung. Ich lächelte und nickte ihr zu, sie winkte. Dann öffnete sie ihre Handtasche und zog ein dickes Buch mit einem bunten Einband hervor. Es war ein anderes Buch als nachmittags am Strand. Sie schlug es ganz am Anfang auf und begann zu lesen.

Mittlerweile klopften Georg und Hans einander auf die Schulter, und Iris rang sich zumindest ein kleines Lächeln ab. Hans stellte pantomimisch jemanden dar, der mit dem Besen kehrte, dabei flossen Tränen aus seinen Augen.

Ich schaute wieder zu Jennifer, die nun vom Kellner unterbrochen wurde, der ihr ein Mineralwasser und die Speisekarte brachte. Sie legte die Speisekarte über das aufgeschlagene Buch und fuhr mit dem Finger die Zeilen entlang.

Bevor ich Georg kennengelernt hatte, war ich oft alleine an kleinen Tischen gesessen. Kellner hatten mich überschwänglich behandelt, und an jeder Ecke wurde mit mir geschäkert, als wäre ich an 365 Tagen im Jahr ein Geburtstagskind. Überall hatten ständig Überraschungen auf mich gewartet: kleine Aufmerksamkeiten, ein Extra-Keks auf dem Kaffeetablett, ein zusätzliches Zuckerpäckchen und immer ein Lächeln und ein kleiner Scherz. Der Postbote hatte mich „bella Silvia" genannt, und ich hatte aufgehört, im Internet zu bestellen, weil es mir peinlich war. An Georgs Seite wurde mir Respekt entgegengebracht, zuvor Begierde. Wenn ich mit Georg in ein Lokal ging, traten mir die Kellner gegenüber, als wären sie Schulburschen und ich die Mutter ihres besten Freundes, obwohl ich die Mutter von überhaupt niemandem war.

Ich wandte mich ab und drehte mich zu Iris. Sie schaute gedankenversunken auf ihren eigenen Oberkörper und zupfte an ihrer Bluse herum. Als sie meinen Blick bemerkte, lächelte sie schüchtern.

„Wie habt ihr eure Wohnung zu Hause eingerichtet? Hattet ihr ein bestimmtes Einrichtungskonzept?", fragte ich spontan.

„Oh", sagte Iris und blühte plötzlich auf. Ihre Wangen wurden rot vor Freude. „Ich habe wochenlang Einrichtungsmagazine gelesen und Ideen gesammelt. Wir haben alles im Landhausstil: schwere Stoffe, Wolldecken mit schottischem Muster, geklöppelte Tagesdecken über dem Bett … Das Farbkonzept ist Pastellblau bis Mintgrün."

Mir wurde warm ums Herz. Zum ersten Mal erfuhr ich etwas über diese Frau, weil es um etwas ging, das ihr wichtig war. Sie hatte Gefühle, sie hatte Wünsche.

„Und in der Küche?", fragte ich.

„Kochen kann ich leider nicht so gut", gestand sie, „aber ich stehe gern in der Küche und stelle es mir vor. Deswegen hab ich auch die Küche sehr liebevoll eingerichtet. Wir haben viele altmodische Dinge, altes Porzellan, Emailtöpfe und Holzkochlöffel. Obwohl ich die Sachen nie benutze, wasche ich sie aber trotzdem immer wieder einmal ab, damit sie nicht verstauben. Und ich schaue sie mir oft an."

Ich lächelte und stellte mir vor, wie Iris in ihrer Küche stand und sich vorstellte zu kochen. Als Schülerin hatte ich davon geträumt, Popstar zu werden. Der Traum war so erfüllend gewesen, dass es gar nicht nötig gewesen war, ihn zur Realität zu machen. Jeden Tag hatte ich stundenlang daran gearbeitet, den Traum so echt wie möglich zu durchleben: Ich tippte Zeitungsartikel über mich auf meinem Laptop, verkleidete und fotografierte mich mit dem Selbstauslöser meiner Kamera in den entsprechenden Posen, interviewte mich selbst vor dem Spiegel und sprach in allen Details über mein kommendes Album, die nächste Tournee, den tragischen Rosenkrieg mit meinem Ex-Ehemann, einem Rockstar, und dementierte die Gerüchte, lesbisch zu sein. Wenn meine Mutter mich zum Abendessen rief, streifte ich die falsche Persönlichkeit ab und wurde wieder ich selbst. Nichts war in Wirklichkeit so schön wie die Vorstellung davon. Nach einigen Jahren hatten sich über fünfhundert Seiten an fiktiven Zeitungsartikeln angehäuft, die ich über mich selbst verfasst und in Ordnern neben meinen Schulunterlagen gesammelt hatte. In den langen Ferien nach dem Schulabschluss warf ich sie weg.

„Wir können ja vielleicht, wenn wir wieder in Wien sind", sagte Iris und schaute mich sehr schüchtern, fast ängstlich an, „also, wenn du nichts Besseres zu tun hast, dann können wir uns ja vielleicht einmal treffen. Hin und wieder auf einen Kaffee oder so ..."

„Ja, sehr gern", meinte ich. Es war schön, aus dieser Frau Gefühle herauszukitzeln, sie dazu zu bewegen, ihr Gesicht zu zeigen.

Ich schaute wieder zu Jennifer, die offenbar inzwischen bestellt hatte und wieder über ihr Buch gebeugt war. Es kam mir erstaunlich vor, dass man einen Liebesroman so konzentriert lesen konnte. Es wirkte fast wie schwere Arbeit, wie Jennifer beim Lesen die Ellenbogen am Tisch aufgestützt hatte, den Zeilen folgte und hin und wieder eine Seite umblätterte. Sie schien diesen Roman bis ins Detail zu studieren, und es hätte mich kaum überrascht, wenn sie dazu noch eine Lupe hervorgeholt hätte. Darin unterschied sie sich von zahlreichen anderen Liebesromanleserinnen, die ich in Wien nahezu täglich in der U-Bahn oder im Bus beobachtete. Meist waren es dicke Frauen mittleren Alters, die ihre Körper in bunt gemusterten, weit geschnittenen Gewändern kaschierten, Plastikschmuck trugen und an deren Taschen oder Rucksäcken kleine Stofftiere baumelten. Es waren Frauen, die ausstrahlten, dass sie *trotz allem zufrieden* mit sich und dem Leben waren. Diese Frauen waren nicht in ihre Lektüre vertieft, eher hielten sie die bunten, manchmal glitzernden Buchcover vor sich hin und schauten amüsiert hinein, mit demselben Blick, mit dem sie auch auf ihr Handy-Display schauten, wenn sie eine SMS bekamen. Der Roman war in diesen Fällen nur eine andere Art der Kommunikation.

Jennifer hingegen gab sich dem Trivialroman mit der ganzen Leidenschaft einer echten Leserin hin. Wäre es möglich, den Roman in einem unbeobachteten Moment auszutauschen? Könnte man das Buch unter ihren Händen wegziehen, falls sie kurz nicht hinsähe, und an seine Stelle ein anspruchsvolleres literarisches Werk legen, und würde sie sich diesem dann mit derselben Konzentration widmen? War die geistige Kapazität wahllos?

Ich schaute wieder Georg an und dachte, auch die emotionale Kapazität war wahllos. Am Anfang war er ein Fremder für mich gewesen, und der Zufall hätte mich genauso gut einem anderen Fremden zuführen können. Die gemeinsamen Jahre waren es, die ihn für mich unersetzbar gemacht hatten.

„Wir können auch einmal gemeinsam zur Beauty-Farm gehen", meinte Iris jetzt.

„Oh", sagte ich und wandte mich ihr zu, „ich weiß nicht … ich muss gestehen, das hat mich bisher nie so interessiert …"

Sie zuckte mit der Schulter. „Na, macht ja nichts. Kaffeetrinken genügt ja auch."

„Ja, lieber so."

Freilich passte man nicht mit jedem Menschen gleichermaßen gut zusammen, dachte ich. Aber das Spektrum derer, mit denen man sich gut arrangieren und sogar befreundet sein konnte, war doch ziemlich breit. Sich wirklich völlig abzuschotten, erforderte vielleicht genauso viel Anstrengung wie das Knüpfen einer richtig tiefen, festen Beziehung. Irgendwo in der Taverne kreischten einige Katzen wie in einem Chor.

Die Fische wurden serviert, Hans hatte sich nach seinem Lachanfall wieder beruhigt. Während des Essens schaute ich immer wieder zu Jennifer hinüber, die alleine an ihrem Tisch saß und sehr elegant Pasta mit Meeresfrüchten aß. Sie hielt die Ellenbogen sehr eng am Körper. Ich wäre gern bei ihr gesessen, hätte mit ihr über das Meer und die Liebesromane geredet. Sie auftauen zu sehen, sie lächeln und sich locker zurücklehnen zu sehen, hätte den Abend zu etwas Besonderem gemacht.

Als es bereits dunkel war, stand ich kurz vom Tisch auf, um zur Toilette zu gehen. Während ich mir die Hände wusch, kam Iris herein. Sie stellte sich hinter mich, fand meinen Blick im Spiegel und sagte: „Ich weiß nicht, warum ich dir das jetzt erzähle, aber ich habe das Gefühl, du bist so jemand ... na ja ... Also, einmal in meinem Leben war ich richtig verliebt. Da hat es mich komplett überwältigt."

Ich zog ein Tuch aus dem Spender und trocknete mir die Hände ab: „Hm ... also ..."

Iris hob beide Hände vor den Brustkorb, als müsse sie sich vor meinem Zugriff schützen: „Nein, nein, unterbrich mich nicht, ich will das jetzt sagen! Du musst auch gar nichts darauf erwidern."

„Okay ..."

„Ein paar Monate lang hat es mir so gut getan. Beim Aufstehen in der Früh war ich nicht so unglücklich und frustriert wie sonst. Weißt du, ich war nie jemand, der das Leben leicht nimmt ... Es wird einem so viel zugemutet. Alles kam mir immer wie eine Zumutung vor. Wenn ich vor der Wahl gestanden wäre ... also, dann wäre ich lieber gar nicht auf die Welt gekommen. Aber ich war nun einmal auf der Welt, also musste ich irgendwie etwas daraus machen oder so ... Das empfand ich als so eine Zumutung."

„Niemand wird gefragt, ob er leben will ..."

„Als Teenager war ich immer so ernst. Meine Eltern haben gesagt, ich soll nicht dauernd so traurig schauen, sonst glauben die Leute ja, mir ginge es zu Hause nicht gut. Das hat mir leidgetan, aber ich konnte es nicht ändern. Ich war einfach nicht fröhlicher. Ich konnte nicht genug Energie für bessere Laune aufbringen. Am liebsten wollte ich schlafen, mich ins Bett kuscheln ... Bis heute frage ich mich: Geht das eigentlich jedem so? Können die anderen es nur besser bewältigen? Oder ist das doch etwas Typisches von mir?"

Sie machte eine Pause, und ich begriff, dass sie auf eine Antwort hoffte. Ich zögerte: „Also ... bei mir ist es phasenweise unterschiedlich ..."

Iris nickte eifrig und redete gleich weiter: „Aber dann war ich verliebt. Und auf einmal hat sich das Aufstehen in der Früh nicht so schrecklich angefühlt. Ich hab mich auf etwas gefreut, hab auf etwas gewartet, hab mich auf etwas vorbereitet. Ich musste mich überhaupt nicht schminken, ich war ganz von selber schön."

Meine Mundwinkel zuckten, auf einmal hätte ich fast gelacht. Ich bemühte mich, es nicht zu zeigen. Bei Menschen wie Iris musste man im Zweifelsfall davon ausgehen, dass sie etwas nicht ironisch meinten. Dieser Monolog war ihr wichtig, und ich musste ihr den Raum dafür bieten.

„Aber ich musste diese Liebe aufgeben. Die Gründe würden jetzt zu weit führen und sind auch nicht wichtig. Jedenfalls stand ich dann wieder alleine da, mit der Traurigkeit in der Früh und diesen vielen Ängsten und Sorgen. Ich konnte nicht alleine durchs Leben gehen, weil ich zu viel Angst hatte. Dann hab ich angefangen, an meinem Aussehen zu arbeiten, mich anzupassen. Es war eine Aufgabe, auf einmal hatte ich wieder Ziele und Termine und Gesprächsthemen. Und dann hab ich Hans kennengelernt. Aber ich wusste, ich würde ihr für immer treu sein, der Liebe."

Ihr für immer treu sein, der Liebe. Etwas an diesen Worten irritierte mich, aber ich wusste nicht, was es war. Es kam mir vor, als hätten sie eine zweite Bedeutung, die ich instinktiv fühlte, aber nicht greifen konnte. Warum klang der Satz seltsam?

„Und warst du ihr immer treu, der Liebe?"

„Immer."

In harmonischer Eintracht standen wir einander gegenüber, während ich darüber nachdachte, was sie mir hatte sagen wollen. Ich begriff es nicht. Dann lächelte sie verschwörerisch und zeigte mit dem Finger auf mich: „Du verstehst mich! Das habe ich mir gleich gedacht. Ich habe dich gesehen und mir gedacht: Du bist der Typ, du wirst mich verstehen."

Zufrieden schaute sie mir in die Augen, dann nickte sie und verschwand in einer der Toilettenkabinen. Ich überlegte noch einen Moment, schaute in den Spiegel, der mich im Dämmerlicht zeigte, und ging zurück zur Terrasse. Als ich an Jennifers Tisch vorbeikam, sah ich, dass sie bereits gegangen war.

Nachts lag ich wach, während Georg schlief, und fragte mich, was mich bei ihm hielt. Im Laufe der Jahre hatte ich oft Verehrer gehabt, die mich auf einen Kaffee eingeladen hatten, manche hatten mich auch geküsst, und ich hatte ihre Aufmerksamkeit genossen und mir eine Weile gefallen lassen. Trotzdem hatte ich nie einen Sinn darin gesehen, Georg für einen von ihnen zu verlassen. Nicht weil mit Georg irgendetwas deutlich schöner oder anders gewesen wäre, sondern eher, weil es keinen wirklichen Unterschied gemacht hätte, ob ich mit diesem oder jenem Mann zusammengewesen wäre. Sie waren alle höflich, aufmerksam und gebildet, wir führten gute Gespräche, ich hätte mit jedem von ihnen ein gutes Paar abgegeben. Aber Georg kannte ich schon länger, bei ihm kannte ich bereits die Fehler und Schwächen und hatte mich darauf eingestellt. In seiner Gegenwart konnte ich mich gut entspannen. Deshalb war ich bei ihm geblieben.

Allerdings hatte ich mich oft mit einer gewissen Sorge gefragt, warum es einen so geringen Unterschied machte, wer mich küsste oder wer mich auf einen Kaffee einlud. Wäre ich nicht mit Georg zusammengewesen, hätte ich mir mit jedem dieser Männer gleichermaßen eine Beziehung vorstellen können. Warum war das Gegenüber so unbedeutend? Warum gab es kein Gefühl in mir, das ich als Liebe identifizieren konnte, so wie andere das immer behaupteten?

Ein Mann hatte einmal zu mir gesagt: „Ich verstehe nicht, was du willst, Silvia, und manchmal glaube ich, du willst einfach gar nichts."

„Warum?", hatte ich gefragt.

„Wenn ich dich anrufe, habe ich den Eindruck, dass du dich freust, und wenn ich dich frage, ob wir ausgehen wollen, sagst du Ja. Wenn ich dir schreibe, antwortest du charmant, als hättest du mich wirklich gern. Aber du rufst mich nie von selbst an, schreibst mir nie von selbst und fragst mich nie, ob ich mit dir ausgehen will. Würde ich dich nicht mehr anrufen oder dir schreiben, dann wäre zwischen uns kein Kontakt. Ist es dir denn egal, ob wir uns sehen oder nicht?"

Ich drehte mich im Bett herum und dachte an Jennifer und ihren Freund zurück und ob sie im Gespräch auf der Terrasse irgendetwas darüber angedeutet hatte, warum sie ausgerechnet mit ihm zusammen war. Hatte sie das Wort Liebe verwendet? Dann stellte ich mir Iris vor, die von Verliebtheit gesprochen hatte, ohne mit der Wimper zu zucken. Eine verliebte Iris, wie sah so etwas wohl aus? Und sie war ihr immer treu geblieben, der Liebe.

Zu Hause

Nachdem ich die Makkaroni gegessen hatte, verband sich meine Erschöpfung endlich mit einer inneren Ruhe, sodass ich ins Bett ging und sofort einschlief. Trotzdem wachte ich am nächsten Tag früh auf. Ich packte den Koffer aus, sortierte die Wäsche und schaltete die Waschmaschine ein. Nach so vielen Tierchören der letzten Woche fiel mir ein, dass es keinen schöneren Chor gab als den von Waschmaschine und Kaffeemaschine. Während ich die erste Tasse trank, summte mein Handy. Ich musste eine Weile in der Handtasche suchen, um es zu finden.

Georg hatte eine SMS geschrieben: *Hoffe, du bist gut heimgekommen, so wie ich. Kommst du am Abend zu mir? Zum Kuscheln, Kochen und Filmschauen?*

Ich antwortete: *Ja, klingt schön.*

Während ich am Küchentisch den Kaffee trank, dachte ich an Jennifer.

Polyhymnia (Gesang)

Carmen trank Kaffee und dachte nach. Es war erstaunlich, wie viele Arten von Alkoholikern es gab. Bei manchen blieb die Sucht unsichtbar und sprang irgendwann als große Überraschung aus der Schachtel, während andere sie wie einen Vogel auf der Schulter trugen, mit dem sie noch in der Straßenbahn redeten. Wirklich rätselhaft aber waren solche Menschen, von denen jeder wusste, dass an ihrem Schreibtisch immer ein Glas Wodka stand, und die trotzdem überall gepflegt und attraktiv auftraten und nie als krank wahrgenommen wurden. Konnte man eine Krankheit haben, von der weder man selbst noch ein anderer etwas wusste? Nie ausgebrochen und nie diagnostiziert, aber trotzdem da?

Sie sprang von der Sitzbank und stellte die Tasse auf den Boden der Veranda. Es machte nichts, wenn ihre Großmutter sie nachher dort fände, es war normal, dass ihre Großmutter immer irgendwo Tassen fand. Carmen ging durch die Glastür zurück in ihr Zimmer. Sie zog ihre Lieblingsjeans an, die locker um die Hüfte hing und sich im Rutschen verzweifelt an ihr festklammerte wie ein glitschiges Tier. Dazu wählte sie ein blau-gelb gestreiftes Top mit dünnen Trägern, die im Nacken zusammenliefen. Ihre Haare brachte sie vor dem Spiegel in Unordnung, erst dann legte sie ihren

Schmuck an: eine geknüpfte Halskette mit Muscheln und bunte Armbänder mit bemalten Steinen. Sie trug knallroten Lippenstift auf, dachte dabei selbst das Wort *Schlampe*, hängte sich ihren Rucksack über die Schulter und ging durch den Flur und das Wohnzimmer in die Küche. Venezianische Masken und bemalte Holzfiguren standen ihr dabei im Weg, und sie musste ständig ausweichen wie ein Abenteurer, der sich durch einen Dschungel kämpft.

„Echt geil, wenn die Mutter Innenarchitektin ist", hatten ihre Freundinnen früher oft gesagt, wenn sie bei Carmen zu Besuch waren. Die Mädchen hatten mit leuchtenden Augen die Holzkommoden im Flur, die Sofas und Pölster und die Ziergegenstände angeschaut, manches ehrfürchtig mit den Fingerspitzen berührt und geseufzt: „Wie ein lebensgroßes Puppenhaus! Das will ich auch!"

Nein, dachte Carmen jetzt, Innenarchitektur löst keine Probleme. Als sie zwölf war, hatte sie einmal gehört, wie ihre Mutter im Schlafzimmer telefoniert und dabei gesagt hatte: „Dieses Haus fühlt sich an wie ein kratziger Pullover. Egal, wie ich mich drehe oder bewege, an jeder Stelle juckt es. Überall schneide ich Fäden ab, und es hängt gleich wieder einer runter."

Carmen ging in die Küche und holte sich einen Apfel aus dem Obstkorb. Vor dem Fenster goss die stumme Großmutter in einem langen Rock das Blumenbeet. Carmen wollte gleich wieder gehen, als plötzlich die Tür zum Arbeitszimmer aufging.

„Carmen?"

Carmen blieb in der Bewegung stehen, ohne sich umzudrehen. „Ja?", sagte sie zur Stimme der Mutter in ihrem Rücken.

„Bitte ... Du solltest ab und zu etwas essen. Kannst du mir das versprechen? Dass du etwas isst?"

„Ich esse jeden Tag etwas." Ihre Mutter wusste nicht, wie die Mädchen aussahen, die wirklich nichts aßen. Natalie und Nicole hungerten um die Wette, verglichen jeden Tag in der ersten Pause ihre dünnen Oberarme und prüften, ob sie noch in den Radius zwischen Daumen und Zeigefinger passten. Beide waren in einem Online-Forum registriert, in dem sie Fotos ihrer abgemagerten Körper hochluden und andere Mädchen ihnen Likes für jedes verlorene Kilo gaben.

„Na gut", sagte ihre Mutter, „aber vielleicht isst du auch einmal das, was Oma kocht."

„Sie kocht so altmodisch. In den letzten Jahrhunderten hat es viele neue Erkenntnisse über Ernährung gegeben."

„Es kann nicht alles so falsch daran gewesen sein, wie die Leute früher gekocht haben."

Erst jetzt drehte Carmen sich um. Ihre Mutter sah schwach und müde aus und stand sehr klein in der Tür. Für eine Sekunde erschrak Carmen. „Vielleicht liest du irgendwann mal das Buch über Ernährungswissenschaft, das ich dir gegeben hab ... Da steht drin, dass Oma vieles falsch macht."

Ihre Mutter winkte mit der Hand. „Ach, Carmen ... Da wird einem doch was eingeredet. Natürlich haben alle immer lauter überzeugende Argumente."

„Also findest du die Argumente überzeugend?"

„Jeder kann einem alles einreden. Es hört sich immer alles richtig an, wenn einer gut redet."

„Stimmt doch gar nicht! Ich hab schon hundertmal Diskussionen gehört, wo mich die Argumente von Leuten gar nicht überzeugt haben. Aber bei diesem Thema ..."

„*Wo* ist kein gutes Relativpronomen, Carmen."

Im Arbeitszimmer klingelte das Handy. Carmens Mutter drehte sich um und ging hinein.

„Das sagst du nur, weil du keine Argumente mehr hast", rief Carmen. „Mit Grammatik kommen Menschen in Diskussionen immer dann, wenn sie keine Argumente mehr haben!"

Als sie ging, hörte Carmen, wie ihre Mutter im Arbeitszimmer sagte: „Bitte? Wie ist Ihr Name?"

Carmen aß den Apfel auf dem Schulweg und warf das Kerngehäuse neben einen Baum, bevor sie um die Ecke bog. Jedes Mal hoffte Carmen, dass sie damit etwas Verbotenes tat und eines Tages ein Polizist sie erwischen und verhaften würde. Den Polizisten stellte sie sich immer groß und muskulös, in eng anliegender Uniform und mit langen Haaren vor. Das Klicken der Handschellen wäre warm wie das Knacken brennender Holzscheite. Bisher war das noch nie passiert, und auch heute kam sie als freier Mensch bei der Schule an. Das Gymnasium war ein quadratisches Gebäude zwischen Bäumen. Jedem Vorbeigehenden musste es besonders verdächtig erscheinen, weil man es bunt gestrichen hatte, damit es harmlos wirkte, so wie Krankenhäuser und Altersheime. Jonathan stand davor und wartete auf sie.

„Hey, Carmen! Holen wir heute am Nachmittag die Bandprobe von gestern nach?"

Er schaute sie hinter den Strähnen seiner Haare an, die bis zum Kinn reichten und sein halbes Gesicht verdeckten.

„Klar", sagte Carmen. Dann schaute sie an ihm vorbei und sah eine Schülerin aus der Parallelklasse neben dem Eingang stehen. Sie hatte lange blonde Haare und wirkte zerbrechlich wie ein Gespenst aus einem Traum. Meist sah es aus, als hätte sie die Augen geschlossen. Immer wenn Carmen das Mädchen sah, hatte sie plötzlich einen leisen, traurigen Ton im Ohr. Dann befiel sie der Verdacht, dass Traurigkeit ein wunderbares und reiches Gefühl sein konnte, ein Kitzeln aus der Tiefe von innen.

„Ich hab übrigens ..." Jonathan zog mit zittrigen Fingern einen zusammengefalteten Zettel aus seiner Lederjacke.

Carmen sah seine Bewegungen nur aus dem Augenwinkel, während sie das blonde Mädchen anschaute und dem traurigen Ton nachhörte, der etwas Verzweifeltes wusste. Das Mädchen wartete auf jemanden und blätterte dabei in einem Französischlehrbuch, mit scheinbar geschlossenen Augen. Machte sie die Augen niemals auf?

Carmen wandte sich wieder Jonathan zu: „Ein neues Lied?"

„Ja, ganz neu. Ist mir gestern eingefallen."

„Okay", sagte Carmen, riss sich von dem Mädchen los und streckte die Hand nach dem Zettel aus, „das proben wir heute am Nachmittag. Spielst du es auf der Gitarre?"

„Ja, aber Carmen, hey ..." Er sah sie sehr verletzlich an. „Ich hätte gern, dass du den Text schon vorher liest und mir sagst ... also ... also, wenn du es ganz blöd findest, dann sag mir das bitte im Vertrauen, und dann spiel ich es heute am Nachmittag lieber nicht."

Carmen wusste, wie man mit sensiblen Rockstars umgehen musste. Jede Rücksicht und Hilfe musste man bagatellisieren. Also boxte sie ihm in die Schulter, nahm den Zettel und sagte: „Okay, Alter."

Jonathan lachte erleichtert, und sie gingen gemeinsam in das bunte AHS-Gebäude. Viele Mädchen trugen jetzt Zöpfchen-Frisuren, weil irgendeine Schauspielerin die Haare bei einer Preisverleihung so getragen hatte. Carmen suchte nach dem blonden Mädchen, aber fand es auf einmal nicht mehr. Es musste mit den geschlossenen Augen irgendwo hingegangen sein, oder jemand hatte es in eine Richtung geschoben oder an der Hand gezogen.

„Also, wir sehen uns in der großen Pause! Wäre echt super, wenn du bis dahin den Text lesen könntest."

„Okay."

Mit einem Zwinkern steckte Carmen den Zettel in ihre Jeanstasche, und die beiden trennten sich. Carmen schlich sich in die Toilette und sperrte sich fünf Minuten lang in eine Kabine ein, wo sie sich mit Ohrstöpseln zweimal ihr Lieblingslied anhörte, damit noch ein bisschen Zeit verging. Zum Schluss holte sie ihren Taschenspiegel hervor, zog den Lippenstift nach und zerwühlte ihre Haare.

Als sie in den Biologiesaal kam, saßen alle anderen schon brav und gerade vor der Lehrerin. Carmen fuhr sich durch die wilden Haare und schaute schuldbewusst, als wäre es ihr peinlich, schon wieder zu spät zu sein. Der Rucksack rutschte ihr theatralisch von der Schulter.

„Na, mal wieder eine lange Nacht gehabt?", fragte die Lehrerin. Carmen steckte die Hände tief in die Taschen ihrer Jeans und freute sich über das wunderbare Geschenk, das die Lehrerin ihr mit diesem Satz gemacht hatte.

Sie las den Songtext in der zweiten Stunde, weil ihr bei Chemie immer langweilig war. Jonathan hatte fast unleserlich geschrieben. Es dauerte mehrere Minuten, bis sie den Titel des Liedes entziffern konnte: *Ihn liebten Damen*. „Gegen den Widerstand der Dame / Muss der König / Sie erobern / Gegen den Widerschein der Kerze / Muss der König / Sie entflammen / Dann hat der König Erfolg / Und ihn liebten Damen ..."

Plötzlich stand der Chemielehrer direkt vor ihrem Tisch. Er hatte aufgehört zu reden und schaute sie erwartungsvoll an.

„Sind deine Leistungen so gut, dass du auf den Unterricht verzichten kannst?", fragte er sehr ernst, als ginge es um etwas Wichtiges. Dabei verschränkte er sogar seine Finger vor dem Bauch wie ein Politiker.

Carmen lehnte sich zurück und spielte mit einem Radiergummi, der auf dem Tisch lag. „Meine Leistungen sind ein Protest gegen das Schulsystem."

„Du kannst nach deinem Schulabschluss gerne das System ändern. Da wäre ich in einigen Punkten vielleicht sogar bei dir."

„Dann lieber nicht."

Die Klasse lachte.

„Du möchtest doch Ernährungswissenschaftlerin werden, nicht wahr, Carmen? Da brauchst du auch Chemie."

Als er sich umdrehte und zurück zur Tafel ging, stellte Carmen sich kurz vor, mit dem Lehrer verheiratet zu sein. Eines Tages würde er von der Arbeit nach Hause kommen, und Carmen würde mit dem Essen auf ihn warten und strahlend sagen: „Ich bin schwanger, mein Schatz." Dann würde er sie umarmen und küssen und gestehen: „Ich kann gar nicht in Worte fassen, wie stolz und glücklich du mich machst." Bei dem Gedanken fühlte Carmen sich warm und zufrieden. Der Chemielehrer hatte voriges Jahr eine der Lateinlehrerinnen geheiratet, und seitdem musste Carmen immer daran denken, wie die beiden abends miteinander im Bett lagen und über ihre Schüler redeten. Die Lateinlehrerin trug eine dicke Brille und hatte Haare, die wie ein Ritterhelm an beiden Seiten des Gesichts hinunterhingen. Vielleicht hatte man das im alten Rom so getragen. Besonders unbeholfen wirkte die Geste, mit der die Lehrerin sich bei jeder Gelegenheit die Haare hinter die Ohren strich, um sie kurz darauf mit einer flippenden

Fingerbewegung wieder nach vorne zu werfen und anschließend erneut hinter die Ohren zu klemmen. Dieses Hin und Her vollzog sich innerhalb eines Gesprächs oder einer Schulstunde sicher tausend Mal. Dass so eine Frau den attraktivsten Lehrer der Schule geheiratet hatte, war nicht nur allen Schülern und Eltern, sondern sicher auch dem gesamten Kollegium ein Rätsel.

In der großen Pause saßen Carmen und Jonathan in der Pausenhalle. Die Tische hier waren weiß und quadratisch. Jonathan schaukelte lässig mit dem Sessel, aber man merkte trotzdem, dass er nervös war. „Und? Hat es Hit-Potenzial?"

Carmen nahm sich Zeit, während sie mit dem Lippenstift die knallrote Farbe auf ihrem Mund nachzog. Dann klappte sie ihren Taschenspiegel zu. Mit sensiblen Rockstars musste man vorsichtig sein. „Na ja, die Schrift war sehr schwer zu lesen, das hat mich viel Mühe gekostet. Ich bin auch nicht sicher, ob ich alles richtig entziffert hab ..."

„Oh, Mist ..."

„Ja ... na ja, und man muss dann natürlich die Melodie dazu hören ... alleine vom Text kann man jetzt nicht viel sagen."

„Ja, das ist schon klar. Ich wollte nur wissen, ob dir der Text alleine schon komplett bescheuert vorkommt."

Carmen überlegte eine Weile und schaute an Jonathan vorbei zum Schulbuffet. Sie hatte Sehnsucht nach dem blonden Mädchen, nach der leisen Traurigkeit. „Nein, also ... also, nein."

Jonathan lächelte. „Danke, Carmen! Das bedeutet mir viel."

Stolz ließ sie den Taschenspiegel in ihren Rucksack fallen. Sie war die Rockstar-Psychologin! In dem Moment kamen Georg und Tim mit Sandwiches vom Schulbuffet an den Tisch. Tim hob den Arm und schleckte irgendetwas Tropfendes von seinem Handgelenk ab.

„Hey, Leute. Wie sieht's aus mit der Probe heute am Nachmittag?"

„Geht klar."

Carmen lächelte. „Jonathan hat einen neuen Hit."

„Hey cool." Georg hob eine Augenbraue und setzte sich verkehrt auf einen Sessel. Sein Sandwich legte er achtlos auf den Tisch. Carmen fand es unerträglich, dass er die Bissstelle des Sandwiches nicht mit der Serviette bedeckte. Sein Essen lag genau da, wo andere Schüler ihre Rucksäcke abstellten, die sonst auf der Straße, im Regen oder auf den Böden von öffentlichen Toiletten standen. „Wisst ihr, was ich mir immer öfter denke? Wenn wir einmal berühmt sind und eine Zeitschrift mit uns eine Story machen will, dann machen wir ein Fotoshooting mit Elefanten."

Es war kurz still.

Georg schaute auffordernd in die Runde. „Hey, das ist schon ewig mein Traum. Ich sag euch, das wird genial, Leute."

„Warte mal", meinte Carmen und riss mühevoll ihren Blick von dem Sandwich, „geht das einfach so? Solche Elefanten kosten doch sicher viel?"

„Du musst sie dir ja nicht gleich kaufen."

„Na ja, aber ..."

„Mieten?", fragte Jonathan.

„Was weiß ich", sagte Georg und winkte mit der Hand, „das kann ja nicht so kompliziert sein."

„Klar, viel lausigere Bands haben das schon geschafft", meinte Tim.

„Was meinst du? Lausiger als wer?"

„Also, ich weiß nicht", sagte Carmen, „können wir nicht einfach Fotos machen, auf denen wir alle nebeneinander vor einer Ziegelmauer stehen? Oder von mir aus mit Teetassen in der Hand ...?"

Georg nahm sein Sandwich, drückte liebevoll darauf herum und machte einen Bissen. Orangefarbene Sauce tropfte auf den Tisch. „Lamas wären auch cool. Hauptsache irgendwas Exotisches."

„Schlangen", fiel Tim ein.

„Zu abgeschmackt", meinte Georg.

Es läutete, und die Pausenhalle leerte sich. Mädchen mit Zöpfchen-Frisuren flogen an ihnen vorbei wie Fische in einem Aquarium. Georg, Tim, Jonathan und Carmen zeigten wie immer keine Reaktion. Erst als die Lehrerin, die Pausenaufsicht hatte, drohend ein paar Schritte auf sie zuging, standen sie mürrisch auf.

„Hey, wartet, ich wollte euch unbedingt noch etwas zeigen", meinte Tim, und alle drehten sich zu ihm um. Er aß den letzten Bissen seines Sandwiches, dann wischte er sich die Hand an seinem T-Shirt ab und holte ein kleines Büchlein aus der Hosentasche.

„Schaut mal, das ist ein Adressbuch. Da schreib ich alle Adressen und Telefonnummern von meinen Freunden rein."

„Wer braucht denn so was?", sagte Carmen.

„Hat dir einer das Handy geklaut?", fragte Georg.

Alle lachten.

„Nein. Aber es geht doch um etwas anderes. Was ist, wenn ich sterbe?"

„Na ja ..."

„Also ..."

Tim blätterte durch das Büchlein und erklärte: „Was ist, wenn ich sterbe, und ich hab noch einen Termin? Dann wartet die Person auf mich und weiß nicht, dass ich gar nicht kommen kann. Das ist meine größte Angst! Dass jemand ewig auf mich wartet und glaubt, ich komme zu spät, dabei kann ich gar nicht kommen, weil ich tot bin. Und der andere denkt: Boah, der Tim ist aber unzuverlässig geworden! Deswegen hab ich alle Namen, Adressen und Nummern hier aufgeschrieben, damit ihr wisst, wen ihr benachrichtigen müsst."

Carmen schob verlegen beide Hände in die Hosentaschen. „Warum wir?"

„Falls ihr mich findet."

„Aber wenn wir dich finden ... Ich meine, wer soll dann auf dich warten? Du bist doch nie mit wem anderen außer mit uns verabredet."

Tim überlegte kurz und schaute dabei Georg an. „Na ja, aber falls ich mit einem von euch verabredet bin und ein anderer von euch mich findet."

„Aber wir wissen unsere Nummern."

Seine Augen blieben weiterhin auf Georg gerichtet. „Na ja, trotzdem. Vielleicht fällt es euch in der Aufregung nicht ein, oder eure Handys haben eine Störung oder ... Ruft dann unbedingt den an, mit dem ich verabredet bin."

„Sind wir nicht eh immer alle zusammen verabredet?"

Alle lachten, aber Tim wurde böse, er bekam rote Flecken im Gesicht, machte ein paar energische Schritte und rief: „Verdammt noch einmal, ich hab jetzt eben ein Adressbuch, na und?! Könnt ihr das nicht einfach akzeptieren?! Früher war es normal, so was zu haben, da musste man das auch nicht ewig lang erklären. Und mir gefallen eben so alte Sachen, okay?"

Es dauerte eine Weile, bis er sich beruhigt hatte und alle in ihre Klassen gingen. Als Carmen in den Gang einbog, sah sie plötzlich das blonde Mädchen, das ihr wie eine Schlafwandlerin entgegenkam. Carmen blieb stehen und starrte sie an. Das Mädchen telefonierte mit jemandem und sagte gerade: „Am Nachmittag kann ich nicht, da hab ich drei Stunden Ballett."

Mit diesen Worten ging sie an ihr vorbei, bog um die Ecke und war verschwunden. Carmen sog den Moment in sich auf. Ballett. So ein Mädchen machte natürlich Ballett.

In der letzten Stunde hatten sie Religion.

„So, letzte Woche haben wir über Drogensucht diskutiert", sagte die Lehrerin liebevoll, „und ich möchte euch noch einmal für die sehr informative Diskussion danken. Es hat mich gefreut, dass ihr so reife und vernünftige Ansichten habt. Gleichzeitig – und das möchte ich schon dazusagen – war es auch schockierend, einige Geschichten aus eurem Freundes- und Bekanntenkreis zu hören. Das hat mich auch nach dem Unterricht noch sehr beschäftigt."

Mit wohligem Gefühl stützte Carmen ihr Kinn auf und hörte aufmerksam zu.

Vor dem Fenster schien die Sonne und ein paar Strahlen setzten sich in die graue Kurzhaarfrisur der Lehrerin.

„Ich fand, etwas besonders Interessantes ist zum Ende der Stunde angeklungen", fuhr die Lehrerin fort. Sie trug wie immer einen bodenlangen Rock und eine hochgeschlossene Bluse, sodass es bei jeder Bewegung gemütlich raschelte wie ein Kaminfeuer. „Nämlich – ich glaube, du hast das gesagt, Carmen – dass die Jugendlichen oft keine Ideale mehr haben. Leider hat es dann schon geläutet. Möchtest du vielleicht noch genauer ausführen, was du damit gemeint hast?"

Wärme floss durch Carmens Körper, und sie richtete sich noch mehr auf, wie eine Teilnehmerin in einer Fernsehdiskussion. „Ja, gerne. Man merkt einfach oft, auch hier in der Schule, zum Beispiel in der Pausenhalle oder im Hof in der großen Pause, wenn man so zusammensteht und zuhört, was die anderen reden, dass viele sich einfach über gar nichts mehr Gedanken machen."

Carmen merkte, dass ihre Worte vor Aufregung zu sprudeln begannen. Sie musste sich ein wenig zurücknehmen, langsamer sprechen, den Zuhörern mehr Zeit geben, aber die Gelegenheit, endlich reden zu dürfen, war einfach zu wunderbar.

„Interessant, was meinst du damit? Worüber sollte man sich Gedanken machen? Oder worüber machst du dir Gedanken und die anderen nicht?" Die Lehrerin setzte sich an den Rand des Lehrertisches und zupfte ihren langen Rock zurecht.

Carmen schaute fasziniert auf das pastellfarbene Blumenmuster und dachte kurz nach. „Na ja, ich bin Sängerin in einer Band. Wir haben Ziele, und wir tun etwas dafür. Und wir drücken unsere Gefühle in der Musik aus."

Die Lehrerin nickte. „Und deswegen braucht ihr keine Drogen."

„Genau."

„Warum sind dann so viele Popstars drogensüchtig?", fragte Klara aus der letzten Reihe.

Carmen drehte sich um: „Wer sagt, dass sie das sind?"

„Das weiß doch jeder."

„Das trifft nur auf einige zu. Und auf andere Leute in anderen Berufen viel mehr ..."

„Glaubst du halt ..."

Carmen atmete durch. „Es kann hundert Gründe geben, warum jemand trotzdem süchtig wird. Aber ich glaube einfach, dass es hilfreich sein kann, wenn man eine Aufgabe und ein Ziel hat. Das Singen in einer Band kann so etwas sein, oder von mir aus ... Ballett."

Ausgerechnet Ballett. Früher wäre Carmen Ballett nie eingefallen.

Nach dem Unterricht stand Carmen im Schulhof und schaute auf die Uhr. Die Bandprobe würde in zehn Minuten beginnen. Sie setzte sich auf eine der steinernen Bänke, machte die Augen zu und beschwor ihre Lieblingsfantasie herauf. Schon seit Ende des letzten Jahres träumte sie davon, eine Liebesbeziehung mit einem Rollstuhlfahrer zu haben. Sie stellte sich vor, wie er mittags vor dem Schulgebäude auf sie warten würde. Alle Schüler würden sehen, wie sie mit einem Lächeln auf ihn zuliefe und er ihr entgegenführe, wie sie sich liebevoll zu ihm hinunterbeugen und ihm einen zärtlichen Kuss geben würde. Dann würde sie ihn anschieben, und sobald sie mit ihm um die Häuserecke verschwunden wäre, würden die anderen sagen: „Seht ihr, das ist Carmen, sie ist mit einem Rollstuhlfahrer zusammen. Sie muss unglaublich gutmütig und tolerant sein."

„Georg ist doch ein bisschen überdreht."

Carmen erschrak und zuckte heftig zusammen, als sie auf einmal Jonathans Stimme direkt neben ihrem Ohr hörte.

„Diese komische Idee mit den Elefanten ...", sinnierte er weiter und setzte sich auf die Bank. „Total überzogen. Und darüber macht der sich Gedanken ..."

Carmen wusste zuerst nicht, wovon er redete, dann schob sie den Rollstuhlfahrer aus ihrer Fantasie und ihr fiel das Gespräch in der Pausenhalle wieder ein. „Ach so ... Na ja, er hat eben manchmal wilde Ideen. Ein Fotoshooting mit Elefanten finde ich auch übertrieben für eine Schulband."

„Eben, eben! Und über so einen Blödsinn zerbricht der sich seinen Kopf. Ich denke über ganz andere Sachen nach, ehrlich ..."

Seine Stimme klang so ernst, wie Carmen sie selten gehört hatte, und machte ihr ein wenig Angst.

„Was meinst du?"

Jonathan schaute in die Ferne und sprach ganz langsam. „Willst du wissen, worüber ich nachdenke? Worüber ich mir wirklich Gedanken mache und die ganze Nacht im Internet recherchiere?"

„Ja ... klar ..."

Ganz schnell drehte er seinen Kopf und schaute sie direkt an: „Survival."

Carmen wusste zuerst nicht, ob sie ihn verstanden hatte. Seine Antwort kam ihr völlig zusammenhanglos vor. Sie schwieg.

„Ja, Survival", sagte Jonathan und schaute wieder in die Ferne. „Das ist das Wichtigste, was man können muss. Wie kann ich überleben, wenn ich kein Geld habe, keine Sachen ... Wie kann ich mir dann helfen. Das ist das Wichtigste."

„Aber warum denkst du ... also ..."

„Ich sag dir mal was, Carmen. Ich habe zwei ältere Brüder."

„Ich weiß."

„Die haben beide studiert. Mit super Noten, super motiviert. Super Abschlüsse."

„Ja."

„Und der eine ist arbeitslos und der andere Kellner. Keine Aussicht, irgendwas Vernünftiges zu finden. Was sagt dir das?"

„Na ja ... also ..."

„Man kann sich einfach auf nichts mehr verlassen. Früher haben Leute in unserem Alter geglaubt, dass sie sich etwas aufbauen können. Mein Vater zeigt mir dauernd das alte Fotoalbum und erzählt: Ja, Jonathan, bei der Maturafeier haben die Firmenchefs uns umworben, dass wir bei ihnen anfangen, ich hab keine einzige Bewerbung geschrieben und hatte gleich einen sicheren Job, da hab ich mir mein erstes Auto gekauft, da hab ich gewusst, jetzt gründe ich eine Familie ... Pah! Heute ist das alles vorbei. Ich seh, wie es bei meinen Brüdern läuft und bei deren Freunden. Keiner kriegt einen Job, alle haben Depressionen, keiner träumt noch von irgendwas."

„Hm, ja ..."

„Deswegen lese ich die ganze Nacht im Internet alles über Survival. Wie kann man überleben, wenn man wenig Geld hat und ganz auf sich selbst gestellt ist? Mit wie wenig kann man auskommen? Wie kann man sich mit ein bisschen Mehl und Wasser ein Brot backen, solche Dinge ... Zu Hause drehe ich schon fast gar nicht mehr das Licht auf. Ich will mich ans Sparen gewöhnen. Sogar am Klo drehe ich gar nicht mehr das Licht auf, sondern gehe im Dunkeln."

Carmen schaute Jonathan ins Gesicht, aber sein Blick war in die Ferne gerichtet. Er wirkte unendlich traurig und verzweifelt. Sie erinnerte sich plötzlich da-

162

ran, wie sie ihn am ersten Schultag in der ersten Klasse des Gymnasiums kennengelernt hatte. Er hatte sich ein Tuch um die Stirn geknotet wie ein Pirat, Carmen hatte sofort den Eindruck gehabt, er sei irgendwie origineller und ehrgeiziger als die anderen, weil er sich um sein Auftreten und um Mode kümmerte, anstatt einfach das zu tragen, was die Mama morgens herauslegte. Er war ihr wie eine eigenständige Persönlichkeit erschienen, im Gegensatz zu all den anderen, die so langweilig waren.

„Daheim bin ich schon nur noch der, der immer das Licht abdreht", redete er weiter. „Echt, dauernd renne ich durch die Wohnung und drehe die Lichter ab, die die anderen brennen lassen. Die denken alle über gar nichts nach."

Carmen kaute an einem Fingernagel herum und wusste nicht, was sie sagen sollte. Der eine träumte von einem Fotoshooting mit Elefanten, und der andere ging im Dunkeln aufs WC. Irgendwie waren alle ihre Freunde komisch.

„Und weißt du, was? Eigentlich müsste das in der Schule unterrichtet werden! Wir wissen, dass wir mit unseren Abschlüssen keine Jobs kriegen werden. Also, warum lernen wir dann nicht, wie man Brot bäckt und einen Knopf annäht und eine Wunde versorgt und mit welchen Kräutern man eine Verkühlung heilt? Wie man sich durchschlägt, wenn man im Stich gelassen wird? Es sollte ein eigenes Fach geben, das *Survival* heißt! Meine Oma hat so was noch gelernt, und deswegen kann sie alles. Die könnte überall überleben, wenn sie jetzt nicht schon so alt wäre." Für einen kurzen Moment stellte sich Carmen eine Oma mit Piratentuch auf dem Kopf vor, die in einem Dschungel mit Steinen Feuer machte und mit einem Taschenmesser das Gestrüpp wegschnitt, das ihr im Weg hing.

Sie lächelte kurz.

„Das ist alles gar nicht lustig", sagte Jonathan ernst.

„Nein", erwiderte Carmen. Es tat ihr weh, wie unglücklich er aussah. „Weißt du was, Jonathan? Wir werden es als Band schaffen. Wir werden kreativ und erfolgreich sein und von der Musik leben. Und dann machen wir ein Fotoshooting mit Elefanten, damit Georg glücklich ist, und wenn ein Elefant einen von uns verletzt, dann kannst du den verarzten und ihm einen Kräutertee geben."

Jonathan schaute auf seine Finger, mit denen er träge herumspielte, und schwieg eine ganze Weile. Carmen war nicht sicher, ob er sie verstanden hatte. Dann sagte er auf einmal: „Ist doch Blödsinn."

Carmen überlegte, wurde immer nervöser, schaute auf die Uhr, dann lachte sie verkrampft: „Haha, sag bloß, du glaubst nicht an unsere Band!"

Er drehte den Kopf zu ihr und schaute sie mit einem langen Blick des Todes an. „Ganz ehrlich, Carmen ... Wir sind eine Schulband, after all!"

Der eiskalte Hauch der Depression wehte durch den Hof und schloss sie beide ein, und Carmen war froh, als sie laute Stimmen und Schritte hörte und einen Moment später Georg und Tim durch die Glastür kamen.

Es war schwierig, Jonathans neues Lied zu singen. Carmen musste immer wieder Silben verschlucken, damit die Verse in den Rhythmus passten, und oft schaute Jonathan sie mittendrin gequält an und sagte: „Nicht so! Ich hatte mir das ganz anders gedacht!"

Georg schüttelte an der Gitarre einige Male den Kopf, wenn Jonathan sich den Bleistift hinters Ohr klemmte und verkrampft auf irgendwelche Details auf seinem Notenblatt zeigte. Wenn Jonathan sich einmal überwunden hatte, ein Lied vor den anderen zu präsentieren, verlor er plötzlich jede Zurückhaltung und beharrte stur auf jeder Note und jeder Silbe. Carmen wunderte sich, warum er überhaupt so ehrgeizig an dem Lied arbeitete, wenn er doch eigentlich an gar nichts mehr glaubte und sich bereits auf ein erfolgloses Leben einstellte, in dem er nur noch im Dunkeln aufs WC ginge. Liebte er die Musik auf die ehrlichste Art, ohne sich davon etwas zu erhoffen? Komponierte er wirklich nur, um zu komponieren?

Carmen setzte sich an einen der leeren Tische des Musiksaals, während Jonathan seine Vorstellungen mit Tim am Schlagzeug besprach. Tim schüttelte den Kopf und hob die Hände, und Jonathan klopfte mit dem Bleistift auf sein Notenblatt wie ein Baumeister. Vor dem Fenster brannte die Sonne auf den Sportplatz. Für Carmen selbst war die Schulband ein Mittel zum sozialen Aufstieg gewesen. Sie war das Mädchen, das mit den coolen Typen abhängen durfte und von ihnen akzeptiert wurde. Georg träumte nur von Geld und Ruhm, und Tim tat einfach alles, was Georg tat. War

Jonathan vielleicht der einzige wirkliche Künstler unter ihnen? Der Einzige, der das kreative Schaffen über alles andere stellte? Aber warum waren seine Lieder dann so schlecht?

Auf dem Heimweg kaufte Carmen sich grünen Salat, Mais und Tomaten, die sie zu Hause marinierte und am Küchentisch aß. Als sie den Teller und das Besteck abwusch, sah sie durch das Küchenfenster in den Garten, wo ihre Großmutter mit der Schere einzelne Blumen abschnitt und in einen Korb legte. Wofür eigentlich? Es stand kein Geburtstag bevor. Warum sollte das Haus geschmückt werden? Darüber dachte Carmen noch nach, als sie ihre Hände am Geschirrtuch abtrocknete und in ihr Zimmer ging.

Sie setzte sich auf ihr Bett und kramte im Rucksack nach ihren Sachen, als das Handy läutete.

„Hallo?"

„Hey, Carmen. Geht es dir gut?"

Nicole klang schwach und müde, und Carmen spürte, dass wieder etwas passiert sein musste. Es war genau die Tonlage, mit der sehr lange Gespräche begannen, in denen Carmen vor allem zuhören und trösten musste und nachher vor lauter Leid ganz erschöpft war.

„Klar. Was ist los?"

„Es ist die Hölle, Carmen."

„Erzähl."

Carmen legte sich auf den Rücken, ließ die Beine über die Bettkante baumeln und schaute konzentriert auf die Zimmerdecke. Eine kleine Spinne spazierte kopfüber vorbei, als wäre es das Normalste auf der Welt, mit den Füßen an der Decke zu haften.

„Meine Mutter sagt, sie will mich jetzt zum Essen zwingen. Sie schaut mir zu, bis ich aufgegessen habe, und vorher darf ich nicht vom Tisch aufstehen."

Carmen atmete tief durch: „Das ist bescheuert."

„Und sie hat jetzt angefangen, aus allen Zeitschriften die Diät-Tipps rauszuschneiden", erzählte Nicole weiter. „Das heißt, jedes Heft, das ich mir kaufe, will sie jetzt zur Kontrolle haben, bevor ich es lesen darf. Und sie schneidet alles aus, was ihrer Meinung nach für mich gefährlich ist. Auch Fotos von Models!"

„Die hat echt keine Ahnung."

Carmen hatte stapelweise Jugendzeitschriften gelesen, in denen die Ursachen von Magersucht detailliert erklärt worden waren. Vielleicht würde Nicoles Mutter ja beim Ausschneiden der Diätrezepte in einem der Magazine einmal auf einen Artikel aus der Psychologie-Rubrik stoßen, in dem zumindest ein bisschen Basiswissen vermittelt wurde. Nicole schwieg, also sprach Carmen aus, was ihr spontan durch den Kopf ging. „Weißt du, oft denke ich mir, Eltern können gar nicht gut für ihre Kinder sein, weil der Altersunterschied zu groß ist. Jeder Teenager könnte einen Teenager besser erziehen."

Nicole zögerte. „Also, ich weiß nicht ... Bist du dir sicher, Carmen?"

„Na klar! Du kannst doch nur auf jemanden eingehen, wenn du seine Welt kennst. Wie willst du jemanden unterstützen, wenn du nicht weißt, was ihn bewegt?"

„Also ... Ich glaube, mir würde es schon genügen, wenn meine Mutter gar nicht versuchen würde, mich zu unterstützen. Sie soll mich einfach in Ruhe meine Sachen machen lassen und sich nicht dauernd in alles einmischen."

„Eben", meinte Carmen, „sie reagiert falsch, weil sie deine Bedürfnisse nicht kennt. Sie glaubt, du bräuchtest mehr Kontrolle, dabei ist genau das Gegenteil wahr."

„Ich weiß nicht, was ich machen soll ..."

„Hey, Nicole, weißt du was? Wenn du magst, kannst du dieses Wochenende mal hier bei mir schlafen. Von Freitag bis Sonntag, ja? Du kommst am Freitag nach der Schule mit mir mit, und am Sonntag am Abend gehst du nach Hause."

„Meinst du wirklich?"

„Ja, klar."

Während Nicole überlegte, klopfte es plötzlich an der Tür. Die Spinne an der Decke schien vor Schreck zu erstarren. Sie stoppte in der Bewegung und horchte scheinbar dem Geräusch nach. Hatten Spinnen eigentlich Ohren oder spürte sie nur die Vibration des Klopfens? Spinnen mussten sehr sensibel sein.

„Ja?"

„Carmen", rief ihre Mutter von draußen, „heute kommt ein alter Freund zu Besuch. Es wäre gut, wenn du beim Abendessen um sechs dabei sein könntest und bitte, bitte auch das essen würdest, was Oma kocht."

Die Spinne spazierte gelassen weiter, desinteressiert und mit einem gewissen Groove. Woher kam eigentlich diese Angewohnheit von Eltern, sich immer in die privatesten Dinge, also zum Beispiel das Essverhalten ihrer Kinder, einzumischen?

„Kann Oma vorher das Buch über Ernährungswissenschaft lesen?"

„Nein. Du isst heute so ungesund wie wir alle!"

Gegen fünf kam Carmen in die Küche. Ihre Mutter rührte mit dem Kochlöffel in einer Currysuppe herum.

„Du kochst?"

„Nein, nein, Oma macht das, ich halte nur kurz die Stellung."

Sie lächelte und wirkte fröhlich und verspielt, ganz anders als in der Früh und anders als sonst. Jetzt sah Carmen auch, dass ihre Mutter sich sehr chic angezogen hatte. Sie trug ihr kurzes silbernes Kleid und hatte die Haare mit Blumen hochgesteckt. Waren das die Blumen aus dem Garten?

„Ich bin doch ziemlich aufgeregt", gestand ihre Mutter und schaute Carmen an. Ihre Lippen waren geschminkt, und sie trug lange Ohrringe, zwei goldene Pferde, die über ihre Schultern trabten. Sie war so schön wie seit Langem nicht mehr.

„Du bist schön wie immer", sagte Carmen.

„Das ist lieb von dir."

„Wer ist das denn, der heute kommt?"

Carmens Mutter drehte sich plötzlich weg, rührte in der Suppe und schaute dabei ganz gerade in den Topf, als wäre eines der Pferde von ihrer Schulter dort hineingesprungen. „Es ist ein sehr alter Freund. Ehrlich gesagt hat es mich sehr überrascht, dass er sich auf einmal gemeldet hat. Wirklich sehr. Ich habe ihn seit fast zwanzig Jahren nicht mehr gesehen und auch nichts von ihm gehört."

Die Großmutter kam in die Küche und nahm energisch den Kochlöffel an sich, Carmens Mutter war sofort einen Schritt zurückgegangen. Während die Großmutter schweigend rührte, gingen Carmen und ihre Mutter ohne ein Wort aus der Küche. Es war fast so, als könne man in Anwesenheit einer stummen Person selbst nichts sagen. Draußen legte Carmens Mutter eine Hand auf Carmens Rücken. „Vielleicht ziehst du dir auch noch etwas Schönes an, Carmen, ja?"

Etwas Schönes anziehen, ungesund essen ... Was würde aus einem werden, wenn man alle Ratschläge der Erwachsenen befolgte?

Ab zehn vor sechs saßen Carmen und ihre Mutter nebeneinander auf dem Sofa im Wohnzimmer und schauten zur Tür. Zweimal ging die Großmutter vorbei, die den Küchentisch dekorierte und dafür aus der Waschküche frische Servietten und Platzdeckchen holte. Carmen hatte einen weiten schwarzen Rock angezogen und anstelle des klobigen Schmucks ihre goldene Taufkette um den Hals gehängt. Das war der maximale Kompromiss, den sie hatte eingehen können.

„Manchmal kommen Leute eine Viertelstunde früher zu Verabredungen, oder?", fragte Carmen.

Ihre Mutter wiegte den Kopf. „So sagt man. Manchmal. Irgendwo stand das mal geschrieben, glaube ich."

„Aber es ist nicht immer so."

„Nein, manche Leute kommen eher ein bisschen später."

Genau um achtzehn Uhr läutete es an der Tür, beide sprangen auf. Wie auf Kommando begann klassische Musik zu spielen, und Carmen sah gerade noch, wie ihre Mutter die Fernbedienung der Stereoanlage auf das Sofa warf. Die Großmutter kam langsam aus der Küche in den Flur und ließ den Gast wortlos ins Haus.

„Guten Tag", sagte der Gast zur Großmutter, „ich bin heute eingeladen. Um achtzehn Uhr zum Abendessen."

Die Großmutter nickte wie ein Mönch aus einem Schweigeorden und deutete mit dem Kopf auf Carmen und ihre Mutter. Etwas irritiert folgte der Gast ihrem Blick und lächelte seine Gastgeberinnen an. Carmen bemerkte verwundert, wie ihre Mutter auf einmal wegschaute, in Richtung des Bücherregals, als suche sie ein Insekt, das im Raum herumschwirrte.

„Na, so etwas", sagte der Gast wie bei einem zufälligen Treffen auf einem Bahnsteig.

Die Großmutter machte die Tür zu und ging zurück in die Küche.

„Guten Tag", sagte Carmen, da ihre Mutter immer noch zur Seite schaute. „Ich bin Carmen."

„Sie sind wohl ... die Tochter von Angelika?"

„Ja. Wenn Sie damit die Frau meinen, die gerade neben mir steht."

Endlich drehte Carmens Mutter den Kopf in seine Richtung. „Guten Abend."

Es sah aus, als hätte sie es geprobt. So wie sich Schauspieler im Vorspann von Fernsehserien aus der Seitenansicht in die Frontale drehten, dynamisch und mit charmantem Lächeln. Carmen fand es fast ein bisschen zu intim, das zu sehen.

„Angelika", hauchte der Gast.

Die Großmutter stellte sich in den Türrahmen zwischen Wohnzimmer und Küche und schaute auffordernd.

Bei der Currysuppe interessierte sich der Gast für Carmens Schulkarriere. Die Großmutter hatte den großen Küchentisch wie für ein Fest gedeckt, mit Blumen in bunten Vasen, unterschiedlich großen Weingläsern und Muscheln und Steinen vom Strandurlaub. Sie schaute im Fernsehen viele Kochsendungen und kannte sich daher gut aus. Selbst beim Essen behielt der Gast die ganze Zeit das Seidentuch an, das er um den Hals trug, und bildete damit einen seltsamen Kontrast zur Dekoration.

„Ich muss ja gestehen", sagte der Gast, „die Schulzeit ist wirklich das Schönste im Leben. Wenn man später so zurückdenkt, ach … Ich hab ja alles ausprobiert: Angestellter, selbstständig, dann auch mal Aussteiger für ein Jahr … Ach, aber so schön und unbeschwert wie in der Schulzeit wird es nachher nie wieder."

Carmen schwieg höflich. Sie schaute zur Großmutter, die sich einen Schemel an den Herd gerückt hatte und dort ihre Portion aß. Großmutter saß gerne etwas abseits, wo sie mehr Platz hatte und sich besser entspannen konnte.

„Das ist ja interessant", meinte Carmens Mutter mit einem Lächeln, „du bist ein Jahr lang ausgestiegen? Was hast du da gemacht?"

„Ach, Weltreise." Dabei schüttelte er abwehrend den Kopf, als wäre damit das Thema bereits abgeschlossen.

„Wie schön!"

„Nicht so schön wie die Schulzeit", meinte Carmen.

„Ja, das ist wirklich so", sagte der Gast ernsthaft. „Man ist nie wieder so frei wie in der Schule. Wenn man glaubt, Hausaufgaben und Ärger mit der Lehrerin wären die größten Probleme."

Der Gast und ihre Mutter lachten, und Carmen schoss das Wort *pietätlos* durch den Kopf. „Und welche Probleme hat man auf einer Weltreise?"

„Wir wollen doch jetzt nicht über Probleme reden", meinte Carmens Mutter.

„*Er* hat ja die Schule erwähnt, nicht ich."

Da die Großmutter stumm war, verstand sie stumme Signale besonders gut und räumte wie auf Kommando die Suppenteller ab.

„Das liebe ich bei einem Essen", meinte der Gast. „Immer wenn ein neuer Gang kommt, werden die Karten neu gemischt."

Die Großmutter mischte die Karten an der Anrichte neben dem Herd. Sie arrangierte Fisch, Erbsen, Karottenstreifen und heiße Tomaten auf den Tellern und streute Kräuter darüber.

„Es duftet ganz wunderbar", meinte der Gast.

Die Großmutter servierte die Teller und schenkte Weißwein ein.

„Ach, darf sie auch schon trinken?", fragte der Gast und zeigte auf Carmen.

„Oh ja, ab sechzehn ist das erlaubt", erklärte Carmens Mutter. „Und es ist doch gut, wenn sie hier bei Tisch ein vernünftiges Trinkverhalten lernt und mit den Erwachsenen mittrinkt, anstatt heimlich und ohne Aufsicht an Alkohol heranzugehen."

„Das stimmt sicher. Sehr umsichtig."

Alle stießen an, auch die Großmutter.

„Nun, es freut mich zu sehen, dass du wirklich Karriere gemacht hast, Angelika. Davon hast du ja damals schon immer geredet."

„Oh", meinte Carmens Mutter und schnitt am Fisch herum, „so viel habe ich auch nicht erreicht. Erst seit ein paar Jahren läuft das Geschäft halbwegs gut, am Anfang war es sehr schwer. Ein paar Jahre hatte ich nur Verluste und wusste gar nicht, wie ich die Krankenversicherung bezahlen soll. Wenn mir meine Eltern nicht geholfen hätten ... Da war ich ja schon geschieden. Und mit einem Kind ..."

„Das ist normal am Anfang."

„Es wäre leichter gewesen ... Oh, Carmen, versteh das bitte nicht falsch, wenn du das jetzt hörst ... aber wenn man ein Kind hat, ist es schon deutlich ernster. Ich habe viele Nächte wachgelegen und geweint und geglaubt, ich schaffe es nie. Es war wirklich ein großes Glück, dass ich dann einen großen Auftrag hatte und die mich weiterempfohlen haben, und so hat sich das dann irgendwie entwickelt, nach einer Ewigkeit. Aber es ging sehr, sehr langsam. Und die ganze Zeit hat man ein schreiendes Kind im Haus und fragt sich, ob man eine schlechte Mutter ist, weil man weder finanziell abgesichert ist noch Zeit hat, sich um das Kind zu kümmern. Man investiert in Werbung, bietet sich überall an, und es bringt nichts, und das Kind braucht schon Schulsachen und Bücher und muss zum Arzt gehen und all das. Alleine kann man sich das trauen, aber wenn man ein Kind hat und sich vorstellt, das muss dann vielleicht ins Krankenhaus ... die Selbstvorwürfe, wenn etwas passieren würde ..."

Carmen stocherte im Gemüse herum und wunderte sich, dass ihre Mutter so offen redete. „Ja, die Selbstständigkeit", meinte nun der Gast, „mir liegt das nicht. Ich bin froh, dass ich das dann wieder aufgegeben habe."

„Du arbeitest jetzt wieder in einer Firma?"

„Ach, ja. Jaja." Er nickte schnell und schnitt am Fisch herum. „Wirklich ein sehr guter Fisch. Sehr gut." Eifrig drehte er sich im Sessel herum und wandte sich an die Großmutter: „Sie sind eine hervorragende Köchin!"

Die Großmutter nickte beiläufig und winkte mit der Hand ab.

„Sie steht nicht gern im Mittelpunkt", flüsterte Carmens Mutter.

„Ich hoffe, mein Besuch macht keine zu großen Umstände ... Ist es deiner Mutter wirklich nicht unangenehm?"

„Nein, nein, aber sie sitzt einfach lieber dort drüben ... und redet nicht so gern."

„Nun, wenn es wirklich in Ordnung ist ...“

„Sie sind ein alter Freund von meiner Mutter?“, fragte Carmen endlich.

Der Gast kratzte sich am Kinn. „Ach, nun, ich glaube ... es waren ein Sommer und ein Winter, nicht wahr?“

Eigentlich hätte Carmen gar nicht mehr weiterfragen müssen. Eine Freundschaft, die ein halbes Jahr gedauert hatte und wegen der man sich bei einem Wiedersehen zwanzig Jahre später ein silbernes Kleid anzog und Blumen in die Haare steckte, ließ nicht viele Schlüsse zu: Entweder war man ein Liebespaar gewesen oder man hatte zusammen ein Verbrechen begangen und war erpressbar. Carmen tippte auf Ersteres, weil ihre Mutter nicht einmal bei Rot über die Straße gehen konnte.

„Habt ihr euch vom Studium gekannt?“

„Nein, vom Spanischkurs in den Ferien. Deine Mutter war die beste Schülerin, und ich war der Schlechteste.“

„Ich habe alles vergessen. Ich meine, von der Sprache. Ich habe nie wieder gesprochen. Ich meine, Spanisch.“

Carmen schaute zur Seite und sah, dass ihre Mutter verlegen die Hand vor ihren Mund hielt. Sie schien mit Mühe gegen das Nägelkauen anzukämpfen, und irgendwie stand ihr das gut.

Auch der Gast blieb in seiner Nervosität elegant. „Ich habe nie gut gesprochen, wie du weißt. Ich meine Spanisch.“

176

„Tja", meinte Carmen nach kurzer Stille, „und dann habt ihr euch so völlig aus den Augen verloren?"

Der Gast und ihre Mutter sahen einander an wie Komplizen in einem Gangsterfilm, als müssten sie erst überlegen, welche Version der Wahrheit sie erzählen sollten.

„So ist das eben manchmal", meinte der Gast.

„Ich war sehr überrascht, dass du dich auf einmal gemeldet hast, heute, ganz kurzfristig", begann Carmens Mutter.

Aus irgendeinem Grund deutete Großmutter die stummen Signale falsch und kam ausgerechnet in diesem Moment zum Abservieren an den Tisch, als es gar nicht passte. Da sich nie jemand traute, sie zu kritisieren, ließen alle es geschehen und sahen zu, wie sie die halbvollen Teller abräumte. Es war in Ordnung, dass die Großmutter manchmal ihrer eigenen Logik folgte.

„Ja, was die Kurzfristigkeit angeht", sagte der Gast, als die Großmutter wieder beim Herd war, „das tut mir wirklich leid. Aber du kennst mein Temperament, Angelika. Wenn ich plötzlich von etwas getrieben bin ... und ich wusste, dass ich nur heute in der Stadt sein würde. Da habe ich im Internet nach dir gesucht, und ach, auf der Website deines Unternehmens stand ja die Telefonnummer."

„Die für geschäftliche Zwecke gedacht ist. Ich dachte, ich kriege einen Auftrag rein."

Der Gast lachte höflich, und die Großmutter servierte das Dessert. Alle griffen genau gleichzeitig zum Besteck.

„Ach, wie erstaunlich", meinte der Gast, „es kommt mir immer vor wie ein Wunder der Natur, wenn ein Schokoladekuchen innen noch warm und flüssig ist."

„Man erreicht es durch eine bestimmte Kombination von Gartemperatur und Dauer", erklärte Carmen.

„Erstaunlich."

„Carmen möchte einmal Ernährungswissenschaftlerin werden."

„Aha."

„Oder eben Sängerin", ergänzte Carmen.

„So was!"

„Also ... Gerade heute warst du dann davon getrieben, mich anzurufen?", fragte Carmens Mutter.

„Ach so, ja ... Na ja, ich hatte schon in den letzten Wochen öfter daran gedacht ... Es gibt ja gewissermaßen einen Anlass."

„Aha?"

Der Gast legte die Gabel hin und richtete sich auf. „Ja, ich muss sagen, also ... Es ist immer noch etwas komisch, das zu sagen, aber ... Ich werde heiraten."

„Oh. Aha."

„Ja, ich habe auf meiner Weltreise eine Frau kennengelernt, die auch auf Weltreise war. Wir sind jetzt seit zwei Jahren zusammen, und da wir ein gewisses Alter haben ... Da fanden wir, es wäre jetzt einfach an der Zeit. Ich mache mir keine Illusionen über die Ehe, aber man sollte es doch einmal im Leben probieren, nicht wahr?"

„Vielleicht ...", meinte Carmens Mutter vage. Sie wirkte wie in einem Nebel.

Sie schwiegen eine Weile und aßen ihre Kuchenstücke fertig. Schließlich sagte Carmens Mutter: „Und du bist gekommen, um mir das mitzuteilen? Oder ... ich meine, soll ich Brautjungfer sein oder so?"

Der Gast lachte: „Nein, das nicht gerade. Aber so etwas ist ja ein ziemlicher Einschnitt im Leben, wenn man sich das genau überlegt. Ach, und wir haben alles schon organisiert: Wir haben einen großen Saal mit Garten gemietet, das Kleid und den Anzug gekauft, Schuhe, ein Menü zusammengestellt, eine Torte ausgewählt, die Tischdekoration, Gastgeschenke ausgesucht, Übernachtungsmöglichkeiten, Shuttlebusse, Fotografen, eine Live-Band, wirklich, wir haben uns um alles schon gekümmert."

„Tja ..."

„Der Termin ist in drei Wochen."

Carmen überlegte, dass Menschen mit tödlichen Krankheiten manchmal kurz vor ihrem Tod die Plätze ihrer Kindheit aufsuchten, um sich von allem zu verabschieden und mit dem Leben abzuschließen. Vielleicht war das vor einer Hochzeit ja ähnlich.

„Also ... gratuliere", sagte ihre Mutter.

„Ja ... Angelika, wollen wir vielleicht noch einen Spaziergang machen? Es ist so ein schöner Abend."

Die Großmutter verschob den Schemel am Herd und öffnete das Fenster. Die Nachbarn hörten im Garten Radio, und so kam gemeinsam mit der kühlen Luft ein Lied in die Küche herein, alle schienen kurz im Zuhören einzufrieren. Erst nach einer Weile standen Carmens Mutter und der Gast auf, um nach draußen zu gehen und ihren Spaziergang zu machen. Carmen spürte eine erregende Frische, als sie das tröpfelnde Klavier hörte, zu dem eine sanfte Stimme hauchte. Das Lied war populär gewesen, als sie in den Kindergarten gegangen war.

Es war schön, mit der Großmutter schweigend an einem Tisch zu sitzen. Fünfzehn oder zwanzig Minuten saßen sie da und hörten der Musik zu, die nur ein paar Mal von den Verkehrsnachrichten unterbrochen wurde. Die Großmutter nickte im Rhythmus mit dem Kopf, wenn ihr eine Melodie gut gefiel. Carmen erinnerte sich daran, dass sie einmal ihre Oma dabei erwischt hatte, wie sie in ihrem Zimmer morgens Gymnastik gemacht hatte. Dabei hatte sie die Musik aus dem Radio aufgedreht. Für Carmen war es ein besonders schöner Moment gewesen, weil er eine ganz stille Lebensfreude ausgedrückt hatte. Es war ihr wie ein Bild des Triumphes erschienen. Seitdem hatte sie weniger Sorge gehabt, ihre Großmutter könne unglücklich oder unzufrieden sein. Dass sie Musik hörte und Gymnastik machte, erschien ihr ein gutes Zeichen.

Es vergingen insgesamt vier Lieder, bis die Haustür sich wieder öffnete. Carmen konnte hören, wie ihre Mutter und der Gast sich voneinander verabschiedeten.

„Nun, ich danke für den schönen Abend und das gute Essen", sagte der Gast.

„Nichts zu danken", erwiderte Carmens Mutter.

Die Haustür ging zu, Carmens Mutter kam in die Küche. „So etwas ...", sagte sie. „Der war jetzt wirklich komisch ..." Sie ging ein paar Schritte und machte eine dramatische Pause. „Er wollte, dass ich seine Hochzeit verhindere." Sie lachte ironisch.

„Warum?"

Lächelnd schaute ihre Mutter sie an, und Carmen hatte das Gefühl, dass sie gewachsen war. Sie sah ganz anders aus als die traurige Frau, die am Morgen schwächlich am Türrahmen des Arbeitszimmers gelehnt war.

„Angeblich, weil er mich liebt und mit mir zusammensein will. Aber ich glaube, er braucht einfach nur eine Ausrede."

Sie setzte sich zu Carmen und der Großmutter an den Küchentisch. Drei Frauen starrten auf die Reste eines Festmahls und lachten einander plötzlich an.

„Der war doch sowieso ein komischer Typ ...", meinte Carmen.

„Finde ich auch", sagte ihre Mutter.

Zu dritt aßen sie den Rest des Schokoladekuchens.

Urania (Astronomie)

Irgendwann flüchtete ich ins Universum. Die Angst vor dem Absturz war so groß geworden, dass ich meinen Geist in die extremste Höhe schickte, um möglichst weit vom Boden entfernt zu sein. In diesem Sommer las ich Tag und Nacht in Büchern über Astronomie, dachte mich in jede Formel und jede Gleichung hinein, rechnete alles nach, um die Wartezeit zu überbrücken, bis mein Ehemann mich endlich verließe.

Zuerst begab ich mich in den Kalender der Sumerer; ich las nicht nur, sondern ich wurde selbst zu einer Sumererin. Danach wanderte ich weiter zum babylonischen Kalender, mit dem eine Woche mit sieben Tagen eingeführt worden war, die nach den fünf bekannten Planeten sowie Sonne und Mond benannt waren. Ich stellte mir einen Babylonier vor, der mit den Füßen im warmen Sand stand, mit einer Hand in den Himmel hinaufzeigte und sagte: „Den fünften Tag nach dem Tag der Sonne benenne ich nach der Venus."

Mitte Juli träumte ich in einer Gewitternacht, wie Menschen im alten Griechenland den Stand der Sonne an unterschiedlichen Orten miteinander verglichen und auf diese Art die Entfernung zwischen zwei Städten berechneten. In meiner Fantasie sah ich Frauen, die beim Wasserholen in den Brunnen schauten und zueinander sagten: „Hier erzeugt die Sonne keinen Schatten, nicht wahr? Was bedeutet das?" Die unendliche Neugier der Menschheit faszinierte mich und versöhnte mich ein wenig mit meiner Spezies, die ich sonst aufgrund der Beobachtung in U-Bahnen, Einkaufszentren und an anderen öffentlichen Plätzen eher blöd fand.

Es war der heißeste Sommer seit Beginn meines Ehelebens. Wochenlang versuchte ich, meinem Mann subtil zu suggerieren, dass er mich verlassen sollte. Niemals hätte ich den Mut gehabt, die Trennung selbst in Gang zu setzen, obwohl ich wusste, dass sie unvermeidlich war. Nachdem ich wochenlang darüber nachgedacht hatte, wie das Problem zu lösen sei, fiel es mir eines Abends plötzlich ein.

Ramòn und ich saßen lesend auf dem Sofa. Während Ramòn jedoch konzentriert in seinem Buch über die Geschichte Italiens las, schaute ich die Seiten meines Highsmith-Romans nur alibimäßig an. Wenn man zum ersten Mal in seinem Leben verheiratet ist und in einer ehegefährdenden Affäre steckt, kann man sich nur schwer auf Literatur konzentrieren. Ich war zerrissen zwischen der Erregung für Leonardo und dem Mitgefühl für Ramòn, der so unschuldig in seinem Buch las, als wäre die Welt in Ordnung. Durch die offene Balkontür kam ein ganzer Schwarm Gelsen herein, der im Licht unserer Stehlampe herumflatterte und in unseren Ohren störend summte. Hin und wieder hob Ramòn wütend den Kopf, schaute dem Summen nach und klatschte dann ruckartig mit der Hand gegen seinen Schenkel oder seinen Oberarm. Ein paar Mal erwischte er dabei wirklich ein Tier.

Ich nahm einen Schluck vom eisgekühlten Grüntee, und das Kondenswasser lief vom Glas über meine Finger und tropfte auf den Teppich.

„Also bitte", sagte Ramòn verärgert, „kannst du nicht ein bisschen aufpassen? Musst du da jetzt Tropfen machen?"

„Entschuldige."

Als wir nachher im Bett lagen und Ramòn bereits schlief, ärgerte ich mich über diese Szene so sehr, dass ich ihn am liebsten aufgeweckt und ihm sofort alles gesagt hätte. „Weißt du, dass es Männer gibt, die mich nicht wegen ein paar Tropfen auf dem Teppich ausschimpfen würden", wollte ich ihm sagen, „sondern die mich heiß begehren und davon träumen, mir einmal so nah zu sein wie du? Es gibt Männer, die für mich schwärmen, kannst du dir das überhaupt vorstellen? Mit einem hab ich mich sogar schon ein paar Mal verabredet, und er will mehr von mir. Willst du überhaupt noch mehr von mir?"

Ich dachte diese Worte und hätte sie am liebsten laut herausgeschrien. Als dann auch noch eine Gelse direkt an meinem Ohr summte, hielt ich es nicht mehr aus, stand auf und ging in die Küche. Obwohl es unerträglich heiß war, hatte ich Lust auf Kakao. Ich stellte eine kleine Emailkanne auf den Herd, goss Milch hinein und schmolz darin ein paar Stück Schokolade. Während die Milch aufkochte, rührte ich Zimt, geriebene Gewürznelken und ein paar Chiliflocken hinein. Auch darüber beschwerte sich Ramòn häufig: dass ich selbst bei größter Hitze ständig warme Getränke brauchte und es dadurch in der Wohnung noch heißer wurde, und überhaupt: dass ich so lang daran herumkochte und so eine Wissenschaft daraus machte. Bei ihm genügte es, in lauwarme Milch einen Löffel Kakaopulver zu kippen.

Während ich mit dem Schneebesen in der Kanne herumrührte und die Milch von der Schokolade immer dicker wurde, spürte ich wieder, dass ich Ramòn nichts von den Dingen sagen konnte, die mich störten. Ich wollte nicht die Enttäuschung oder den Schmerz in seinem Gesicht sehen, ich ertrug nicht den Gedanken, dass er weinte, dass er mich vermisste, dass er sich vor den Spiegel stellte und fragte, ob er nicht mehr attraktiv oder was an Leonardo besser sei. Er konnte so leidenschaftlich an sich selbst zweifeln wie eine kleine Ballettschülerin. Ich kannte das Gesicht, das er machte, wenn er traurig war. Manchmal weinte er bei Animationsfilmen, in denen Tierbabys ihre Eltern suchten oder plötzlich ohne Freunde auf sich selbst gestellt waren. Zudem erinnerte ich mich an eine Statistik, von der ich in der Zeitung gelesen hatte, derzufolge die meisten Gewaltverbrechen innerhalb der Familie passierten. Zwar traute ich Ramòn nicht ernsthaft zu, brutal zu werden (er hatte seinen gelegentlichen Jähzorn gut im Griff, und ich kannte genug überlebende, unversehrte Ex-Freundinnen von ihm), aber andererseits war er ja noch nie verheiratet gewesen. Es gab also keine Erfahrungswerte, wie er sich verhielte, wenn er von seiner Ehefrau verlassen würde. Da wäre ich das erste Versuchskaninchen.

Ich nahm die Kanne vom Herd, und in dem Moment fiel es mir ein: Ich musste Ramòn dazu bringen, dass er mir grollte und mich aus eigenem Antrieb verließ. Das würde vielleicht etwas mehr Zeit in Anspruch nehmen – ein paar Monate, überschlug ich –, aber dafür wäre es eine relativ schmerzfreie Variante für alle Beteiligten. Das war der älteste und beste Trick: die eigene Entscheidung dem anderen unterzujubeln, sodass der glaubte, er hätte sie selbst getroffen. Lächelnd setzte ich mich mit meiner Tasse an den Küchentisch und entwickelte einen Plan.

Zunächst einmal würde ich mit der Rücksicht aufhören; damit hatte ich es schon ein bisschen übertrieben. Ab sofort würde ich mir Kleider kaufen, ohne mich dabei an seinem Geschmack zu orientieren. Außerdem würde ich wieder all die Dinge tun, mit denen ich aufgehört hatte, als Ramòn in mein Leben getreten war. Wann hatte ich zum letzten Mal eine Sonntagnacht damit verbracht, mir eine Oper auf DVD anzusehen und dabei Pizza zu essen? Während des Studiums hatte ich das ständig gemacht. Was war aus den Sprachkursen und Museumsbesuchen geworden, aus den Sommerakademien und den Tanzkursen? Mit der Heirat hatte ich beschlossen, dass ich all diese Single-Zeitvertreibe nicht mehr brauchte. Ich hatte es Ramòn so leicht gemacht, immer auf seine Vorschläge gewartet und dann zugestimmt. Das würde sich jetzt ändern. Ich beschloss, in Zukunft einfach alles zu tun, worauf ich Lust hatte.

So fing das mit den Planeten an, vor allem weil Ramòn in Naturwissenschaften sehr schwach war. Seine Stärke war die Kulturgeschichte, außerdem fremde Sprachen und Literatur. Wenn ich ihm etwas erzählte, das ich gelesen oder gehört hatte und das mir höchst aufregend erschien, winkte er oft herablassend mit der Hand und hielt mir einen langen Vortrag, um zu zeigen, dass er viel mehr über das Thema wusste als ich. Zwangsläufig musste ich mich mit einem naturwissenschaftlichen Thema beschäftigen, wenn ich die Ordnung zerstören wollte, in der er immer ein bisschen mehr wusste.

In den darauffolgenden Wochen stürzte ich mich ins Universum und vollzog die gesamte Entwicklung der Wissenschaft nach, die sich vor mir entfaltete wie ein Kriminalroman. Ich akzeptierte vollkommen die Logik des geozentrischen Weltbildes, ließ mich mit ganzer Seele darauf ein, bis ich weiterblätterte und einen ehrlichen Groll gegen Kopernikus und Kepler empfand, die mir alles wieder zerstörten. In der Küche hängte ich Bilder von Himmelskörpern auf. Am wenigsten mochte ich den Mond, den Langweiler. Merkur war der Klassenstreber in der ersten Reihe. Für Pluto hegte ich mütterliche Gefühle, vor allem nachdem er gar kein Planet mehr war. Manchmal sah ich Ramòn von der Seite an, während er gerade frühstückte, in der Zeitung blätterte oder die Kräuter am Balkon goss, und konnte mich gar nicht entscheiden, ob er in seinem Wesen mehr Pluto oder dem Mond ähnelte.

Mein größter Held war Jupiter. Er war anziehend, mächtig und stark, er musste sich nicht in den Vordergrund drängen, sondern gab sich mit seiner Umlaufbahn mitten im System zufrieden, und doch war er so faszinierend, dass Monde um ihn kreisten. Jupiter war ein Mysterium. Wenn ich über ihn las, konnte ich dabei Chips knabbern wie bei einem spannenden Kinofilm. In Jupiter war ich fast ein bisschen verliebt, und manchmal wurde ich das Gefühl nicht los, dass er darüber irgendwie Bescheid wusste. Für mich war völlig klar, dass die Planeten ein Bewusstsein haben. Ich musste nicht über die Möglichkeit von Leben auf dem Mars oder dem Mond nachdenken, weil die Planeten selbst das Leben waren! Sie waren die Protagonisten. Was hatte es für eine Bedeutung, ob sich auf ihrer Oberfläche irgendwelche Organismen tummelten? Die Erde litt schließlich unter den guten Bedingungen, die sie für andere schuf.

Ramòn entdeckte die Bilder der Planeten ohne Vorbereitung, als er an einem Morgen aus dem Bett aufstand und in die Küche kam. Auf dem Kühlschrank klebten Uranus und Jupiter, die anderen hingen an der Tür zur Vorratskammer. Ich saß mit einer Tasse Kaffee am Küchentisch und wartete auf seine Reaktion, wie eine Zuschauerin in einem Stadion. Dabei war ich so aufgeregt, als hätte ich eine Wette auf ein Pferderennen abgeschlossen.

„Dieses Astronomiebuch scheint dich ja sehr zu beeindrucken", meinte er und lächelte etwas bemüht. Aber das tat er immer um diese Uhrzeit.

„Es ist gut, wenn man etwas über Naturwissenschaften weiß", sagte ich.

Ramòn richtete sich einen Teller mit Brot und Käse her und schwieg. Ich war sicher, ihn jetzt sehr provoziert zu haben, denn für Ramòn war Bildung eines der höchsten Güter, Naturwissenschaften aber ein Buch mit sieben Siegeln. Neugierig schaute ich ihm zu, bis er seinen Teller fertig belegt hatte. Selbst beim Zubereiten eines Käsebrotes hatte er in seiner Haltung eine Langsamkeit und Eleganz, die fast aristokratisch wirkte.

„Also, erzähl mir etwas darüber", sagte er und setzte sich an den Tisch. Er begann zu essen und schaute mich aufmerksam an.

Zuerst dachte ich, er bluffte. Ihn konnte das nicht wirklich interessieren. Als er mich aber weiterhin ernst und konzentriert anschaute, reagierte ich doch. „Ich soll dir von den Planeten erzählen?"

„Ja, ich weiß nur das, was man in der Schule lernt. Und in der Schule lernt man ja nichts. Also erzähl, was du gelesen hast."

„Aber das interessiert dich doch gar nicht."

„Mich interessiert, womit du dich beschäftigst."

Da er es offenbar ernst meinte, dachte ich nach. Was sollte ich ihm so spontan erzählen? Im ersten Moment fiel mir gar nichts ein, und es fühlte sich an, als hätte ich alles vergessen, was ich in den letzten Wochen gelesen hatte. Wusste ich überhaupt irgendetwas über Astronomie? Machte ich mich nicht lächerlich, indem ich ein paar Bücher las und glaubte, mich auf einem so komplizierten Gebiet auszukennen? Ich hatte keine Ahnung von dem, was an den Hochschulen über Astronomie, Mathematik und Physik gelehrt wurde, und hätte einer Vorlesung vermutlich keine fünf Minuten lang folgen können. Aber dann begann ich doch zu erzählen. Ich fing mit dem Kalender der Sumerer an und stellte dar, wie die Naturbeobachtung die Menschen dazu angeregt hatte, ihre Zeit und ihr Leben einzuteilen.

Als Ramòn mit seinem Brot fertig war, machte ich eine Pause.

„Sehr interessant", meinte er. Nachdenklich stand er auf, ging zum Spülbecken und wusch den Teller ab. „Du hast dir wirklich viel Wissen angeeignet."

„Findest du?"

„Du kannst dich schnell in ein schwieriges Gebiet einarbeiten. Ich habe jetzt viel gelernt."

Er stellte den Teller auf die Abtropftasse, streichelte meine Schulter und verließ die Küche.

Bevor ich darüber nachdenken konnte, warum er so friedlich war, musste ich einkaufen gehen. Wenn man am Vormittag lesen wollte, durfte man mit den Pflichten in der Früh nicht zu viel Zeit verlieren, also zog ich eilig das schwarze Kleid mit den weißen Punkten an und kämmte mir die Haare. Ich packte meine rote Handtasche, hängte mir den Stoffbeutel um und zog die roten Lackschuhe an, dann ging ich noch zweimal zurück, um zu kontrollieren, ob der Herd ausgeschaltet war. Auf dem Weg zur Bäckerei sagte ich mir innerlich vor, was ich zu besorgen hatte, nämlich Schwarzbrot, und falls nur die großen Laibe zu je einem Kilo da wären, müsste ich unbedingt die Bäckerin bitten, einen in der Mitte durchzuschneiden. Auch falls hinter mir eine lange Warteschlange stände! (Das betonte ich besonders stark.) Mehr als ein halbes Kilo Brot konnten Ramòn und ich nicht essen, bevor es schimmelig wurde.

Durch meinen Kopf schwirrten auch Uranus und Jupiter und ihre Freunde, aber ich schob sie weg. Die Hausarbeit gab mir wenigstens ein bisschen Stolz zurück, deswegen konnte ich mich für diese kleinen Aufgaben gut motivieren. Alles, was ich tun durfte, das von anderen wahrgenommen wurde, war eine Erleichterung, sonst hätte ich die Heirat mit Ramòn bestimmt nicht dermaßen stark forciert. Vermutlich hätte ich in meiner Verzweiflung fast jeden geheiratet. Fünf Jahre nach dem Abschluss meines Studiums hatte es immer noch nirgends Aussicht auf einen vernünftigen Job gegeben, und es war mir allmählich peinlich, von der Unterstützung meiner Eltern zu leben. Als Studentin hatte ich alle Seminare und Vorlesungen mit hervorragenden Noten absolviert und meine Abschlussarbeit in Rekordzeit verfasst. Jahrelang hatte ich nur für die Universität gelebt und jede Ablenkung von der Anglistik und Romanistik als unangenehme Störung empfunden. Sogar meine wenigen Hobbys hatte ich nach dem Studium ausgerichtet: Den Samba-Tanzkurs in den ersten Sommerferien hatte ich als Recherche für die Hispanistik und die Opernbesuche als Ergänzung zur Italianistik betrachtet. Meine Samba-Lehrerin hatte ich in die Verzweiflung getrieben, weil ich sie zwischen den Tanzschritten um Erklärungen in spanischer Sprache gebeten hatte. Ohne diesen Hintergrund hätte ich daran keinen Spaß haben können. Auch war ich mit hoher Wahrscheinlichkeit die einzige Studentin, die immer sämtliche Werke las, die von den Professoren in den Vorlesungen als vertiefende Lektüre empfohlen wurden. In den Ferien hatte ich ergänzende Sprachkurse in Italien und Spanien absolviert und mich in den hiesigen Buchhandlungen mit den neuesten Romanen eingedeckt.

Nach meinem Abschluss mit ausgezeichneten Noten war ich über alle Maßen enttäuscht gewesen, dass niemand auf mich zukam, um mir eine Stelle an der Uni anzubieten. Eine ganze Weile stand ich erst einmal herum wie bestellt und nicht abgeholt, dann steckte ich den Kopf in den Sand. Als die erste depressive Phase überstanden war, bewarb ich mich wahllos für alle möglichen Jobs, ohne so recht zu wissen, worum es dabei ging. In meine Bewerbungsschreiben fügte ich beliebig die dubiosen englischen Berufsbezeichnungen in die Lücke ein („bewerbe ich mich als ...") und bekam ausschließlich Absagen. Mit der Zeit schrieb ich immer seltener Bewerbungen, weil ich die Absagen nicht mehr ertrug, und tauchte durch die zweite Phase der Depression.

Auf diese Art vergingen Jahre. Ich las weiterhin italienische, spanische und englische Romane, schaute Opern an und konnte meine Selbstwürde, die immer brüchiger wurde, nur noch damit aufrechterhalten, dass ich zumindest kein Geld vom Staat annahm, sondern von der Unterstützung meiner Eltern lebte. Trotzdem war das Schamgefühl an manchen Tagen unerträglich.

Mir graute davor, neue Menschen kennenzulernen, weil ich die Frage nach dem Beruf einfach nicht beantworten konnte. So gewöhnte ich es mir an, mich unter Leute zu mischen, ohne mit jemandem zu reden. Im Foyer der Oper stellte ich mich mit einem Glas Wein ins Gedränge und hörte den Gesprächen zu. Ich zapfte die Leben der anderen an, ohne selbst ein Teil davon zu sein. Durch das Belauschen der Gespräche erfuhr ich von Problemen und Ratschlägen, ich schnappte Tipps und Lebensweisheiten auf. Dasselbe tat ich in Kaffeehäusern, Museen und bei den Einkäufen am Markt. Bewusst suchte ich Veranstaltungen mit großen Menschenmengen, um dort fremde Energie aufzusaugen. Ich lachte über Witze und fühlte bei Schicksalen mit. Dabei passierte es mir eher versehentlich an einem Abend im Dezember auf dem Christkindlmarkt, dass ich Ramòn kennenlernte.

Der Rathausplatz war mit bunten Lichterketten geschmückt, sodass alle Gesichter in einen Schein getaucht waren, der sie ein bisschen weicher und schöner aussehen ließ als tagsüber. Ich hatte eine ganze Weile ein Mädchen dabei beobachtet, wie es mit seiner Mutter verhandelt hatte, um ein teures Holzspielzeug zu bekommen. Am Ende hatte das Mädchen gesiegt, und ich war mit geborgter Freude weiter zum Gewürzstand gegangen. Ich mischte mich in das Gedränge vor den Gewürzen und stand plötzlich neben dem elegantesten Mann, den ich in der Realität jemals gesehen hatte. Sein Kleidungsstil erinnerte an die Ausstattung alter Sherlock-Holmes-Filme, mit Hut, Regenschirm, langem Trenchcoat und Gilet, das unter dem Mantel hervorblitzte. Ramòn kaufte eine Auswahl an Gewürzen, und ich beobachtete fasziniert seine fachkundigen Verhandlungen mit dem Verkäufer. Er schien sich genau auszukennen, ließ sich aus jedem Sack eine Kelle zum Riechen und zum Kosten geben. Ich war beeindruckt davon, wie wählerisch er war.

„Das ist ein sehr gutes Currypulver", sagte er zum Beispiel und rückte seine winzige Brille zurecht, „aber das rote Curry dort hinten hat einen etwas süßeren Geschmack. Das habe ich ein bisschen lieber. Dafür ist das dunklere dort ein wenig herber."

Nachdem er sich mindestens zehn verschiedene Gewürze in kleine Stoffsäckchen hatte abfüllen lassen, ging er zu einem Stand mit Tee. Hier roch er ausführlich an verschiedenen Kräuter- und Grünteemischungen, zerrieb einzelne Blätter zwischen Daumen und Zeigefinger, betrachtete sie, legte sie auf seine Zunge, nickte oder schüttelte den Kopf, und ich hatte das Gefühl, ihm stundenlang dabei zusehen zu können. Obwohl ich damals schon sehr gern kochte und ebenfalls Tee liebte, wäre mir niemals eingefallen, dass man zu einer Mischung aus Berg- und Wiesenkräutern derart viel sagen könnte. Eine riesige Wunderwelt offenbarte sich mir, und ich konnte einfach nicht anders, als diesem Mann auch zum nächsten Stand zu folgen, wo es Lebkuchen gab. Hier hielt er sich etwas kürzer auf, kaufte zwei verschiedene Sorten und ging dann weiter. Da drehte er sich plötzlich zu mir um.

„Nun, da Sie mich offenbar verfolgen, wollen Sie vielleicht auch einen Punsch mit mir trinken?"

Erst jetzt sah ich seine Augen, die gutmütig leuchteten, und seinen Mund, der mich anlächelte. Dann schaute ich mich um: Er hatte mich tatsächlich zum Punschstand geführt.

„Entschuldigung", sagte ich, schaute zu Boden und drehte mich von ihm weg, „ich war nur … interessiert an den Gewürzen und … ich wollte Sie nicht verfolgen. Auf Wiedersehen." Ich ging schnell von ihm weg, den ganzen Weg zurück, vorbei am Lebkuchenstand, dem Teestand und dem Gewürzstand.

„Nein, warten Sie!", rief er und kam mir nach, den Regenschirm gar nicht mehr auf dem Boden absetzend wie zuvor. „Ehrlich gesagt: Wenn ich keine Zuseher habe, bemühe ich mich beim Tee und bei den Gewürzen auch nicht so sehr. Ich fand das sehr angenehm. Es hat meinen Ehrgeiz geweckt, und das hab ich eh manchmal nötig."

Er lächelte charmant wie ein Graf in einem alten Film, und für einen kurzen Moment fragte ich mich, ob er irgendwie gestört war. Ich trug meine Winterjacke, einen Schal und eine Wollhaube, außerdem gestrickte Handschuhe, von denen Quasten baumelten, und trotzdem wollte dieser Mann mit mir einen Punsch trinken.

Wenn ich beruflich in einer anderen Lage gewesen wäre, hätte ich sicher das Heiraten nicht so schnell lanciert. Ich hätte einfach die Beziehung genossen, die Verabredungen, die Nähe, das Zusammenwachsen. Ramòn und ich kochten oft gemeinsam, spazierten im Schnee die Ringstraße entlang, aßen bei Kerzenlicht und fuhren im Sommer nach Salzburg oder Kärnten. Dafür hätte es keine Ehe gebraucht, aber die Idee, Hausfrau zu sein, wurde immer erregender. Auf diese Art könnte ich leben wie eine ewige Studentin, mich den ganzen Tag in meine Bücher und Sprachen vertiefen und hätte doch eine Identität, die gesellschaftlich anerkannt war. Kein Schamgefühl mehr bei Begegnungen mit Fremden und keine Angst vor dem Paukenschlag der Zukunft.

Ramòn war einer der wenigen jungen Menschen, die einen festen Arbeitsplatz hatten. Das war in der Wirtschaftskrise mittlerweile eine Seltenheit. Zudem war er emotional stabil, humanistisch gebildet und hatte Respekt vor Frauen. Ich war überzeugt davon, dass es keinen besseren Mann geben könnte.

Während ich über all das nachdachte, kam ich bei der Bäckerei an. Als ich hineinging, wiederholte ich noch einmal mein Mantra: Schwarzbrot müsste ich kaufen, und falls nur die großen Laibe zu je einem Kilo da wären, unbedingt die Bäckerin bitten, eines in der Mitte durchzuschneiden. Auch falls hinter mir eine lange Warteschlange stände!

Auch falls hinter mir eine lange Warteschlange stände!

Auch falls ...

Die Bäckerei war leer, ich war ein bisschen später dran als sonst. Ich grüßte die Bäckerin und schaute auf das Brotregal hinter ihr. Vom Schwarzbrot gab es nur zwei große Laibe zu je einem Kilo. Im untersten Fach lag ein kleiner Laib Weißbrot. Ramòn und ich hatten uns vorgenommen, weniger Weißbrot zu essen, aber jetzt stand ich vor dem Dilemma: Wenn ich das Schwarzbrot wollte, müsste ich die Bäckerin fragen, ob sie es in der Mitte durchschneiden könnte, und obwohl hinter mir niemand stand, war mir das peinlich. Warum konnten die Bäcker nicht selber denken, warum wussten die nicht, dass doch niemand so viel essen konnte, warum schnitten die nicht generell schon immer ein paar Laibe in der Mitte durch? Ich begann zu schwitzen, fühlte mich gedrängt, schnell etwas zu sagen, weil die Bäckerin wartete, also zeigte ich auf das unterste Fach und sagte: „Das kleine Weißbrot bitte."

Ich zählte die Münzen und ließ der Bäckerin ein paar Cent als Trinkgeld, vor allem wegen des schlechten Gewissens, weil sie arbeitete und ich nicht. Als ich mit dem Weißbrot in der Stofftasche aus dem Geschäft ging, dachte ich: „So ist es immer! Ich gehe nie mit dem nach Hause, was ich will." Warum ging ich überhaupt noch in die Bäckerei? Einige Male hatte ich mir schon zu Hause mein eigenes Brot gebacken, das ging doch auch.

Am Markt suchte ich noch einen Fisch aus und kaufte dazu Gemüse und eine Flasche Wein für das Abendessen. Die Stofftasche war schwer, also nahm ich für den Rückweg die Straßenbahn und schaute aus dem Fenster. Menschen und Hunde spazierten auf den Gehsteigen, Autos fuhren herum. Wenn ich im Sommer durch Wien fuhr, machte die Schönheit der Stadt mich immer irgendwie glücklich.

Zu Hause räumte ich die Einkäufe ein, ohne mir die roten Lackschuhe auszuziehen, und machte mir ein Frappé aus Milch, Bananen und Schokolade. Ich fühlte mich wie eine Frau in einer gestylten Fernsehserie und gab im letzten Moment noch einen Schuss Rum dazu. Während ich alle Zutaten mit dem Pürierstab vermischte, schaute ich Jupiter auf der Kühlschranktür an und dachte: „In Runde eins wurde ich geschlagen, aber heute Abend wird es mir gelingen, Ramòn auf die Nerven zu gehen."

Später setzte ich mich an den Schreibtisch im Wohnzimmer, schaute kurz den Schuhen nach, die ich mit einem Baumeln von den Füßen warf, und schlug das dicke Astronomiebuch auf. In meiner Handtasche piepste es. Aufgeregt wühlte ich nach meinem Handy und fand eine SMS von Leonardo: *Du Wunderschöne, ich bin im Büro und hab solche Sehnsucht nach dir.* Der Satz kam mir etwas holprig vor, aber ich wusste, wie schwierig es war, erotische SMS zu schreiben, deshalb war ich sofort glückselig.

Warum schrieb Ramòn so etwas nie? Leonardo hatte ein Talent, mich zu überraschen und zu überwältigen, er war wie ein Rennfahrer, der immer mit einem Fuß auf dem Gas stand. Ramòn dagegen war immer bedächtig und still wie ein betagter Graf.

Später stand ich noch einmal auf, um Grüntee-
blätter für Eistee aufzukochen. Ich füllte den Kessel
mit Wasser, stellte ihn auf den Herd und wartete eine
ganze Weile. Dabei dachte ich über die Planeten nach
und über Ramòn und Leonardo und mich. Wir alle bewegten uns in Ellipsen um andere herum, es war kein
Zufall, dass man das Wort *Konstellation* sowohl für den
Himmel als auch für Beziehungen verwendete. War es
für einen Menschen einfacher, aus seiner Umlaufbahn
auszubrechen, als für einen Planeten? Konnte man der
Anziehung entkommen, die einen um jemanden kreisen ließ? Plötzlich kam es mir lächerlich vor, dass wir
alle in unseren irdischen Mikrokosmen genau das wiederholten, was sich im Weltall abspielte. Die Planeten
würden uns dafür auslachen, dass wir ihr Verhalten ko-
pierten! Dann wiederum erschien es mir ganz logisch,
dass dieselben Gesetze, die im Weltall galten, auch das
Leben auf der Erde steuerten.

Ich schaute zum Herd. Der Wasserkessel hatte im-
mer noch kein Geräusch von sich gegeben, obwohl
ich schon minutenlang in der Küche stand. Seit wann
dauerte das so lang? Ein neues physikalisches Gesetz?
Forschend griff ich zur Wand des Kessels. Sie war kalt.
Jetzt war mir das schon wieder passiert! Ich hatte den
Kessel auf das Kochfeld gestellt, aber vergessen, den
Herd einzuschalten.

Ramòn kam gegen achtzehn Uhr nach Hause und legte
sich wie immer erst einmal eine Viertelstunde auf das
Sofa. Ich saß am Schreibtisch und las in meinem As-

tronomiebuch. Hin und wieder schaute ich mit skeptischem Seitenblick auf Ramòn, der die Füße hochgelagert hatte und in einen Sekundenschlaf verfallen war. Er hatte dabei den Mund offen. Wie immer gelang es ihm, nach genau fünfzehn Minuten aufzustehen, sich zu strecken und wieder ganz wach zu sein. Fröhlich kam er zu mir und tätschelte von hinten meine Schulter.

„Hast du den ganzen Tag darin gelesen?"

„Fast. Es ist sehr spannend. Zwischendurch hab ich Weißbrot gekauft und zwei Forellen für das Abendessen. Und einen Chardonnay."

Er seufzte: „Warum schon wieder Weißbrot?"

„Es ist eben nicht so einfach, immer das Richtige zu bekommen. Übrigens hättest du auch sagen können: Wow, super, Forellen und Chardonnay!"

„Ich bin sicher, du hast dich nur wieder nicht getraut, zu fragen. Wann wirst du endlich lernen, dich durchzusetzen? Wie willst du jemals im Leben vorankommen?"

„Rede nicht mit mir, als ob ich ein Kind wäre!"

„Fällt dir nicht auf, dass du dir mit deinem Verhalten selbst schadest?"

„Ich spare eben Energie bei unwichtigen Dingen. Warum soll ich unbedingt um Schwarzbrot kämpfen? Also haben wir eben Weißbrot, na und? Ich habe lieber Frieden und Harmonie."

„Aber es würde dir guttun, einen kleinen Erfolg zu haben. Du musst im Kleinen für das Große üben. Du gibst immer gleich auf, du gibst dich zufrieden und verlangst nach nichts."

Ich ärgerte mich über ihn, aber mir fielen keine Argumente ein. Ramòn streichelte meinen Arm. „Komm", sagte er, „machen wir jetzt den Fisch. Die Forellen waren eine gute Idee!"

Wie jeden Abend gingen wir gemeinsam in die Küche und begannen, alles herzurichten. Während ich das Gemüse schnitt und kochte, stand Ramòn auf der anderen Seite des Herdes und würzte und briet den Fisch. Wir bewegten uns wortlos in einer stillen Choreografie zwischen Pfanne, Topf und Gewürzregal. Jeder wusste genau, was zu tun war, und es musste nichts verhandelt werden. Wenn einer Platz brauchte, ging der andere einen Schritt zurück. Zwischendurch stießen wir mit dem Chardonnay an, Ramòn legte dabei zärtlich eine Hand an meine Taille, und mir ging der Gedanke durch den Kopf: Wie kann ich nur eine Sekunde daran denken, das aufzugeben? Wir harmonieren so gut miteinander.

Dann fiel mir Leonardo ein, mit seiner zerwühlten Frisur und den schelmischen Augen, wie er ganz nah an mich herangekommen war und mir ins Ohr geflüstert hatte: „Du bist so wunderschön." Warum sagte Ramòn so etwas nie? Leonardo wusste, wie man so etwas sagte, er wusste, wie man sich attraktiv durch die Haare fuhr, wie man eine Augenbraue hob und einer Frau das Gefühl gab, umwerfend zu sein. Ramòn hatte für all das nie Talent gehabt.

Als wir den Fisch aßen und den Chardonnay tranken, wurde es vor dem Küchenfenster allmählich dämmrig. Ich erzählte Ramòn noch mehr über die

Planeten, anfangs stockend und unsicher, dann immer flüssiger und schließlich mit großen Gesten. Seit Abschluss des Studiums hatte ich fast vergessen, wie es war, einen interessierten Zuhörer zu haben. Ramòn stellte mir ein paar Fragen, zu denen ich improvisierte, und gab sich mit den Antworten zufrieden, da er sie nicht überprüfen konnte. Kurz nach halb neun schaute ich auf die Uhr und erinnerte mich plötzlich an meinen Plan.

„Oh", rief ich, „heute wollte ich mir ja drei Stunden lang *Rusalka* auf DVD ansehen!"

Ramòn goss sich den Rest der Zitrone, die wir für den Fisch ausgepresst hatten, in sein Weinglas. In sein Weinglas! Er bemerkte sein Versehen und schimpfte. Er hatte den Zitronensaft natürlich in sein Wasserglas gießen wollen, nicht in den Wein. Er ärgerte sich, roch mit faltiger Stirn am Wein und verzog das Gesicht.

Durch diesen unerwarteten Zwischenfall war meine Provokation völlig untergegangen. Ich wartete eine Weile, bis er sich beruhigt hatte, dann redete ich weiter: „Das ist meine Lieblingsoper! Vor Ewigkeiten hab ich sie mal in der Staatsoper gesehen."

„Ja, ja, ich weiß", sagte Ramòn unkonzentriert, seine Nase steckte immer noch im Weinglas, „ich weiß, du hast einmal erwähnt, dass du früher Opern gern hattest." Dann nahm er einen Schluck und schnaufte: „Puh, Chardonnay mit Zitrone!"

„Na, was heißt hier: früher?! Ich liebe sie immer noch. Aber das ist in der letzten Zeit viel zu kurz gekommen! Wie so einiges!"

Ramòn kratzte sich zerstreut an der Stirn, während er ratlos zwischen dem Wein und dem Wasserglas hin- und herschaute. „Warum eigentlich?"

„Pah!" Ich schwieg einen Moment. Hatte er wirklich nicht begriffen, dass ich mein Leben nach ihm ausgerichtet und für ihn darauf verzichtet hatte? Es machte mich wütend, dass er das offenbar nicht verstanden hatte, gleichzeitig verwirrte es mich. Worauf beruhte diese Rücksicht eigentlich, wenn er sie weder verlangt noch bemerkt hatte?

„Also", erklärte ich und fasste mich, „jedenfalls wollte ich mir heute unbedingt *Rusalka* auf DVD ansehen. Das hab ich schon ewig nicht mehr gemacht, und ich hab mich den ganzen Tag darauf gefreut."

„Okay."

„Ja, also ... Wenn du etwas anderes sehen willst ... hast du Pech gehabt! Ich bin jetzt drei Stunden lang beschäftigt."

„Okay. Ich werde ins Schlafzimmer gehen und lesen." Er stand auf, trug seinen Teller in die Küche und spülte ihn ab. Danach schenkte er sich ein wenig Chardonnay in sein Weinglas mit Zitrone nach, gab mir einen Kuss und ging mit dem Glas ins Schlafzimmer.

Ich blieb eine Weile sitzen, dann stand ich auf und bediente mich ebenfalls am Wein. Seit wann war Ramòn eine Sphinx? Wo waren sein Jähzorn und sein Bestehen auf lächerlichen Kleinigkeiten? Ich spülte die Pfanne ab, in der trockene Fischhaut klebte.

Als ich später auf dem Sofa saß und *Rusalka* ansah, kam Ramòn kurz herein, um sich aus der Küche Wasser zu holen. Auf dem Rückweg blieb er eine ganze Weile im Türrahmen stehen und schaute auf den Bildschirm. Ich war stolz darauf, dass er sah, was ich sah. Er hatte so wenig Ahnung davon, was mich bewegte. Die ganze Mond-Arie hörte er sich an, ohne einen Ton zu sagen. Als die Arie zu Ende und es auf der Bühne kurz still war, sagte er: „Eine schöne Melodie. Sehr bewegend." Dann ging er zurück ins Schlafzimmer.

Nachts lag ich neben Ramòn wach und wälzte mich in alle Richtungen. Das Studium der Planeten hatte nicht nur positive Auswirkungen. In der Nacht verfolgten mich manchmal unheimliche Fantasien, die mir solche Angst machten, dass ich nicht schlafen konnte. Manchmal klammerte ich mich mit beiden Händen am Bett fest, weil ich mir vorstellte, von der runden Erdkugel hinunter- und in die Sonne hineinzufallen. Warum sollte das nicht eines Tages passieren? Woher sollte die Menschheit wissen, dass nicht vielleicht alle sieben Milliarden Jahre die Schwerkraft für einen kurzen Moment aussetzte und die Sonne wie eine Spinne im Netz ein paar Lebewesen von der Erde fräße, um zu wachsen? Wer konnte mit Sicherheit sagen, dass so etwas unmöglich war? Es musste noch viel mehr Gesetze geben, die uns eines Tages überraschen würden. Wer konnte sagen, dass nicht Jupiter irgendwann aus seiner Umlaufbahn herausspränge, um richtig wütend seine Macht zu demonstrieren? Vielleicht passierte so etwas alle neunzigtausend Jahre und es hatte einfach bisher noch niemand beobachten können? Die Sumerer hatten auch noch keine Ahnung davon gehabt, dass in ihrem Kalender die Schaltjahre fehlten, weil mehr Zeit zur Beobachtung nötig war.

Ich lag einige Sekunden atemlos und presste meinen gesamten Körper flach auf die Matratze. Wankte das Bett ein wenig? War ich nicht eben ein paar Millimeter nach unten gerutscht? Als ich vor dem Fenster ein Geräusch hörte, zuckte ich zusammen, griff mit der rechten Hand nach Ramòn und drückte fest zu.

„Hmmm ...“, murmelte er, „hmmm ...“

„Entschuldige“, flüsterte ich und kuschelte mich ganz dicht an seine Schulter. Er war verschwitzt von der Sommerhitze und roch ein wenig, aber sein solider Körper gab mir Trost. Als wäre es ein Reflex, begann er, mir zärtlich über die Haare zu streichen.

„Ramòn, glaubst du, dass alle sieben Milliarden Jahre die Schwerkraft kurz aussetzt und ein paar Lebewesen von der Erde herunterfallen und von der Sonne gefressen werden?“

Er schnaufte kurz, als müsse er ein Lachen unterdrücken, dann überlegte er. Schließlich sagte er: „Nein. Wenn ein Forscher eine Materie untersucht, kann er doch ungefähr die Geschichte dieser Materie rekonstruieren und ihr Alter bestimmen, anhand der Eigenschaften, die er an ihr entdeckt, nicht wahr? Wenn man einen Stein in der Hand hat, erzählt ja schon allein die Oberfläche des Steines seine Geschichte.“

„Aber es gibt doch ungelöste Rätsel, und noch niemand hat einen Planeten in der Hand gehabt, um ihn zu untersuchen.“

Er schnaufte wieder. „Aber Teile von Planeten. Also, wenn du mich jetzt so spontan fragst ... Ich glaube nicht, dass wir jetzt bald herunterfallen und du dich ans Bett klammern musst."

Wenn ich nach solchen Nächten morgens beim Frühstück saß, wurde mir besonders deutlich bewusst, dass ich dilettierte. In Wahrheit verstand ich nichts von Physik und Astronomie, hatte mir nur aus verschiedenen Quellen Wissen angelesen und war weit entfernt von den Diskussionen, die an der Physikalischen Fakultät oder in Planetarien tatsächlich geführt wurden.

Ramòn und ich frühstückten an diesem Morgen neben dem offenen Fenster, trotzdem war die Hitze bereits um sieben Uhr unerträglich.

„Hast du den Wetterbericht im Radio gehört?", fragte ich, während ich darauf wartete, dass der Pfefferminztee abkühlte.

„Ja", antwortete Ramòn und schnitt ein Stück Ziegenkäse ab. „Es sollen wieder einundvierzig Grad werden."

„Wahnsinn!"

Die Nachricht entsetzte mich vor allem deshalb, da ich um dreizehn Uhr eine Verabredung mit Leonardo in der Inneren Stadt hatte. Einundvierzig Grad bedeuteten, dass ich nicht nur Kamm und Haarspangen in der Handtasche dabei haben musste, sondern auch ein Deodorant und eine kleine Parfümflasche. Durch das Gewicht der Flaschen würde die Tasche wieder so schwer sein, dass ich erst recht ins Schwitzen käme. Sowieso würde ich direkt vorher duschen müssen, um so frisch wie möglich zu sein. Ich konnte mich mit dem Sommer einfach nicht anfreunden. Der Herbst war mir lieber, wenn man mit einer Strickjacke durch das Laub spazieren konnte und in der Handtasche nur einen Seidenschal und ein Paar Handschuhe dabeihaben musste.

Neben Ramòn kümmerte es mich wenig, ob ich verschwitzt war oder nicht. Vergangenen Dezember war ich im Schneeregen mit laufender Nase und hochrotem Kopf neben ihm den Mönchsberg in Salzburg hinaufgewandert, mit einer bunten Strickhaube von meiner Oma.

Leonardo wartete am Stephansplatz beim Ausgang der U1 auf mich. Als er mich sah, lächelte er sofort, nahm seine Sonnenbrille ab und steckte sie an seinen Hemdkragen. Das waren eben die Gesten, für die er ein Talent hatte. Wir umarmten und küssten uns.

„Wie lange hast du Zeit?", fragte ich.

Leonardo hatte die Gewohnheit, für mich seine Mittagspause zu verlängern und dafür abends länger im Büro zu bleiben.

„Denk darüber nicht nach", meinte er, und ich lächelte. Auch darin war er gut: einer Frau das Gefühl zu geben, dass sie wichtiger war als alles andere und er für sie locker berufliche Termine verschieben und sogar die Welt anhalten würde.

Wir aßen Schnitzel mit Kartoffelsalat in einem Café, und Leonardo erzählte Geschichten aus seinem

Freundeskreis. Fast jeder ließ sich scheiden, einige hatten Nervenzusammenbrüche, viele wollten nach der Geburt des ersten Kindes keinen Sex mehr, manche blieben nur zusammen, weil sie Kinder hatten. Alle hatten sich das Leben irgendwie anders vorgestellt. Jeder war unglücklich.

Während ich das Schnitzel aß, wurde ich ein bisschen traurig. „Hast du auch irgendwelche glücklichen Freunde?", fragte ich.

Leonardo sah mich überrascht an, dann lächelte er. „Wir sind eben erwachsen, da ist das Leben nicht mehr leicht."

„Wen meinst du mit *wir*? Bin ich da auch gemeint?"

„Ich glaube schon."

Später gingen wir durch die Wollzeile und schauten uns Küchengeräte in Auslagen an. Die Mixer, Teekessel und Pfannen schienen ein so glückliches Leben zu versprechen, dass man sofort eine Wohnung einrichten wollte, in der man ständig kochte. Leonardo hielt meine Hand. Als ich kurz zur Seite schaute, merkte ich, dass er in der Schaufensterscheibe sein eigenes Spiegelbild betrachtete.

„Du bist die einzige Frau, die ich kenne, die sich in den Schaufenstern nicht Kleider und Schmuck oder Pralinen ansieht, sondern nur an Küchengeräten interessiert ist", sagte er und kämmte sich mit den Fingern die Haare.

„Ich koche gern."

„Ist Kochen nicht Mittel zum Zweck? Weil man Hunger hat?"

„Überhaupt nicht! Manchmal will ich nur kochen, obwohl ich gar keinen Hunger habe. Kleider und Schmuck sind Mittel zum Zweck. Und Pralinen, na ja, sind gar nichts, wenn man sie nicht selber macht. Viel schöner als das Essen von Pralinen ist doch das Hantieren mit warmer, gerade geschmolzener Schokolade und das Rühren von Teig."

„Du bist ein eigenartiges Wesen."

Ich erinnerte mich an das Gespräch beim Essen und sagte: „Ist es wirklich so ausweglos? Muss jedes Leben zum Unglücklichsein führen, auch wenn man sich zwischendurch manchmal ganz okay fühlt?"

„Gewissermaßen scheitert wohl jeder im Leben. Es bleiben immer so viele Wünsche offen ..."

„Vielleicht hast ja du nur so einen doofen Freundeskreis."

Es war witzig gemeint, aber Leonardo ließ sofort meine Hand los. „Mach du erst mal selber ein paar Erfahrungen, dann kannst du mitreden."

Er war wirklich sauer und es dauerte eine Weile, bis er meine Hand wieder nahm. So war das: Da achtete man auf die Haare und den Lippenstift und sprühte sich mit Deo und Parfüm ein, und trotzdem verlief das Treffen am Ende nicht gut. In jedem Gespräch sagte ich etwas Peinliches. Immer wenn ich mich mit jemandem traf, passierte irgendetwas, wofür ich mich nachher tagelang schämte.

Die Stimmung wurde nicht mehr besser, bis Leonardo zurück ins Büro musste, und ich war erleichtert, als wir uns verabschiedeten. Zum Trost kaufte ich mir bei einem Blumenhändler vor der U-Bahn-Station einen kleinen Topf mit violetten Kornblumenastern. Noch in der U-Bahn piepste mein Handy und ich bekam mehrere SMS von Leonardo, in denen er sich für sein Verhalten entschuldigte. Ich las sie beiläufig, während ich an der Donauinsel vorbeifuhr, dann warf ich das Handy in die Handtasche und schaute aus dem Fenster. Den Blumentopf hielt ich vor mir auf dem Schoß fest.

An der nächsten Haltestelle stiegen zwei magere Männer ein. Sie hatten eingefallene Wangen und ledrige Haut, trugen alte Baseballkappen, ausgewaschene Jeans und Turnschuhe. Beide hatten Bierdosen in der Hand und unterhielten sich sehr laut und ruppig miteinander. Einer rülpste zwischendurch. Ich bekam Angst, als sie sich in meine Nähe setzten, und schaute betont gelassen aus dem Fenster, um sie nicht auf mich aufmerksam zu machen. Dabei zwang ich mich sogar zu einem kleinen Lächeln, um zu signalisieren: „Alles ist normal, ich habe keine Angst, wenn sich Männer am frühen Nachmittag betrinken und dann in der U-Bahn brüllend und primitiv miteinander reden."

Dabei wusste ich genau, worin meine Angst wirklich bestand: Ich konnte keine Gewissheit haben, dass der Abstand zwischen diesen Männern und mir wirklich so groß war. Konnte es sein, dass wir zur selben Gruppe gehörten? Auch ich hatte keinen Job, nur war ich irgendwie weicher gelandet. Die einfache Reaktion, mit der andere Menschen diese Angst von sich wegschieben konnten, indem sie sagten: „Pah, diese

Arbeitslosen, diese Schmarotzer, dieses Gesindel!", war mir nicht möglich, weil ich immer denken musste: „Und ich? Ich habe ja auch keinen Job." Deswegen krallten sich solche Männer, auch wenn ich nur für zwei oder drei U-Bahn-Stationen neben ihnen saß, an mein Herz und ließen es tage- oder wochenlang nicht los. Sie verfolgten mich in meinen Angstträumen, und manchmal weinte ich heftig, wenn ich nach Hause kam, weil ihre Gesichter und ihre Stimmen wie Gespenster um mich herumschwirrten.

Zum Glück kam bald meine Station. Mit zitternden Knien stieg ich aus der U-Bahn und atmete die frische Luft am Bahnsteig. In meinem Hals steckte ein Tränenball. Nein, sagte ich mir ganz entschieden in meinen Gedanken und klammerte mich an den Blumentopf. Selbst wenn diese Männer und ich eine gemeinsame Eigenschaft hatten – Arbeitslosigkeit –, waren wir einander trotzdem nicht ähnlich. Niemals würde ich mit einer Bierdose in der Hand in eine U-Bahn steigen, herumbrüllen und rülpsen. Ich konnte ja nicht einmal rülpsen, wenn ich alleine zu Hause war, und Bier hatte mir überhaupt noch nie geschmeckt. Wenn ich Lust auf einen Schwips hatte, dann ging ich zu einer Vernissage und trank gratis am Buffet zwei Gläser Rotwein, das war immer noch ein gewaltiger Unterschied, und am nächsten Tag hatte ich obligatorisch ein schlechtes Gewissen und dachte panisch: „Hoffentlich bin ich jetzt keine Alkoholikerin." Diese Männer saßen nicht biertrinkend und grölend in der U-Bahn, weil sie mit Leidenschaft Italienisch und Spanisch studiert und nach Abschluss ihres Doktorats keine Stelle an der Uni bekommen hatten. Sie saßen da, weil sie auch vorher schon Bier getrunken und gegrölt hatten, und jetzt hatten sie eben mehr Zeit dafür, weil sie zusätzlich arbeitslos waren. Obwohl ich mir das auf dem Heimweg durch die Allee immer wieder sagte, kam ich doch aus der Traurigkeit nicht heraus.

In der Wohnung war es ein paar Grad kühler. Ich machte die Tür zu, stellte den Blumentopf auf den Boden und dachte: „Am besten gehe ich nie wieder aus dem Haus! Oder zumindest nur noch so selten wie möglich." Das aufgeschlagene Astronomiebuch und die Bilder der Planeten in der Küche kamen mir vor wie alte Freunde, die auf mich gewartet hatten. Ich mixte mir spontan ein Wasser mit Zitrone, Minze und Ahornsirup und dachte wieder an Leonardos Freunde, die alle ungefähr fünfzehn Jahre älter waren als ich, viel Geld verdienten, in großen Häusern wohnten und unglücklich waren. Die mussten nicht einmal arbeitslos sein, damit es ihnen schlecht ging! Vielleicht bestand darin ein Zusammenhang. Diese Menschen waren beruflich so weit gekommen, weil sie immer nach mehr gestrebt und sich nie mit etwas zufriedengegeben hatten. Aus demselben Grund konnten sie dann aber auch mit gar nichts zufrieden sein. Es waren Menschen, die immer zielstrebig alles anpackten, die ein Projekt brauchten, das sie planen und in die Hand nehmen konnten, also mussten sie zuerst die Ehe, das Hausbauen und das Kinderkriegen anpacken und später die Scheidung und die Besitzaufteilung. In ihrem Verhalten steckte eine gewisse Logik. Die konnten einfach nicht entspannt am Abend in einem fertig gebauten Haus mit ihrer Familie auf dem Sofa sitzen und fernsehen.

Am Abend aßen Ramòn und ich ein Pilzrisotto mit Sherrysauce. Einen Moment vor dem Servieren hatte Ramòn noch einige violette Basilikumblätter am Balkon gepflückt und auf die Teller gestreut.

„Das ist das Beste!", sagte er.

Wir begannen zu essen. Beiläufig schob ich mit der Gabel das Basilikum zur Seite.

„Isst du das Basilikum nicht?", fragte Ramòn, der auf meinen Teller schaute.

„Mach ich ja eh."

„Aber du schiebst es ja zur Seite."

„Ich esse es später. Kann ich das nicht selbst entscheiden?"

Er legte die Gabel hin und schaute vorwurfsvoll. „Na, sag einmal, du machst gleich etwas Politisches daraus!"

„Was?"

„Du glaubst, ob du jetzt ein Blatt Basilikum isst, weil ich es dir empfohlen habe, oder ob du es demonstrativ zur Seite schiebst, sagt etwas darüber aus, ob du als Frau deine eigenen Entscheidungen triffst."

„Davon hab ich doch überhaupt nichts gesagt."

„Das merke ich doch schon die ganze Zeit. Fällt dir nicht auf, dass du gegen einen imaginären Feind kämpfst? Habe ich dich etwa jemals unterdrückt oder verlangt, dass du irgendwo zurücksteckst? Nie. Du willst unbedingt gegen etwas rebellieren, das gar nicht da ist. Du bist völlig frei und hast Sehnsucht danach, dass irgendetwas deine Freiheit einschränkt."

Ich dachte kurz nach. Instinktiv wusste ich sofort, dass er recht hatte, aber das konnte ich in dem Moment nicht zugeben. „Also, nein …", sagte ich schwach.

„Doch, denk einmal darüber nach", meinte er und aß einen Bissen von seinem Fisch.

Lächelnd schaute ich ihm zu und fühlte mich seltsam befreit. Ich hatte die vage Vermutung, dass ich auf Ramòn sauer sein müsste, weil er mich durchschaut hatte, aber stattdessen fühlte ich mich warm und geborgen.

„Das ist alles nur Ersatz-Adrenalin", sagte Ramòn zu seinem Teller. „Der Mensch braucht seinen Pegel an Angst und Stress und wird immer alles tun, um den zu erreichen."

Hier geschah die Magie.

Wenn ich fremde Paare auf der Straße, im Supermarkt oder im Zug sehe, muss ich mir immer den Moment des Verliebens vorstellen. Meist denke ich automatisch daran, wie die Frau den Mann lächelnd angeschaut und ihm dabei ihren Namen verraten hat. „Ich heiße …", mit einer charmanten Handbewegung, oder: „Mein Name ist …", mit einem liebenswerten Augenzwinkern. Später würde er sagen, ihre Stimme sei besonders sanft und süß gewesen, oder irgendetwas hätte magisch in ihrem Blick geleuchtet, und das habe er bis heute nicht vergessen können, und deswegen hauche er immer noch ihren Namen voller Bewunderung, weil es ihn jedes Mal daran erinnere, wie er ihren Namen zum ersten Mal aus ihrem Mund gehört habe, wie das Rätsel, wie sie heiße, gelöst worden sei, der Beginn allen Verliebens. Von da an sei der Name als ständiges Echo durch sein Gehirn gegeistert, habe ihn nicht mehr losgelassen.

Ich kann mich nicht mehr daran erinnern, wann und in welchem Tonfall Ramòn mir zum ersten Mal seinen Namen gesagt hat. Man kann sich sehr lange mit jemandem unterhalten, ohne dass ein einziges Mal ein Name fällt, und auch im Alltag ist diese Buchstabenfolge praktisch unnötig. Ein Name ist nur etwas, das man in Formulare einträgt und auf Dokumente schreibt. Wenn ich den Moment benennen müsste, in dem ich mich richtig in Ramòn verliebt habe, dann wäre es genau dieser an jenem Abend, ungefähr zwei Sekunden nach dem Wort *Ersatz-Adrenalin*.

Kalliope (Epische Dichtung und Philosophie)

Damals wohnte meine Familie in einem Haus auf einem Hügel. Jeden Morgen um fünf Uhr ging meine Oma in die Küche, klopfte auf das große Schneidbrett aus Holz und sagte: „Heute machen wir etwas Besonderes. Irgendetwas wird uns schon einfallen." Sie meinte das Holzbrett und sich selbst. Meiner Oma fiel aber nie etwas Besonderes ein und dem Holzbrett auch nicht, deshalb gab es im Grunde immer dieselben Gerichte: Nudeln mit Sauce, Schnitzel mit Salat und jeden Sonntag Kaiserschmarrn. Meine Eltern, mein Opa und ich aßen mit gleichbleibender Motivation und schauten dabei aus dem Küchenfenster den Hügel hinunter.

Als ich fünfzehn war, begann ich, Konzerte zu besuchen. Das war die einzige Möglichkeit, außerhalb der Schule und der Kirche Leute zu sehen, mit denen ich nicht direkt verwandt war, denn es gab sonst kein kulturelles Leben in der näheren Umgebung. Auf unserem Hügel gab es keine anderen Häuser, und man musste zwanzig Minuten lang zu Fuß hinuntergehen, um in das Dorf zu kommen, das im Tal lag. Dort gab es kein Theater und kein Kino und schon gar keine Abendlokale. Das Gasthaus war nur etwas für die alten Männer, die sich Seefahrergeschichten erzählten, obwohl hier niemand Seefahrer war. Mir kam das ganz normal vor und ich vermutete, dass die Menschen, die am Meer wohnten, sich Berggeschichten erzählten, in denen dann so jemand wie meine Familie und ich die Hauptrollen spielten.

Die Apothekerin, die im Dorf mehr Macht hatte als der Bürgermeister, liebte klassische Musik, und deshalb gab es im großen Saal des Rathauses an zwei Abenden pro Woche Konzerte. Üblicherweise traten keine großen Berühmtheiten auf, aber die Instrumente waren dieselben und die Musik war genau dieselbe, die auch die Berühmtheiten gespielt hätten: Verdi, Beethoven, Arien von Puccini. Die Noten standen ja auf dem Blatt, deshalb konnten die Musiker nicht viele Fehler machen, wenn sie sich einfach daran hielten. Es gab keinen Grund, anzunehmen, dass die Berühmtheiten unbedingt besser darin gewesen wären, den Vorgaben des Komponisten zu folgen, als die Violinschüler aus den umliegenden Dörfern. Notenlesen hatten immerhin beide gelernt.

Als ich zum ersten Mal von meiner Mutter die Erlaubnis bekommen hatte, ein Konzert im Rathaus zu besuchen, trug ich mein Beerdigungskleid. Außer Beerdigungen hatte es in meinem Leben nie elegante Anlässe gegeben, daher fehlte mir die passende Ausstattung. Es war ein schlichtes, schwarzes Kleid mit einem schönen Schnitt, aber es erinnerte mich trotzdem an alle Verstorbenen der vergangenen zwei Jahre. Die dazugehörigen Schuhe waren so elegant, dass ich mit ihnen auf dem sandigen Weg, der den Hügel hinunterführte, nicht gehen konnte, deshalb packte ich sie in eine große Tasche und ging im schwarzen Kleid mit weißen Sportschuhen aus dem Haus. Auf meiner Wanderung ins Tal hatte ich viel Zeit und Ruhe zum Nachdenken. „Wo gehen all die Pläne hin, die wir geschmiedet und nicht umgesetzt haben?", fragte ich mich selbst in Gedanken. „Gibt es irgendwo ein Land, in dem ich die wichtigste Philosophin der Welt und gleichzeitig Löwenforscherin bin und in dem meine Oma jeden Tag zum Essen etwas Besonderes macht? Wo ist dieses Land, und wie kommt man dorthin?"

Nachdem ich ins Tal hinabgewandert war, zog ich die Sportschuhe aus und tauschte sie gegen die schwarzen Lack-Ballerinas. Während des gesamten Konzerts lagen die weißen Sportschuhe in der Tasche unter meinem Sitz und ich konnte keine Sekunde lang vergessen, dass sie da waren. Als ich in der Pause an der Bar eine Flasche Orangensaft mit Strohhalm kaufte, hing die Tasche mit den Sportschuhen schwer an meiner Schulter. Ich schämte mich, als ich beim Bezahlen die Geldbörse auspackte und dabei ein Klumpen Waldboden auf die Theke fiel.

Die Vorgehensweise, nach dem Abstieg ins Tal die Schuhe zu wechseln, behielt ich bei meinen Konzertbesuchen in den folgenden Jahren bei, obwohl das immer wieder zu Peinlichkeiten führte. Einmal kroch mitten in einem Verdi-Stück eine Schnecke aus meiner Tasche, ein anderes Mal brachte ich einen Käfer mit, den ich erst bemerkte, als er neben meinem Orangensaft über die Theke spazierte. Dass ich ständig Waldtiere ins Rathaus einschleppte, kam mir bald selber verdächtig vor, und ich fragte mich, ob sich unter den

Tieren herumgesprochen hatte, dass man an meinen Schuhen schnell und einfach ins Konzert kam. Mir war nur nicht klar, was sie dort wollten – hatten Schnecken und Käfer denn überhaupt Ohren?

Freilich wusste ich, dass auch unter den menschlichen Besuchern die wenigsten wegen ihrer Ohren ins Konzert gingen. Die meisten gingen wegen der Augen oder des Tastsinns dorthin. Vielen Hausfrauen ging es darum, ein teures Kleid anzuziehen und es mit den Kleidern der anderen Hausfrauen zu vergleichen. Männer, die in der nächstgelegenen Stadt arbeiteten, wollten abends zeigen, dass sie kulturinteressiert waren. Manche Paare nutzten die Gelegenheit, sich im Dunkeln in der letzten Reihe berühren und küssen zu können. Auch ich war aus hundert anderen Gründen da, nur nicht wegen der Musik. Ich wollte spüren, wie sich das Leben außerhalb von Haus und Schule anfühlte.

Die Einzige, die sich wirklich überzeugend auf die Musik konzentrierte, war die Apothekerin. Sie saß bei jedem Konzert auf einem Platz schräg neben der Bühne, halb dem Saal zugewandt, sodass sie gleichzeitig die Musiker und das Publikum sehen konnte. Während die Musik spielte, schaute ich oft zu ihr hinüber, weil ihr Gesicht für mich das spannendste Ereignis war. Die Apothekerin weinte nämlich bei fast jedem Konzert. Wenn die Violinen klagend und melancholisch wurden, griff sie sich mit den Fingern an die Augen und wischte dort sehr elegant Tränen weg. Diese Eleganz beeindruckte mich so sehr, dass ich sie unbedingt kopieren wollte, aber es gelang mir nicht. Wenn ich weinte, schossen mir die Tränen aus den Augen und aus der Nase heraus und das ganze Gesicht wurde zerknittert. Außerdem war ich in diesen Situationen meist auch wütend und stampfte mit dem Fuß oder warf Gegenstände um. Nie schaffte ich es, so zu weinen wie die Apothekerin.

Ich ahnte, die Apothekerin musste ein sehr schweres Schicksal haben, weil sie immer so traurig war. Da sie außerdem die schönste und gebildetste Frau im Dorf war, ging ich davon aus, dass zwischen weiblicher Schönheit, Bildung und Traurigkeit ein Zusammenhang bestand. Manchmal schaute ich wie bei einem Tennismatch zwischen der Apothekerin und den anderen Frauen des Dorfes hin und her und stellte Vergleiche an. Die Hausfrauen, aber auch die Lehrerinnen aus dem Dorf kamen mir grob und kantig und nicht sehr intelligent vor. Sie saßen ohne erkennbare Gefühlsregungen im Konzert und zupften dabei die ganze Zeit an den Trägern und Rocksäumen ihrer Kleider herum, ohne dadurch eleganter zu werden. Aus dem Schulunterricht wusste ich, dass die Lehrerinnen jedes Jahr in jeder Klasse dasselbe erzählten und dabei auch immer dieselben Röcke und dieselben Pullover trugen. Wenn sie zusammenstanden und redeten, lachten sie laut wie die Männer im Gasthaus und machten dabei große Gesten. Die Lehrerinnen fanden es offenbar besonders lustig, genau die Dinge zu tun, die bei Schülern üblicherweise als schlechtes Benehmen galten, wie zum Beispiel Kaugummikauen, Dazwischenreden und Kichern. Alle Lehrerinnen im Dorf waren Singles und hatten die Gewohnheit, nach ein paar Gläsern Sekt übermütig und im Rudel die männlichen Musiker anzusprechen. Die Musiker waren meist deutlich jünger und schmaler als die Lehrerinnen und schauten kummervoll wie Schulkinder auf ihre Instrumente, wenn sie von fünf stark geschminkten Pädagoginnen umzingelt wurden.

Die Apothekerin war eleganter als die anderen, weil sie fast unsichtbar war. Nie hörte man von ihr ein lautes Wort, nie drängte sie sich vor, um gesehen zu werden, und doch hatte sie im Dorf alle Fäden in der Hand. Niemand wusste es genau, aber man erzählte sich, dass der Bürgermeister nichts tat, ohne sie vorher zu fragen. In den Konzertpausen redete sie mit niemandem, sondern stand mit einem Glas Rotwein in der Ecke und schaute traurig auf die leeren Plätze der Musiker, die Instrumente und Notenständer. Manchmal kam der Bürgermeister und flüsterte geschäftig etwas in ihr Ohr, dann nickte sie oder schüttelte den Kopf, und der Bürgermeister nickte und ging wieder weg. In solchen Momenten wirkte sie sehr überlegen.

Das Privatleben der Apothekerin war ein großes Geheimnis. Irgendwie passte sie in keine Kategorie. Man wusste, dass die Hausfrauen verheiratet und die Lehrerinnen Singles waren, und dazwischen gab es nichts, nur die Apothekerin. Sie lebte alleine in der Wohnung über der Apotheke, fuhr aber abends und an Wochenenden häufig mit dem Auto weg. Es gab Gerüchte, dass sie einmal von einem sehr berühmten Schriftsteller schwanger gewesen sei, das Kind aber habe abtreiben müssen. Niemand wusste Genaueres darüber. Auch mit einem Professor habe sie einmal eine Affäre gehabt. Die Apothekerin machte alle interessanten Sachen außerhalb des Dorfes, deswegen kannte man sich bei ihr nicht aus.

Wenn ich die Apothekerin im Konzert weinen sah, konnte ich mir sehr gut vorstellen, dass sie an die tragischen Liebesgeschichten ihres Lebens dachte. So jemand wie die Apothekerin hatte sicher schon weinend in Bahnhöfen oder Flughäfen gestanden, hatte berühmten Männern Abschiedsküsse gegeben und mit ernstem Blick in einer Arztpraxis genickt und ein Papier unterschrieben. Mir kam das alles unglaublich schön und erstrebenswert vor.

Am besten gefiel mir, dass die Apothekerin eine Ratte hatte. Die nahm sie zwar nicht mit in die Konzerte, aber man sah sie oft mit ihr über den Marktplatz gehen. Es war eine ziemlich große, graue Ratte, die sie meist auf ihrer Schulter trug, sogar beim Gottesdienst. Auf dem Kopf hatte die Ratte einen weißen Fleck und in ihrem linken Ohr einen roten Punkt, der aussah wie ein Herz. Bei ihren Ausflügen am Wochenende nahm sie die Ratte immer mit, denn sie brauchte viel Betreuung. Was sie während der Konzerte mit ihr machte, wusste ich nicht.

„So eine Ratte ist schlimmer als ein Baby, man darf sie fast nie aus den Augen lassen", hatte ich sie einmal sagen gehört, als ich in der Apotheke hinter dem Pfarrer gestanden war, der sich lächelnd nach dem Tier erkundigt hatte. Die Ratte saß tagsüber immer im

Hinterzimmer der Apotheke und spazierte manchmal heraus, wenn die Tür einen Spaltbreit offen stand. Dann schaute sie sich die Flaschen und Tiegel in den Regalen an. Wenn man länger in der Warteschlange stand, konnte man mitunter hören, wie im Hinterzimmer etwas umgeworfen wurde, und alle wussten, das war die Ratte.

„Um ehrlich zu sein", hatte die Apothekerin damals zum Pfarrer gesagt, „ein dermaßen intelligentes Tier ist gar nicht gut. Es hat Vorteile, wenn Haustiere ein bisschen dumm sind. Ich verstehe langsam, warum der Mensch den Hund domestiziert hat. Die Ratte ist so intelligent, dass es manchmal unangenehm ist."

Die Lehrerinnen konnten mit der Apothekerin nie etwas anfangen. An vielen Konzertabenden sah ich, wie sie ihr skeptisch nachschauten, wenn sie zur Bar ging, um sich ein Glas Wein zu holen. Aufgrund ihrer Kontakte zum Bürgermeister musste die Apothekerin nie etwas bezahlen, sondern konnte sich das Glas immer einfach so nehmen. Das Pädagoginnen-Rudel schaute bissig, blieb aber stumm, denn jede würde früher oder später etwas aus der Apotheke brauchen. Ich glaube, man traute der Apothekerin auch zu, Gift zu mischen. Außerdem konnte sie sich anhand der Rezepte zusammenreimen, was der Dorfarzt aufgrund seiner Schweigepflicht niemandem erzählen durfte, und vor allem die Lehrerinnen hatten medizinisch viel zu verbergen.

Obwohl die Apothekerin privaten Umgang mit den Dorfbewohnern weitgehend vermied, hatte sie ein erstaunlich gutes Verhältnis zum Pfarrer. Der Pfarrer war ein attraktiver Mann aus Griechenland mit olivfarbener Haut und charmantem Akzent. Man merkte sofort, dass er sich die Haare außerhalb des Dorfes schneiden ließ. Ich glaube, die Apothekerin und der Pfarrer gingen zum selben Frisör; sie sahen einfach besser aus als die anderen im Dorf. Da die Apothekerin an vielen Wochenenden nicht da war, besuchte sie fast nie den Gottesdienst am Sonntagmorgen, sondern ging am Montagabend in die Kirche. Manchmal wurde dann die Messe nur für sie allein zelebriert, worüber sich vor allem die Mütter der Ministranten aufregten, allerdings auch nur stumm, denn die Hausfrauen hatten ebenfalls medizinische Geheimnisse.

Bei Dorffesten saß die Apothekerin immer an einem Tisch mit dem Pfarrer. Beide waren nobel in Schwarz gekleidet und hielten sich aus allen Partyspielen heraus. Während die anderen Dorfbewohner tanzten und feierten, führten die Apothekerin und der Pfarrer am Rand leise Gespräche, machten intelligente Gesten, nickten und wiegten manchmal die Köpfe, um Zweifel oder abwägende Überlegung auszudrücken. Angeblich redeten sie manchmal sogar auf Latein miteinander, obwohl die Lehrerinnen behaupteten, man könne in dieser Sprache nicht reden. Die beiden stellten so etwas wie eine unantastbare Elite dar. Sie waren wie die coolste Gruppe am Schulhof, an die man sich nicht herantraute, außer man wurde eingeladen. Der Pfarrer und die Apothekerin luden aber nie jemanden ein, wozu hätten sie das auch nötig gehabt? Jeder Zuwachs zu ihrer Gruppe hätte für sie nur ein Abstieg sein können.

An meinem ersten Konzertabend wunderte ich mich darüber, dass der Pfarrer nicht da war. Ich war mir sicher gewesen, dass er sich ein kulturelles Ereignis, das die Apothekerin initiiert hatte, nicht entgehen lassen würde. Später erfuhr ich, dass er gerade in der Zeit, als ich zur Konzertbesucherin wurde, anfing, sich um seinen Ruf zu sorgen, und daher versuchte, seltener mit der Apothekerin gesehen zu werden. Ich fragte mich manchmal, ob er sie in den Arm genommen hätte, wenn sie im Konzert weinend neben ihm gesessen wäre.

Als ich nach meinem ersten Konzertabend am Fuß des Hügels wieder meine weißen Sportschuhe anzog und zurück nach Hause wanderte, dachte ich schwärmerisch an die eleganten Tränen der Apothekerin. Ich wollte so werden wie sie, genauso weinen und aufregende Geheimnisse haben, über die im Dorf alle rätselten. Mir gefiel der Gedanke, mit einem Hauch von Skandal umgeben zu sein. Dann würde mich Musik so berühren wie sie.

Im Wald war es schon dunkel; ich packte die Taschenlampe aus und leuchtete auf den Weg vor mir. Dabei dachte ich: „Wo gehen all unsere Träume hin? Gibt es irgendwo ein Land, in dem ich eine Legende bin und sich alle von mir erzählen?"

Während der folgenden zwanzig Minuten gab ich mich einer Fantasie hin, die mich damals häufig begleitete: Ich stellte mir vor, wie die Seefahrer in einer Hafenstadt irgendwo am Meer in einem Gasthaus saßen und sich Geschichten über mich und meine Familie auf dem Hügel und die Bewohner des Dorfes im Tal erzählten. Die Seefahrer sahen so aus wie die alten Männer bei uns im Dorf, aber sie waren das genaue Gegenteil; sie waren fasziniert von den Bergen, weil sie dort noch nie gewesen waren.

„Irgendwo in den Bergen", erzählte ein Seefahrer mit weißem Bart in meiner Fantasie, „gibt es ein Mädchen von fünfzehn Jahren, das jetzt gerade einen Hügel hinaufwandert. Die Nacht ist frisch und kühl, das Mädchen trägt nur ein schwarzes Beerdigungskleid mit weißen Sportschuhen. Es leuchtet sich den Weg mit einer Taschenlampe und ärgert sich, dass es seine Jacke vergessen hat."

„Woher kommt das Mädchen, und wo geht es hin?", fragte ein Matrose von einem anderen Tisch. Er hatte aufgehorcht, weil ihn die Geschichte interessierte, und war mit seinem Krug Bier näher an den Erzähler herangerückt.

Mit zufriedenem Seitenblick auf den neuen Zuhörer redete der Seefahrer weiter: „Das Mädchen kommt von einem Konzert mit klassischer Musik. Dort haben Violinen gespielt. Jetzt muss das Mädchen zurück nach Hause. Deswegen wandert es den Hügel hinauf, wo sein Haus steht und seine Familie schon wartet."

„Hat das Mädchen denn keine Angst, wenn es ganz alleine im Dunkeln gehen muss?"

„Doch, es hat Angst. Aber wenn wir uns seine Geschichte erzählen und gut aufpassen, dann kann ihm nichts passieren."

So ging ich den Hügel hinauf und fühlte mich ein bisschen sicherer, weil die Seefahrer auf mich aufpassten.

Meine Oma hatte mir oft erzählt, man müsse sich im Waldstück auf dem Hügel vor nichts fürchten. „Dort gibt es nichts", hatte sie gesagt und dabei auf das Schneidbrett aus Holz geklopft. „Niemand kommt dorthin. Nur Tiere und Bäume und Früchte gibt es, und wenn du Glück hast, siehst du Blumen. Niemand kann dir dort etwas tun."

Meine Oma hatte einmal einige Monate in der Stadt gelebt, als es in der Familie irgendeinen Schicksalsschlag gegeben hatte. Die genaue Geschichte kannte ich nicht, weil das alles kurz vor meiner Geburt passiert war. Aus irgendeinem Grund hatte mein Opa eine Weile allein mit meinen Eltern auf dem Hügel gewohnt, während meine Oma in der Bundeshauptstadt war, die mehrere hundert Kilometer entfernt lag. In der Stadt hatte sie sich sehr unwohl gefühlt und erzählte seither immer, es sei ein fürchterlicher, gefährlicher Ort. „All die Gefahren, die in der Stadt oder sogar im Dorf auf dich lauern", hatte sie mir eindringlich gesagt, sodass ich es niemals würde vergessen können, „kommen auf diesen Hügel nicht herauf. Sie bleiben vor dem Waldstück stehen, deswegen musst du dich dort vor gar nichts fürchten."

Ich fand es trotzdem unheimlich, nach dem Konzert allein hinaufzugehen, oder nein, vielmehr fand ich mich selbst unheimlich, wie ich im Beerdigungskleid mit den weißen Sportschuhen dort herumging. Mir kam der gruselige Gedanke, dass die Waldtiere sich vor mir fürchteten. Ich beschloss, es wäre mir deutlich lieber, ein unschuldiges Mädchen zu sein, das von einem Tier oder einem Verrückten angefallen und gefressen wurde, statt selbst ein Gespenst zu sein, das Waldtieren Angst einjagte.

Als ich gegen halb zehn oben am Haus ankam, war meine Mutter fast krank vor Sorge. Sie hatte den ganzen Abend am Fenster gestanden und auf mich gewartet.

„Mein Kind, mein Kind! Dass dir nichts passiert ist!", rief sie und nahm mich in die Arme.

„Was hätte mir passieren sollen?", sagte ich tapfer, obwohl ich selbst noch zitterte. „Ich war doch nur bei dem Konzert mit Violinen und bin danach den Hügel raufgewandert."

Meine Oma stand im Nachthemd in der Küche und sagte: „Ja, was hätte ihr passieren sollen? Im Wald und auf dem Hügel kann einem nichts passieren. Da trauen sich die Gefahren gar nicht hin." Dabei klopfte sie auf das Schneidbrett aus Holz.

„Aber die Tiere ...", begann meine Mutter.

„Ja, die Tiere ...", sagte meine Oma und wiegte den Kopf.

„Ach, die Tiere!", rief mein Vater, der gerade durch die Tür hereinschaute, und winkte dabei verächtlich mit der Hand.

Schließlich ließ meine Mutter mich los und schaute mich skeptisch an. „Und wie hat dir das Konzert gefallen?"

Sie fragte das auf eine Art, als wäre sie sicher, dass es mir nicht gefallen haben konnte.

„Es war sehr schön, und ich möchte ab jetzt zu jedem Konzert gehen, also zweimal in der Woche."

Diese Aussage schockierte alle, sie klang vermutlich in ihren Ohren wie: „Bald werde ich ausziehen, und ihr werdet mich nur noch zum Geburtstag und zu Weihnachten sehen." Aber niemand fand die richtigen Argumente, mir die Konzerte zu verbieten, und deshalb gewöhnten sich langsam alle daran. Meine Oma kochte jetzt zweimal in der Woche doppelt so viel für mich, weil ich ja an diesen Tagen sechs Kilometer zu Fuß ging: morgens den Hügel runter in die Schule, mittags den Hügel rauf nach Hause, abends den Hügel runter ins Konzert und nachts den Hügel wieder rauf nach Hause. So oft ging sonst niemand aus der Familie den Hügel rauf und runter. Normalerweise richteten es alle so ein, dass sie nur einmal am Tag ins Dorf gingen und dabei alles erledigten, was notwendig war. Mein Vater fuhr morgens mit dem Auto runter zur Arbeit und abends wieder rauf und brachte dabei gleich Lebensmittel oder andere Dinge mit. Meine Oma ging sowieso nie irgendwohin.

Einmal auf dem Weg zum Konzert passierte etwas Seltsames. Ich war ungefähr die Hälfte des Hügels hinabgestiegen, als plötzlich die Ratte der Apothekerin vor mir stand. Es gab keinen Zweifel daran, dass es genau diese Ratte war und keine andere, denn sie hatte den weißen Fleck auf dem Kopf und das rote Herz im Ohr. Während ich mich noch wunderte, wo sie herkam,

hörte ich auf dem Weg vor mir das Knacken von Zwei-
gen, und wenig später kam eine alte Frau hinter einem
Baum hervor. Sie rief nach der Ratte, die ihr sogleich
auf die Schulter sprang, stellte sich mir in den Weg und
sah mich eindringlich an. Es kam mir eigenartig vor,
dass die Ratte der Apothekerin in Begleitung einer anderen Person war, als würde sie fremdgehen. Ich hatte die alte Frau schon manchmal auf dem Marktplatz
im Dorf gesehen, wusste aber fast nichts über sie. „Du
willst etwas wissen, aber du fragst nicht", sagte die alte
Frau zu mir.

Laut wiederholte ich den Gedanken, der mir ein
bisschen früher durch den Kopf gegangen war: „Gibt
es irgendwo ein Land, in dem ich ...'

„Nein, nicht das", rief die Frau. „Du willst etwas
ganz anderes wissen. Ich zeige es dir."

Die Ratte sprang von der Schulter der Frau und
watschelte ein bisschen wie eine Ente, als sie nun vo-
ranging und wir ihr folgten. Wir kamen zum Eingang
einer Höhle, die ich noch nie zuvor gesehen hatte und
die offenbar ins Innere des Hügels führte, also unter
das Haus meiner Familie. Da es immer dunkler wurde,
gingen wir nur in ganz kleinen Schritten.

„Weißt du, die Ratte kennt die Apothekerin schon
sehr lange und hat sie erlebt, als sie noch ganz anders
war", erklärte die alte Frau, und wir schauten beide
auf die Ratte, die uns vorausging. „Auch ich kannte
die Apothekerin schon zu einer Zeit, als sie noch gar
nichts über das Leben wusste. Sie hat damals in einem
winzigen Haus gewohnt, das von außen nur aus zu-

sammengenagelten Holzbrettern bestand, aber innen schön wie ein Palast war. Dort ist sie den ganzen Tag gesessen und hat geträumt. Sie hat immer vor sich hingestarrt und sich irgendetwas vorgestellt – Länder, Farben, Menschen."

Ich ging neben der Frau her und hörte ihr fasziniert zu. Nebenbei rechnete ich nach, wie viele Jahre das wohl zurücklag, was sie erzählte. Im Biologieunterricht hatten wir gelernt, dass Ratten nicht viel älter als drei Jahre wurden. Deshalb war ich immer davon ausgegangen, dass alle paar Jahre die Vertreterin einer neuen Generation auf der Schulter der Apothekerin saß, eine Nachfahrin der vorherigen Ratte, die genau dieselben Erbmerkmale trug, nämlich den weißen Fleck auf dem Kopf und das rote Herz im Ohr.

„Sie hat geglaubt, alles müsse zuerst in der Fantasie vorgestellt werden. Bevor sie aufstehen und auf den Marktplatz gehen konnte, musste sie sich im Kopf alle Möglichkeiten überlegt haben: Was passiert, wenn es beim Rausgehen regnet, was passiert, wenn die Sonne scheint, was passiert, wenn der Wind geht, was passiert, wenn ihr ein Hund über den Weg läuft, was passiert, wenn ein Vogel vor ihr auffliegt, was passiert, wenn eine Zeitung auf dem Asphalt liegt, was passiert, wenn ein Auto vorbeifährt, was passiert ..."

„Gut, ich habe verstanden!", rief ich und hielt eine Hand hoch.

Die Alte schaute mich kurz beleidigt an, und auch die Ratte schien mit einem Hinterlauf aus dem Takt zu treten, als wolle sie protestieren. Ich war erleichtert, als die Frau weiterredete: „Aber sie wusste immer, dass sie noch nicht an alle Möglichkeiten gedacht hatte, und deswegen konnte sie nie rausgehen. Sie hatte schon die Ausbildung fertig, aber konnte nicht einmal in die Apotheke gehen und arbeiten. Drei Jahre lang ist sie nur im Haus herumgesessen und hat nachgedacht: Was passiert ... was passiert ...“

Dies musste dann alles vor meiner Geburt gewesen sein, rechnete ich nach; meine Mutter hatte mir erzählt, dass sie mit mir schwanger gewesen war, als die neue Apothekerin ins Dorf kam und das Geschäft übernahm.

„Dazu muss man wissen, dass die Apothekerin das Herumsitzen schon vererbt bekommen hat. Ja, man kann das Herumsitzen genauso erben wie die Haarfarbe und die Augenfarbe oder wie das Grübeln und das Vergessen. Man kann auch Traurigkeit, Schmerz oder schlimme Erinnerungen erben. Sogar verdrängte Erinnerungen kann man erben, ich weiß das ganz genau! Du erinnerst dich sicher auch an das, was deine Oma gesehen hat, bevor du zur Welt gekommen bist.“

Ich verstand nicht, was die alte Frau mir sagen wollte, und schaute stumm vor mich hin.

„Ach, es ist entsetzlich dunkel hier!“, rief die alte Frau plötzlich, kramte in ihrer Weste und zog eine Taschenlampe hervor. Die Ratte machte einen kleinen Sprung, als die Frau das Licht einschaltete und für einen Moment direkt auf sie richtete.

„Die Apothekerin hat also das Herumsitzen geerbt. Ihre Mutter ist auch immer nur im Haus herumgesessen, und ihre Oma ist nur im Haus herumgesessen, und ihre Uroma ist nur im Haus herumgesessen, und ihre Ururoma ist nur im Haus herumgesessen, und ...“

„Gut, ich verstehe!“

„Nachdem die Apothekerin drei Jahre lang stumm und ohne Bewegung im Haus herumgesessen war und sich Geschichten ausgedacht hatte, schöne und schreckliche, ist sie eines Tages aufgestanden und hat gesagt: Jetzt gehe ich raus und schaue mir die Geschichten in der Wirklichkeit an. Das war an einem ganz normalen, unscheinbaren Tag. Es war wirklich überhaupt nichts Besonderes. Als sie aus dem Haus ging, waren ihre Beine noch wackelig, und sie bewegte sich langsam und unsicher wie eine Blinde, obwohl sie ja zum ersten Mal etwas Neues sah. Da hat sie den Schriftsteller kennengelernt.“

Ich wurde nervös, als die Alte *Schriftsteller* sagte, und ich hatte den Eindruck, auch die Ratte zuckte kurz zusammen. Die Gerüchte aus dem Dorf fielen mir ein, die Apothekerin sei einmal von einem berühmten Schriftsteller schwanger gewesen und habe das Kind abtreiben müssen.

„Stimmt das wirklich?“, fragte ich. „Gleich als sie zum ersten Mal rausging, hat sie ihn kennengelernt?“

Die Alte winkte mit der Hand: „Oder beim zweiten oder dritten Mal, so genau weiß ich es jetzt auch nicht mehr ...“

Ich nickte und fragte nicht genauer nach, denn ich wollte die Alte nicht in Verlegenheit bringen. Es war ihr Recht, die Geschichte so zu erzählen, wie sie es wollte, und für alles, was an ihrer Erzählung nicht stimmte, gab es sicher einen Grund.

„Der Schriftsteller war schon alt, aber er sah so jung aus wie ein Schulbub. Er konnte ganz viele Geschichten erzählen, und die Apothekerin hat ihm stundenlang zugehört. Aber ein Mensch, der sich so gut Geschichten ausdenken kann, flunkert auch gern. Er hat ihr eine ganze Welt vorgelogen, wie ein Architekt, der ein Haus baut: Hier hat er einen Boden vorgelogen, rundherum vier Wände und darüber ein Dach. Und in dieses gelogene Haus ist die Apothekerin eingezogen, obwohl sie gewusst hat, dass es nur geflunkert war. Aber sie wollte unbedingt dort wohnen, weil es schöner war als jedes echte Haus."

„War es wirklich schöner?"

„Es war das schönste Haus, das man sich vorstellen kann. So schön kann ein Haus in Wirklichkeit gar nicht sein."

„Trotzdem ... Wie kann man in ein Haus einziehen, das nicht echt ist?"

„Wenn man jemanden sehr liebt, dann kann man das. Dann lässt man sich auch schlagen und beißen und treten und lächelt noch dabei. Wenn du verliebt bist, springst du in ein Haifischbecken und glaubst, dass die Haifische deine Freunde sind, während sie auf dich zuschwimmen und die Zähne fletschen, um dich zu fressen."

Ich hörte zu und dachte mir, Liebe war bescheuert.

Die alte Frau lächelte eine Weile verträumt vor sich hin, irgendwie glücklich, ehe sie weitererzählte: „Seit

sie den Schriftsteller hatte, war etwas neu: Die Apothekerin saß immer noch den ganzen Tag im Haus herum,
aber jetzt hatte sie etwas, worauf sie warten konnte,
nämlich die Besuche des Schriftstellers. Sie saß also nur
da, mit einem riesigen Loch im Brustkorb, aus dem der
Schmerz herausschrie, und wartete darauf, dass er sie
anrief oder besuchte. Manchmal saß sie tagelang ohne
Bewegung mit dem Blick aufs Telefon, und er rief eine
ganze Woche lang nicht an, und dann weinte sie und
schlug mit den Fäusten um sich, weil es ihr so wehtat.
Dann war sie ganz krank und schwach und sah aus wie
eine uralte Frau. Wenn er aber anrief und sie besuchte,
wurde sie ganz anders, dann zog sie ein wunderschönes
Kleid an, lächelte, machte übermütige Scherze, war lustig und verführerisch und sagte immer wieder zu ihm:
Du bist nicht der einzige Mann in meinem Leben,
glaub mir, du bist nicht der einzige! Du hast wirklich
Glück, dass ich jetzt gerade Zeit hatte für dich. Deswegen rief sie ihn auch nie an, sondern wartete immer
nur darauf, dass er sich meldete. Wenn er kam und sie
ins Schlafzimmer führte, tat sie immer so, als ließe sie
sich nur widerwillig überreden. Dabei dachte sie den
ganzen Tag und die ganze Nacht an nichts anderes."

„War das klug?", fragte ich.

„Ach, sie hätte nichts gewonnen, wenn sie sich anders verhalten hätte. Der Schriftsteller hatte kein Inter-
esse an irgendwelchen Liebeserklärungen und hätte bei
so etwas gar nicht hingehört. Im Grunde war es egal,
was sie sagte und was sie tat, denn er behandelte alle
Frauen einerlei. Nur für sie selbst wäre es besser gewe-

sen, wenn sie tatsächlich nicht dauernd nur herumgesessen wäre und auf ihn gewartet hätte."

„War es sehr schlecht für sie?"

Die alte Frau wiegte den Kopf. „Zeit ist nie verloren. Die Apothekerin hat eben sehr lang daran geglaubt, dass sich dieses erzählte Haus irgendwann in ein echtes Haus verwandeln würde. Sie hat gedacht, dass sie den Schriftsteller behandeln muss wie ein scheues Reh, immer vorsichtig, nickend und verständnisvoll, damit er Vertrauen fassen kann. Sie konnte sich nicht vorstellen, dass er völlig zufrieden war damit, sie nur hin und wieder zu besuchen und sich zwischendurch wochenlang nicht zu melden. Es hat sehr lang gedauert, bis sie verstanden hat, dass er darunter gar nicht litt, sondern es sogar gut fand."

Wir waren inzwischen tief in der Höhle, und die Ratte blieb stehen, drehte sich um und schaute uns an. Die alte Frau bückte sich, klopfte auf den Boden und sagte: „Hier wollen wir ein bisschen rasten."

Ich stellte mir vor, dass wir uns jetzt ziemlich genau unter dem Wohnzimmer meiner Familie befanden. Vielleicht war es Einbildung, aber es kam mir so vor, als hörte ich die Schritte meiner Mutter und meines Opas über uns und meine Oma, wie sie auf das Schneidbrett aus Holz klopfte und sagte: „Heute hätten wir fast etwas Besonderes gemacht."

Eine Weile saßen wir schweigend auf dem Boden, und ich hatte das Gefühl, dass wir nicht nur an diesem Ort rasteten, sondern auch in diesem Teil der Geschichte, weil die alte Frau einfach nicht weitersprach.

Sie hielt uns alle – die Ratte, mich und sich selbst – an diesem Punkt der Erzählung gefangen. Weil sie es aufschob, weiterzuerzählen, wurden die letzten Sätze immer größer. Irgendwo tiefer im Inneren der Höhle schien etwas zu tropfen, gleichmäßig wie ein Sekundenzeiger.

„Sie hätte das Kind nicht versorgen können", sagte die alte Frau nach einer Ewigkeit und schaute dabei vor sich auf den Boden. „Sie hatte ja nicht einmal Geld für sich selbst. Der Schriftsteller ist sofort weggelaufen und hat das erzählte Haus mitgenommen."

Ich zog die Knie an, stützte mein Kinn darauf und stellte mir vor, wie ein Schriftsteller mit einem erzählten Haus auf der Schulter schnell davonlief. Die Ratte ging abwartend vor uns auf und ab. Ihr Blick war kummervoll. Irgendwie hätte die Geschichte jetzt weitergehen müssen, aber die alte Frau sagte kein Wort mehr. Wir schauten schweigend auf das Stück Boden, das von der Taschenlampe beleuchtet wurde. Langsam wurde es unangenehm, und ich überlegte, ob ich irgendetwas fragen oder sagen könnte. Im Dorf hatte das Konzert wahrscheinlich schon längst begonnen. Zeit vergeht auch, wenn man keine Uhr hat, und auch, wenn man in einer Höhle sitzt.

Ich klopfte ein paar Mal mit den Schuhen auf dem Boden herum, rutschte im Sitzen ein bisschen hin und her, dann sagte ich: „Ging die Geschichte nicht irgendwie weiter?"

„Es geht immer irgendwie weiter, aber es ist dann oft keine Geschichte mehr. Die Apothekerin war so zornig, dass sie die halbe Einrichtung in ihrem winzigen Haus zerschlug. Am meisten hat sie sich über sich selbst geärgert. Den Lärm haben die Nachbarn gehört und sind herübergekommen und haben an die Tür geklopft. Sie hat ihnen aufgemacht, mit zerzausten Haaren und blauen Flecken auf den Armen und Beinen vom Herumtoben, und sie haben gesehen, dass in ihrem Haus alles kaputt war. Da haben sie zum ersten Mal miteinander geredet, obwohl sie schon seit vielen Jahren nebeneinander wohnten. Die Nachbarn erfuhren jetzt erst, welchen Beruf die Apothekerin gelernt hatte und warum sie nie aus dem Haus ging und warum sie so oft alleine war. Sie bekamen Mitleid und beschlossen, ihr zu helfen."

Ich stellte mir die Szene vor, wie die Nachbarn um die Apothekerin herumstanden wie Trainer bei einem Boxkampf, und irgendwo im Hintergrund saß die Ratte auf einem Kasten oder einem Tisch, aber dann merkte ich plötzlich, dass in dem Bild etwas nicht stimmte. „Warum hast du ihr nicht geholfen?", fragte ich.

Die alte Frau verzog das Gesicht und griff sich ans Ohr: „Was?"

„Ich sagte: Warum hast du ihr nicht geholfen? Du kanntest sie doch damals schon."

„Ich verstehe dich nicht, Kind. Ich höre schon so schlecht. Na, jedenfalls ... Die Nachbarn haben mit allen Freunden und Bekannten telefoniert, und irgendwann haben sie jemanden erwischt, der gehört hatte, dass unten im Dorf der alte Apotheker gestorben war. So hat die Apothekerin ein neues Zuhause und ihre

Arbeit bekommen. Und da hat sie sich schlagartig verändert! Eine ganz Neue ist aus ihr geworden! Auf einmal ist sie ganz stolz überall aufgetreten und hat zu jedem gesagt: Ich bin die Apothekerin! Dann hat sie sich neue Kleider gekauft. Der Bürgermeister und der Pfarrer waren gleich ganz begeistert von ihr."

Ich stellte mir eine Szene wie in einem Theaterstück auf einer Bauernbühne vor, wo die Apothekerin in einem neuen, etwas biederen Kleid in der Mitte stand und von den wichtigsten Bewohnern des Dorfes eingerahmt wurde, die ihr freudig zujubelten. Die Apothekerin sagte: „Ich bin die Apothekerin", und die beiden Männer sagten zum Publikum: „Wir sind ganz begeistert von ihr!" Ich musste lachen.

Plötzlich sagte die alte Frau: „Kurz darauf bist du zur Welt gekommen." Dabei lächelte sie mich spitzbübisch und fast verschwörerisch an, als wäre meine Geburt so etwas Ähnliches wie das Einschlagen einer Fensterscheibe gewesen.

„Was hat das damit zu tun?", wollte ich wissen.

„Ach, gar nichts ..."

Die Ratte quietschte leise, als lachte sie, und wir schauten zu ihr hinüber. Schließlich streckte die alte Frau die Beine aus, stand auf und klopfte sich den Rock ab.

„Wir sollten wieder zurückgehen. Du könntest noch die zweite Hälfte vom Konzert erwischen", sagte sie.

Schnell stand ich auf und folgte der Frau und der Ratte, die bereits vorausgegangen waren, ohne auf mich zu warten. „Passt du immer auf die Ratte auf, wenn die Apothekerin beim Konzert ist?", fragte ich.

„Ach, Mädchen, dich interessiert immer nur das Unwichtige! Manchmal passe ich auf, manchmal passt der Pfarrer auf. Aber das soll niemand wissen, das mit dem Pfarrer."

„Es kann doch niemanden stören, dass der Pfarrer auf die Ratte der Apothekerin aufpasst!"

„Na ja ... erzähl es lieber nicht im Dorf herum."

Wir gingen den Weg zurück, den wir gekommen waren. Als wir aus der Höhle herauskamen, merkte ich, dass die alte Frau schon sehr keuchte. Das Gehen musste sehr anstrengend für sie gewesen sein, und ich machte mir Sorgen, ob sie es schaffen würde, den Hügel hinabzusteigen.

„Schau mich nicht so schräg an", sagte die alte Frau lächelnd, „ich gehe jeden Tag mehrere Kilometer!"

Wir redeten nicht mehr. Die Frau schaltete die Taschenlampe aus, und wir gingen im rötlichen Licht des Sonnenuntergangs den Hügel hinab.

Am Fuß des Hügels winkte die alte Frau mir zu und verschwand dann mit der Ratte auf der Schulter in der ersten Seitengasse. Ich bückte mich und wechselte meine Schuhe. Als ich mich danach wieder aufrichtete und in das Dorf schaute, das im Dämmerlicht vor mir lag, wurde ich auf einmal ganz nervös. Einzelne Teile der Erzählung der alten Frau fügten sich zusammen und leuchteten plötzlich wie ein Schriftzug in einer Reihe vor mir auf. Mit einem Schlag wurde mir klar, dass das

Kind des Schriftstellers ziemlich genau in meinem Alter wäre, hätte die Apothekerin es nicht abgetrieben. Ihre Ankunft im Dorf geschah zu einem Zeitpunkt, der nicht allzu lang nach der Abtreibung ihres Kindes und kurz vor meiner Geburt lag.

Warum mich dieser Gedanke so in Unruhe versetzte, war mir selbst ein Rätsel. Viele nicht abgetriebene Kinder aus dem Dorf waren ja ebenfalls in meinem Alter, und die interessierten mich überhaupt nicht, dabei waren die immerhin lebendig. Warum kam mir ein abgetriebenes Kind um so vieles näher, dass es mich jetzt im Inneren erreichte? Woher kam diese Nähe zu einem Menschen, der nicht einmal existierte, ja, der nie existiert hatte und über den es nichts zu wissen gab, an dem man nichts mögen oder hassen konnte? Warum kam es mir plötzlich so vor, als hätte ich dieses erzählte Kind, das so real war wie ein erzähltes Haus, in meinem Inneren, als wären wir eine Person?

Die zweite Hälfte des Konzerts hatte bereits begonnen, als ich ins Rathaus kam. Der Klang von Violinen drang durch die geschlossenen Flügeltüren des großen Saals heraus in den Vorraum. Ich nickte den beiden Kellnerinnen an der Theke zu und beschloss, schnell noch zur Toilette zu gehen, also bog ich in den dunklen Seitengang ab. Hier war es fast so finster wie in der Höhle. Vorsichtig tastete ich mich an der Wand entlang, machte nur ganz kleine Schritte und stieß plötzlich gegen ein Hindernis. Obwohl ich fast nichts sehen konnte, wusste ich sofort, dass ich in die große schlanke Gestalt

der Apothekerin gelaufen war. Vor Schreck und Peinlichkeit machte ich einen Schritt zurück und fiel dabei fast hin. In solchen Momenten schwimmt mir das
ganze Ich davon, dann werde ich zur Intellektuellen im
Idiotenpelz.

„Hallo", sagte ich verschämt, obwohl ich mit der
Apothekerin nie per Du gewesen war. Das Peinlichste
an dieser Begegnung war etwas, das die Apothekerin
gar nicht wissen konnte, dass mir nämlich kurz zuvor
jemand ihre intimsten Geheimnisse verraten hatte.

Immer noch konnte ich nichts sehen, aber trotzdem hatte ich den Eindruck, sie lächelte.

„Na, so was", sagte sie liebevoll.

Klio (Geschichtsschreibung)

Ich weiß nicht, warum es mich dauernd ins Haus der unheimlichen Frau zieht. Sie serviert mir Suppe, und manchmal gibt es Kuchen, aber das ist nicht der Grund. Ihre Suppen sind nicht gerade exquisit. Am Herd brodeln Küchenabfälle mit Kräutern in heißem Wasser, wobei das Wasser fast vollständig verdampft, ehe die unheimliche Frau einen Teller serviert. Manchmal frage ich sie: „Wo ist die Suppe?", während ich das trockene Gemüse löffle, und sie antwortet: „Suppen sind am besten, wenn sie fast gar nicht flüssig sind", und ich sage: „Du machst die Suppe ohne Suppe!" Dann macht sie oft diese Handbewegung, die mir so gefällt, ein verächtliches Abwinken, als wäre ich ihr lästig wie eine Fliege. Aus irgendeinem Grund finde ich sie dabei besonders attraktiv.

Ihre Kuchen sind überhaupt nicht süß, weil die unheimliche Frau sehr empfindliche Geschmacksnerven hat. Wenn eine Speise zu stark nach irgendetwas schmeckt, ist sie überfordert, kann nur ganz wenige Bissen essen und muss sich danach mehrere Stunden in einem dunklen Raum auf einer harten Unterlage hinlegen. Dann darf man sie nicht ansprechen, die Vorhänge, Fenster und Türen müssen fest verschlossen sein, damit keine Geräusche, keine Stimmen und kein Licht zu ihr durchdringen, und sie kann nur auf dem Rücken liegen. Es ist nicht schön, sie in so einem Zustand zu erleben.

Manchmal frage ich sie: „Wo ist der Kuchen?", während ich von dem geschmacksneutralen Block abbeiße, und sie antwortet: „Kuchen sind am besten, wenn sie nach fast gar nichts schmecken", und ich sage: „Du machst den Kuchen ohne Kuchen!"

Ich weiß wirklich nicht, warum ich da immer wieder hingehe. Ausgerechnet gegen den schrecklichsten Geschmack ist die unheimliche Frau gar nicht empfindlich: Bitterkeit. Jedes Mal, wenn ich sie besuche, serviert sie mir grünen Tee, der so bitter ist, dass mir flau wird und ein Schwindel mich befällt. Sie erlaubt mir, ihn mit Honig zu süßen, sieht mich dabei aber etwas verächtlich an. Zum Neutralisieren ist dermaßen viel Honig nötig, dass ich Magenschmerzen von der Süße bekomme. Die unheimliche Frau trinkt das mörderische Zeug, ohne mit der Wimper zu zucken, und das angeblich jeden Tag. Einmal habe ich heimlich einen Schluck aus ihrer Tasse probiert, während sie kurz auf der Toilette war; ich hatte sie im Verdacht, den eigenen Tee heimlich zu süßen und mir nur etwas vorzuspielen. Das bestätigte sich aber nicht, ihr Getränk war genauso ungenießbar wie meines, und als sie zurückkam, hatte ich das Gefühl, dass sie mich seltsam anlächelte, als hätte sie ihre Augen während der Abwesenheit im Zimmer gelassen und mich beobachtet.

Dieses Gefühl habe ich generell sehr oft bei ihr. Wenn sie einen Raum verlässt, scheint sie nie wirklich draußen zu sein, ebenso wie sie nie wirklich herinnen zu sein scheint. Die üblichen Kategorien *fort* und *da* kann man auf sie nicht anwenden, weil sie immer gleichzeitig fort und da ist.

Woher ihre Vorliebe für das Bittere kommt, ist mir ein Rätsel. Ich habe herausgefunden, dass sie den Tee mindestens zwei Stunden lang ziehen lässt, ehe sie die Blätter aus dem Wasser nimmt. Auch andere Speisen, die sie zubereitet – Reisgerichte, Nudeln oder überbackene Brote –, schmecken überwiegend bitter. Ich traue mich jedoch nie, etwas abzulehnen, das sie serviert, denn die unheimliche Frau ist sehr sensibel und ich kann es nicht ertragen, wenn sie weint.

Aus irgendeinem Grund will ich da immer wieder hin. Die unheimliche Frau lacht über Dinge, die nicht lustig sind, aber sie versteht nie einen Witz. Wenn ich sie zum Lachen bringen will und ihr eine absurde Geschichte erzähle, sieht sie mich ernst an und wiegt den Kopf, als fände sie alles ganz plausibel. Selbst die unmöglichsten Dinge scheint sie mir zu glauben. Einmal erzählte ich, mir sei auf dem Weg zu ihr eine Giraffe vors Auto gelaufen, die kurz davor aus dem Zoo Schönbrunn ausgebrochen sei. Ich hätte die Giraffe aufgrund der Personenbeschreibung erkannt, die an einem Baum vor meiner Wohnung gehangen habe, und deshalb hätte ich sofort die Polizei alarmiert. Da die Einsatzkräfte nach der Mittagspause aber immer etwas träge seien, hätte ich lang warten müssen und mich deshalb bei der unheimlichen Frau um fünf Minuten verspätet. Die unheimliche Frau nahm die Erklärung mit einem

Nicken zur Kenntnis, schöpfte nachdenklich trockene Suppe in meinen Teller und sagte: „Aha."

Noch unheimlicher aber sind ihre Lachanfälle. Wie ein psychotischer Schub kommt dieses Lachen über sie, während sie gerade Geschirr spült oder sich die Schuhe zubindet oder das Fenster putzt. Völlig ruhig geht sie ihrer Beschäftigung nach und fängt von einer Sekunde auf die andere laut zu lachen an. Dabei schüttelt es ihren ganzen Körper, sie prustet und hält sich die Hand vor den Mund, geht in die Knie oder dreht sich um die eigene Achse, als verlöre sie die Besinnung. Wenn ich sie dann ratlos ansehe, lacht sie noch mehr und keucht zum Beispiel: „Ich habe gerade an etwas gedacht, das du einmal gesagt hast." Meist ist sie dabei so atemlos, dass sie es nicht schafft, mir zu erzählen, was sie meint. Ich bin aber jedes Mal ein bisschen stolz, wenn ich erfahre, dass ich sie zum Lachen gebracht habe, auch wenn ich nicht weiß, womit. Sie lacht fast nie über etwas, das nicht mit mir zu tun hat, außer über Tiere.

Manchmal jagt sie mir Angst ein. Zum Beispiel passiert es bei jedem meiner Besuche, dass sie nach genau drei Stunden in eine Starre verfällt. Von einer Sekunde auf die andere kann sie sich kaum mehr bewegen und schaut leer vor sich hin. Sie sieht mich dann nicht mehr direkt an und beantwortet keine meiner Fragen. Anfangs glaubte ich in solchen Momenten, ich hätte etwas Falsches gesagt, sie irgendwie beleidigt oder verletzt. Darüber dachte ich lang nach, aber selbst wenn ich auf jedes Wort aufpasste und nur freundliche Dinge zu ihr sagte, verfiel sie nach drei Stunden in diese eigenartige

Trance. In meiner Verzweiflung las ich tagelang in der Bibliothek Bücher über psychische Krankheiten, doch die Symptomatik wurde nirgends erwähnt.

Erst viel später begriff ich, dass ihr einfach nach drei Stunden die Energie ausgeht, als wäre die unheimliche Frau batteriebetrieben. Sie ist sehr dünn und hat einen schwachen Kreislauf; ich habe seither immer ein bisschen Schokolade in meiner Hosentasche, wenn ich sie besuche. Sobald ich die ersten Anzeichen der Trance bei ihr bemerke – wenn ihr Blick mir zunehmend ausweicht und zur Seite hin abschweift, sie nicht mehr direkt auf meine Worte reagiert, sondern nur noch mit leichter Verzögerung nickt oder den Kopf schüttelt und dabei teilnahmslos auf den Boden schaut –, ziehe ich die Schokolade aus der Tasche, breche ein kleines Stück ab und stecke es ihr in den Mund. Es dauert ein paar Sekunden, bis die Wirkung eintritt, so lange streichle ich ihren Arm oder ihre Hand.

Manchmal passiert es auf einem Spaziergang. Dann merke ich im Gehen, wie ihre Schritte neben mir plötzlich langsamer werden, sie nichts mehr sagt und nur noch vor sich hinstarrt. „Was ist los? Brauchst du ein Stück Schokolade?", sage ich, während ich die Finger schon in der Tasche habe. Sie ist meist zu apathisch, um darauf zu antworten.

Es kann aber auch vorkommen, dass sie in ihrer Trance wütend wird, verächtlich abwinkt und ruft: „Pah, Schokolade! So ein Schwachsinn! Ich brauche keine blöde Schokolade!" Trotzdem stecke ich ihr die Schokolade in den Mund, auch wenn sie so tut, als wäre es die widerlichste Medizin der Welt, und ein paar Sekunden später ist sie wieder fröhlich und lebendig. Dann zeigt sie mit dem Finger auf Schwäne im See oder Hunde am Wegesrand, imitiert Vogelstimmen und lacht dazu. Es ist erstaunlich, wie gut das funktioniert, jedoch wirken manche Schokoladesorten besser als andere. Die Zartbitterschokolade mit Haselnusskrokant ist unschlagbar, da tritt die Wirkung am schnellsten ein. Bei Vollmilchschokolade dauert es am längsten. Dekadente Varianten wie Orangenfüllung, Nougat oder Erdbeergeschmack sind zu intensiv für die unheimliche Frau, das probiere ich gar nicht erst, und Müsliriegel mit Schokoladenhülle lehnt sie grundsätzlich ab; die unheimliche Frau mag es nicht, wenn ihr etwas in den Zahnzwischenräumen stecken bleibt, denn sie ist sehr eitel.

Für die Eitelkeit schämt sich die unheimliche Frau und sie versucht sie zu verbergen, aber wenn man so viel Zeit bei ihr verbringt wie ich, fällt es eben auf. Wenn sie ihren Kopf kurz an eine Sofalehne, eine Mauer oder ein Kopfkissen gelehnt hat, muss sie nachher sofort die Haare frisieren. Auch wenn man sie umarmt oder mit einem Finger eine Strähne berührt, wird sie gleich ein bisschen unruhig. Deswegen hat sie in ihrer Handtasche immer drei verschiedene Werkzeuge, die zur sofortigen Reparatur der Haare gedacht sind: einen Holzkamm, eine Bürste mit Wildschweinborsten und ein Öl, das sie manchmal in die Spitzen reibt. Zusätzlich trägt sie ein kleines Sortiment an Haarspangen in unterschiedlichen Farben und Größen bei sich.

Ich weiß das deshalb so genau, weil ich sie beobachte, aber auch, weil ich ihre Handtasche schon ein paar Mal gründlich durchsucht habe, und im Allgemeinen präge ich mir solche Dinge gut ein.

Ich parke immer bei der Einfahrt zu den Schrebergärten. Das Haus der unheimlichen Frau steht neben einem großen Spielplatz, und wenn wir am Balkon sitzen, hören wir die Kinder, die sich etwas zurufen, und die Erwachsenen, die mit ihnen schimpfen. Am besten gefällt uns das Geräusch, wenn ein Fußball auf dem Boden auf- und abhüpft. Hauptsächlich aber beobachten wir die Nachbarn und schütteln den Kopf über die komischen Dinge, die sie machen. Zum Beispiel mäht der eine alte Mann vom Garten gegenüber dauernd im offenen Bademantel den Rasen. Da muss sich die unheimliche Frau immer eine Hand vor die Augen halten, damit sie das nicht sieht.

Bei vielen Dingen, die sie sagt, weiß ich nicht, ob ich ihr glauben soll. Zum Beispiel erzählte sie einmal, sie habe nach der Schule eine Kochlehre absolviert. Das halte ich aus verschiedenen Gründen für sehr unwahrscheinlich. Angeblich nimmt sie einmal pro Jahr an einem Treffen von Elite-Köchen teil.

„Wo finden diese Treffen statt?", fragte ich.

„Oh, immer woanders. In einem Schlosshotel. Aber der Ort wird erst kurz vorher bekanntgegeben und darf nicht an Außenstehende verraten werden. Es ist sehr wichtig, dass niemand daran teilnimmt, der nicht dazugehört, also der kein echter Meisterkoch ist."

„Ach ja ... Und was geschieht bei diesen Treffen?"

„Es gibt natürlich ein riesiges Festessen. Und ins Festessen werden kleine Scherze eingebaut, die nur echte Meisterköche verstehen."

„Wie baut man Scherze in ein Essen ein?"

Sie lachte wie eine Hexe. „Nun, das verstehen eben nur Eingeweihte."

„Zum Beispiel?"

Die unheimliche Frau machte ein sehr ernstes Gesicht und senkte ihre Stimme: „Also, zum Beispiel wird ein Hauptgericht mit Fleisch und Gemüsebeilagen serviert. Und der Teller ist mit verschiedenen Kräutern garniert. Und eines davon ist giftig!" Die unheimliche Frau lachte wie verrückt.

Ich war entsetzt: „Und das soll ein Scherz sein?!"

„Für Köche ist das unglaublich lustig! Jeder echte Meisterkoch entdeckt das giftige Kraut auf dem Teller natürlich sofort und lacht sich kaputt!"

„Ich verstehe das nicht ..."

„Ach, nichts ist befreiender, als eine Grenze zu überschreiten! Endlich einmal das tun zu dürfen, was man sonst nie tun darf."

„Erzähl mir jetzt bitte nicht, dass alle Köche sich insgeheim wünschen, ihre Gäste mit giftigen Kräutern umzubringen!"

„Nein. Aber die ständige Angst davor, dass so etwas einmal versehentlich passieren könnte ... Das macht einen fast fertig. Diese Verantwortung! Das ist unerträglich!"

Ich dachte kurz nach. „Ist bei diesen Festessen noch nie jemand gestorben?"

„Nein, noch nie. Und wenn doch, dann wüsste man, dass das kein echter Meisterkoch war, sondern jemand, der sich irgendwie eingeschleust hat."

„Tja ... na dann ..."

Ich habe schon überlegt, ob gerade die schlechte Qualität ihres Essens der Beweis dafür sein könnte, dass sie tatsächlich Meisterköchin ist. Zwar habe ich noch nie etwas Gehobenes gegessen, aber es ist hinreichend bekannt, dass die übermäßige Kultivierung einer Sache zu Ungenießbarkeit führt. Ein Teller Spaghetti mit Tomatensauce ist ausgezeichnet, aber hohe Kochkunst mit akrobatischen Verrenkungen kann doch keiner essen.

Trotzdem hätte ich von der unheimlichen Frau gern noch mehr über ihre Vergangenheit in der Spitzengastronomie gehört. Leider war sie nie bereit, mir Genaueres darüber zu verraten. Ein paar Mal versuchte ich, ihr unauffällig Fragen unterzujubeln. Zum Beispiel sagte ich: „Bei so einer Hitze wie heute ist es in einer Restaurantküche sicher sehr heiß, oder?"

Aber in solchen Momenten gelang es ihr immer, den Kopf aus der Schlinge zu ziehen. Sie nickte dann nur und sagte: „Jaja, sicher", und verließ den Raum.

Ich weiß wirklich nicht, warum ich da immer wieder hinwill. Das Schlimmste an der unheimlichen Frau sind die Panikattacken. Von irgendwoher hat sie die fixe Vorstellung, die Polizei werde eines Morgens mit Schäferhunden vor ihrer Tür stehen und sie aus dem Schlaf reißen, sie noch im Nachthemd brutal verhaften und in einen dunklen Kerker werfen, in dem sie wochenlang keinen Kontakt zur Außenwelt habe und nur Wasser und Brot bekomme. Ihre größte Sorge ist aber, dass sie sich in der Gefangenschaft nicht mehr die Haare frisieren, keinen Schmuck tragen und ihre Kleider nicht selber auswählen kann. Oder dass sie nicht in Einzelhaft gelangt, sondern in eine Zelle, in der andere Häftlinge sie verspotten und ihr Gewalt antun.

Freilich denke ich über die unheimliche Frau nicht viel nach, aber ich habe den Verdacht, dass es sich bei dieser paranoiden Idee in Wahrheit um eine sexuelle Fantasie handelt, die sie irgendwie unterdrückt und umwandelt. Unbewusst will die unheimliche Frau endlich einmal in der Nacht in ihrem Bett so überwältigt werden, dass sie nicht mehr daran denkt, sich die Haare zu frisieren. Ihre Eitelkeit und ihre Angst, verspottet zu werden, sind Nachwirkungen aus ihrer Schulzeit, weil die unheimliche Frau immer die Außenseiterin war, die keine Freunde hatte und von den anderen geärgert wurde. Ich habe schon mehrmals bemerkt, dass sie auf der Straße ausweicht, wenn eine Gruppe von Schülern beisammensteht. Sie hat Angst davor, an den Jugendlichen vorbeizugehen, weil sie glaubt, die rufen ihr dann sofort etwas nach oder lachen sie aus. Genau so geht es ihr auch mit Gleichaltrigen. Von dem, was ich so weiß, vermute ich, dass sie sich schon seit Jahren mit niemandem mehr getroffen hat, der nicht mindestens fünfzehn Jahre älter war als sie.

Auch jetzt hat sie keine Freunde. Ihr gesamtes Sozialleben deckt sie mit meinen Besuchen ab. Zwei- bis dreimal im Monat geht sie zu einer Vernissage oder

Lesung. Mit Frauen kommt sie grundsätzlich nicht zurecht. Sie sagt: „Ich habe mit Frauen nichts gemeinsam", und ich frage mich, ob wirklich alle anderen Frauen miteinander, außer mit ihr, so viel gemeinsam haben. Jedenfalls hat sie sehr wenig Kontakt zu Menschen.

Daher rührt wahrscheinlich die seltsame Nervosität, die mir bei der unheimlichen Frau von Anfang an so stark aufgefallen ist. Immer wenn ich zur Tür hereinkomme, schwirrt sie um mich herum, als wäre ich ein Premierminister. Sie verhaspelt sich, fällt sich selbst ins Wort, fragt mich zehnmal, ob ich ein Glas Wasser wolle, rückt alles für mich zurecht, damit mir nichts fehle oder im Weg stehe, und lächelt verlegen, wenn ich sie ansehe. Danach serviert sie mir den bitteren Tee, als wolle sie mich auf diese Art schwächen und wieder die Macht an sich reißen. Ich bin immer gerührt, wenn ich sie sehe, möchte sie umarmen und ihr über den Kopf streichen und sagen: „Die ganze Welt ist gar nicht so schlimm, wie du denkst", aber dann müsste sie sich gleich wieder die Haare frisieren.

Ich weiß wirklich nicht, warum ich da immer wieder hinfahre. Die unheimliche Frau sitzt manchmal stundenlang am Tisch und zeichnet. Sie hört nicht wegen mir auf, wenn ich komme, sondern hofiert mich eine Weile zur Begrüßung und geht dann schnell wieder an den Schreibtisch zurück. Während wir uns unterhalten, zeichnet sie die ganze Zeit weiter. Wenn sie mit einem Bild nicht zufrieden ist, stampft sie wütend mit dem Fuß auf und weint. Ich glaube, sie ist in diesen

Momenten nur müde, denn es passiert fast nach jedem vollendeten Bild. Sie arbeitet ewig an Details, bessert ständig noch unsichtbare Fehler aus und bricht am Ende einfach erschöpft zusammen. Ich habe sie schon oft vor dem Schreibtisch in die Arme genommen und gesagt: „Das sieht doch eh schön aus", und sie antwortet dann immer: „Aber ich habe es mir anders vorgestellt. Es gefällt dir nur, weil du nicht weißt, was ich wollte."

Natürlich weiß ich nie, was sie will. Trotzdem merke ich, dass sie durch mein Urteil sanfter wird, und nach einer Weile entspannt sie sich. Ein paar Stunden später schaut sie noch einmal auf das Bild und ist ganz glücklich damit. In Wahrheit gefallen ihr eh alle Bilder, die sie zeichnet, sie traut sich nur nicht, das vor sich selbst zuzugeben. Obwohl ich freilich nichts über das Leben der unheimlichen Frau weiß und es mich auch nicht interessiert, vermute ich, dass sie schon viele Enttäuschungen erlebt hat und deswegen lieber zu wenig hofft als zu viel.

Alle Bilder im Haus der unheimlichen Frau hängen schief. Sobald man ein Bild geraderückt, rutscht es sofort wieder in die Schräge zurück. Mich macht das ganz nervös. Schon ein paar Mal bin ich minutenlang vor einem einzigen Bild gestanden, während die unheimliche Frau am Schreibtisch saß oder auf der Toilette war, und habe mich damit beschäftigt, die obere Kante des Rahmens möglichst parallel zum Fußboden und zur Decke zu richten, aber wie von Zauberhand ist immer wieder eine Ecke hinunter- und die andere hinaufgerutscht, sobald ich einen Schritt zurückgetreten bin. Erst nach einer Weile habe ich bemerkt, dass im Haus der unheimlichen Frau Decke und Fußboden gar nicht parallel zueinander sind. Diese Erkenntnis hat mich ein wenig beruhigt; immerhin erklärt das, warum es einfach nicht möglich ist, ein Bild gerade hinzuhängen.

Die unheimliche Frau hat eine eigentümliche Angst vor dem Telefon und der Türglocke. Zum Glück passiert es nicht oft, dass jemand anruft oder sie besucht, denn die unheimliche Frau kennt ja niemanden. Jedes Mal, wenn es irgendwo klingelt, springt sie in Panik auf und versteckt sich unter dem Tisch wie bei einem Bombenalarm. Dort wartet sie so lang, bis der Schrecken vorbei ist. Selbstverständlich hebt sie niemals ab oder öffnet die Tür. Nur wenn ich bei ihr läute, macht sie auf, weil sie genau weiß, dass ich es bin, aber unangemeldeten Besuch würde sie niemals hereinlassen.

Um ihr zu helfen, wollte ich die angstbesetzten Situationen einmal in einem Rollenspiel mit ihr durcharbeiten. Ich imitierte das Telefonläuten, und sie sollte mir in verständlichen Worten erklären, was sie dabei empfindet. Es wäre darum gegangen, dass sie sich der Spannungen in ihrem Inneren bewusst wird, um ihr festgefahrenes Verhalten als Muster zu begreifen, das sie ändern kann. Also setzte ich mich an den Küchentisch – ganz in meiner Rolle als Telefon – und sie sollte sich normal im Raum bewegen und mit irgendetwas hantieren, als wäre sie alleine und würde nicht damit rechnen, dass es gleich läuten könnte.

„Ich weiß nicht, was ich machen soll", sagte die unheimliche Frau und ging nervös vor dem Herd auf und ab.

Dabei machte sie dieses Schlurfgeräusch, das mir immer ein bisschen auf die Nerven geht. Die unheimliche Frau trägt in ihrer Wohnung nämlich Pantoffeln in der Form von riesigen Tigerpranken. Am meisten ärgert mich das, wenn sie nackt ist und dann nur die Füße in diesen komischen Pranken stecken. An diesem Tag hatte sie wenigstens etwas an.

„Du sollst irgendwelche alltäglichen Handgriffe machen, wie wenn du alleine bist!"

Da sah sie mich böse an: „Ja! Das mache ich ja!"

„Na, aber ... also bitte!" Ich wollte nicht über ihr seltsames Verhalten nachdenken und machte die auffordernde Geste eines Regisseurs, der seinen Schauspieler bittet, mit der Szene anzufangen.

„Ich weiß einfach nicht, was ich machen soll", wiederholte die Frau und ging hin und her.

„Ich hab dir doch gerade gesagt ..."

„Warum unterbrichst du mich?"

„Ich unterbreche dich?"

Die unheimliche Frau stemmte die Hände in die schmalen Hüften und stampfte mit dem Fuß auf. Ich versuche schon seit Langem, ihr diese kindischen Gesten abzugewöhnen, aber es hat keinen Sinn. „So wird das nie etwas, wenn du mich dauernd unterbrichst!"

„Aber du hast doch ... Ich wollte dir erklären, worum es geht. Also, wir machen hier ein Rollenspiel, und du sollst ..."

„Ich habe genau verstanden, worum es geht. Ich soll das machen, was ich immer mache, als wäre ich alleine."

Ich nickte ihr aufmunternd zu: „Ja. Also bitte!"

„Na, und genau das tue ich. Ich gehe herum und sage: Ich weiß einfach nicht, was ich machen soll."

„Ja, aber ..."

„Genau das mache ich jeden Tag, wenn ich alleine bin."

„Du gehst herum und sagst: Ich weiß einfach nicht, was ich machen soll?"

„Ja."

„Jeden Tag?"

„Jeden Tag."

Ich dachte kurz nach. „Wie viele Stunden am Tag machst du das?"

„Na ja ... Du weißt, ich habe kein gutes Zeitgefühl."

Damit hatte sie recht. Die unheimliche Frau hat enorme Schwierigkeiten mit allem, was mit Zahlen zu tun hat. Abgesehen davon, dass sie nicht rechnen kann, ist sie auch vollkommen unfähig, eine Uhrzeit, ein Datum oder eine Jahreszahl überhaupt nur zu begreifen. Witze, bei denen die Pointe aus einer Zahl besteht, kann man bei ihr sowieso vergessen. Einmal sagte ich: „Hui-Hui ist eine ganz kleine Stadt in China, ein Dorf bloß, nur zwei Milliarden Einwohner, echt winzig", und die unheimliche Frau nickte, während sie das Teesieb auswusch, und sagte: „Aha." Ich weiß mittlerweile, dass sie in diesen Situationen nicht blufft, denn ihr Bluffen sieht anders aus. Sie versteht solche Witze wirklich nicht.

„Gut", sagte ich also, immer noch in meiner Rolle als Telefon an ihrem Küchentisch sitzend, „ist ja auch egal. Dann gehst du eben jetzt hier auf und ab und sagst: Ich weiß einfach nicht, was ich machen soll. Gut? Ich werde eine Weile warten, bevor ich läute, damit du nicht weißt, wann es läutet. Damit du nicht darauf vorbereitet bist."

„Gut. Dann bin ich jetzt nicht darauf vorbereitet."

„Das hatten wir doch besprochen."

„Ja, du hast mich gut darauf vorbereitet, dass ich nicht vorbereitet bin."

Da ich das als Witz von der unheimlichen Frau verstand, lächelte ich höflich. Das ist eine zutiefst seltsame Eigenschaft von ihr: Manchmal ist die unheimliche Frau lustig, obwohl sie keinen Humor hat. Ich bin mir nie sicher, ob ihr das bewusst ist oder ob alle ihre Pointen eigentlich Unfälle sind. Wenn sie wirklich Humor hätte, müsste sie doch über meine Witze lachen. Daher weiß ich nie, wie das zustande kommt, wenn sie etwas sagt und ich das lustig finde.

„Also fangen wir jetzt an, gut?", beschloss ich und machte wieder die auffordernde Geste des Regisseurs.

„Ich bin schon dabei", sagte die unheimliche Frau, und dann fing sie wieder an, auf- und abzugehen und dabei zu jammern: „Ich weiß einfach nicht, was ich machen soll."

Wie vereinbart hielt ich meinen Einsatz eine Weile zurück und beobachtete sie. Es war eigenartig, sich vorzustellen, dass die unheimliche Frau jeden Tag stundenlang tatsächlich so in ihrer Wohnung herumspaziert.

Ein paar Mal schaute sie in meine Richtung, als wolle sie abschätzen, ob das Klingeln wohl bald komme, und ich dachte: Sie ist eine miserable Schauspielerin!

„Du bist eine miserable Schauspielerin", rief ich, als es mir zu viel wurde. „Schaust du im Alltag, wenn du alleine bist, auch dauernd auf das Telefon, als würdest du erwarten, dass es gleich läutet?"

„Hach, du kannst dir nicht vorstellen, wie angespannt ich bin! Im Alltag bin ich ja nicht darauf vorbereitet, dass es mich gleich unvorbereitet treffen wird! Das macht mich jetzt total nervös!"

Ich seufzte. „Erstens: Das Telefon trifft dich nicht, es läutet nur. Und zweitens: Wenn du jetzt schon nervös bist, hat es keinen Sinn. Du sollst ja gerade ganz entspannt sein, und genau in dem Moment, wenn du am wenigsten darauf vorbereitet bist, soll es plötzlich läuten!"

Sie spielte mit ihren Fingern, schaute auf den Boden, wirkte verloren. Dann fing sie sich und schaute auf: „Gut. Jetzt bin ich am wenigsten darauf vorbereitet."

„Jetzt gerade?"

„Ja."

„Gut. Dann bitte!" Wieder machte ich die auffordernde Regisseur-Geste, und die unheimliche Frau ging gleich auf Kommando vor dem Herd auf und ab und wiederholte ein paar Mal ihren Satz: „Ich weiß einfach nicht, was ich machen soll." Diesmal bemühte sie sich, nicht in meine Richtung zu schauen, aber man merkte, dass es ihr schwerfiel.

Ich wartete eine Weile, dann machte ich: „Rrrring!"

Die unheimliche Frau ging einfach weiter auf und ab und sagte: „Ich weiß einfach nicht, was ich machen soll."

Verwundert sah ich sie an, dann wiederholte ich das Klingeln, diesmal lauter und eindringlicher: „Rrrriiing!"

Immer noch zeigte die unheimliche Frau keine Reaktion, sondern betrieb weiter ihr Spiel, als hätte sie nichts gehört.

„Rrrriiiiiing!!", schrie ich und stand auf. Da sie immer noch nicht reagierte, ging ich zu ihr und schüttelte sie: „Rrring! Hörst du mich nicht?!"

Ganz überrascht sah sie mich an: „Wieso? Was ist denn los?"

„Ich läute die ganze Zeit! Ich bin doch das Telefon!"

„Oh, das hab ich jetzt gar nicht mitgekriegt. Ich war ganz in Gedanken ... Ich hatte jetzt auch gar nicht damit gerechnet."

„Aber ... Wir hatten doch ausgemacht, dass ich läute!"

„Wir hatten ausgemacht, dass ich nicht darauf vorbereitet bin, dass du läutest."

Zum ersten Mal in unserem Verhältnis schrie ich sie an: „Ja, aber wir hatten doch nicht ausgemacht, dass du taub bist!"

„Taub?"

„Du bist nicht darauf vorbereitet, dass das Telefon läutet, aber wenn es läutet, hörst du es doch!"

„Wenn ich nicht gerade ganz in Gedanken bin ..."

Ich schlug mir mit der Hand auf die Stirn: „In was für Gedanken sollst du sein?! Du gehst doch nur herum und sagst: Ich weiß einfach nicht, was ich machen soll! Dir ist doch fad!"

„Nein, ich denke darüber nach, was ich machen könnte! Das ist total schwierig. Da bin ich ganz in Gedanken."

Nachdenklich trat ich einen Schritt zurück und betrachtete das Gesicht der unheimlichen Frau. In diesem Moment war sie mir unheimlicher als je zuvor. „Willst du sagen, du hast mich wirklich nicht gehört, oder hast du das nur gespielt?"

„Du hast doch gesagt, ich kann gar nicht spielen!"

Müde starrte ich auf eines der schiefen Bilder an der Wand hinter dem Küchentisch. Sie merkte offenbar, dass mich gerade die Motivation verließ, und hob den Zeigefinger, als hätte sie plötzlich eine geniale Idee: „Warte: Ich glaube, ich spiele, dass ich es nur spiele, und in Wahrheit mache ich es doch echt!"

Ich dachte darüber nach, dass ich in ein paar Stunden gehen musste und mir im Supermarkt vor Ladenschluss noch frische Milch, Brot, Käse und die Zeitschrift mit dem Fernsehprogramm kaufen wollte. „Gut, machen wir es neu."

Ich setzte mich hin, machte die Regisseur-Geste, die unheimliche Frau machte ihres, und irgendwann sagte ich: „Ring!"

Diesmal stoppte die unheimliche Frau sofort in ihrer Bewegung, blieb in der Mitte der Küche stehen und starrte mich mit großen Augen an. So blieb sie eine Weile. „Und jetzt?", fragte sie schließlich. So ratlos habe ich sie selten gesehen.

Ich zögerte kurz. „Nun ... Jetzt sollst du mir sagen, was du empfindest."

„Was ich jetzt gerade empfinde ...?"

„In Bezug auf das Telefon."

„Mir kommt das alles komisch vor."

„Normalerweise würdest du dich jetzt unter dem Tisch verstecken", half ich.

„Ja, wenn das Telefon geläutet hätte."

„Warum würdest du dich verstecken? Welche Gefühle hast du?"

Sie legte einen Finger an ihr Kinn und stemmte eine Hand in die Hüfte. Diese theatralischen Gesten kommen mir manchmal vor wie Pantomime. „Ich glaube, es ist primär Angst ..."

„Gut. Wovor?"

„Na ja ... Man weiß ja nicht, wer dran ist ... und dann muss einem spontan etwas einfallen, wie man reagieren soll ... Und was ist, wenn eine schlimme Nachricht kommt?"

„Aha, jetzt wird es interessant", rief ich und richtete mich auf. „Was könnte denn eine schlimme Nachricht sein?"

„Ich weiß nicht ..."

„Hast du denn schon einmal eine schlimme Nachricht bekommen?"

„Nein, noch nie."

„Hm."

Dazu fiel mir nichts mehr ein und wir brachen den Versuch an dieser Stelle ab. Während der nächsten Tage dachte ich viel über das Problem nach und kam zu dem Schluss, dass die unheimliche Frau wahrscheinlich auf eine andere Therapieform besser anspräche. Ein Rollenspiel setzt vermutlich doch ein Minimum an schauspielerischem Talent und Vorstellungsvermögen voraus.

Als ich sie ein paar Tage später wieder besuchte, kam sie mir ganz aufgeregt und verstört entgegen. Diese Art der Begrüßung habe ich noch nicht erwähnt, obwohl ich sie leider schon oft erleben musste, nämlich immer dann, wenn sie ihr Spiegelsymptom hat.

Das Spiegelsymptom gehört zu den schrecklichsten Dingen in Zusammenhang mit der unheimlichen Frau. Sie hat das ungefähr einmal pro Monat. Da schaut sie in den Spiegel und kann nur eine Hälfte ihres Gesichts erkennen, weil über der anderen eine schwarze Wolke hängt. Es sieht dann so aus, als hätte man ihr eine Hälfte des Kopfes abgeschnitten und die Wunde mit schwarzer Farbe zugedeckt. Sie hat mir das ein paar Mal gezeigt, indem sie mich an der Hand zum Spiegel geführt hat und ich hinter ihrem Rücken stehend hineingeschaut habe. Es ist wirklich gruselig, das zu sehen; schließlich bleibt unklar, ob hier der Spiegel das Symptom hat oder die unheimliche Frau. Keineswegs kann es sich nur um eine Sehstörung handeln, immerhin habe ich es auch gesehen. Aber können Spiegel Symptome haben?

„Ich kann dir jedenfalls versichern, dass du außerhalb des Spiegels noch deinen ganzen Kopf hast!", sage ich dann zu ihr, und sie scheint ehrlich beruhigt.

Man muss dazusagen, dass die unheimliche Frau wirklich ein sehr schönes Gesicht hat. Das lässt sich kaum leugnen. Der Blick aus ihren Augen ist unschuldig und trotzdem intelligent, und ihre Lippen sind von Natur aus sehr fleischig, ebenso wie ihre Ohren. Obwohl die unheimliche Frau am restlichen Körper sehr dünn ist, hat ihr Gesicht eine eher rundliche Form, die sie gesund und frisch wirken lässt.

Auch an diesem Tag hatte sie das Spiegelsymptom, deswegen dauerte die Begrüßung etwas länger als geplant und ich musste meine neue Therapiemethode ungefähr eine halbe Stunde lang aufsparen, während ich die unheimliche Frau beruhigte. Ich weiß nicht, warum sie immer noch jedes Mal so außer sich gerät, wenn das mit dem Spiegel passiert. Immerhin weiß sie inzwischen, dass dieses Phänomen ungefähr zwanzig Minuten andauert und dann von selbst verschwindet. Dieses Spiegelsymptom würde freilich ebenfalls Stoff für eine Therapie hergeben, aber vorerst war mir das Problem mit dem Telefon wichtiger.

„Pass auf, wir machen es jetzt so", sagte ich, als wir später zusammen am Küchentisch saßen. „Dieser Salzstreuer ist das Telefon und die Pfeffermühle bist du, ja? Und jetzt denkst du kurz nach und stellst den Salzstreuer dorthin, wo es sich für dich richtig anfühlt, irgendwo auf diesem Tisch. Und danach schaust du, an welchen Platz du die Pfeffermühle stellst: daneben,

dahinter oder davor, ganz nah oder ganz weit weg ...
Gut?"

Die unheimliche Frau nahm den Salzstreuer in die
Hand und schaute dann ratlos vor sich hin. „Ich soll
den Salzstreuer jetzt ..."

„Der Salzstreuer ist das Telefon."

„Ja. Also, und da soll ich jetzt den Salzstreuer ..."

„Geh in dich, horch hinein, was du fühlst! An welchem Platz fühlt es sich richtig an? Wo gehört der Salzstreuer hin?"

„Also ... na ja, ich würde sagen ... Also, ich würde
den Salzstreuer jetzt einfach mal da hinstellen."

Sie streckte den Arm und stellte den Salzstreuer genau dorthin, wo er immer stand, nämlich in die Mitte
des Tisches. Ich war etwas enttäuscht, dass sie keine un-
gewöhnlichere Stelle ausgewählt hatte, aber als weiser
Therapeut hielt ich mich zurück. „Nun gut, das Telefon
steht also ganz in der Mitte. Interessant. Wo würdest
du dann die Pfeffermühle hinstellen? Horch in dich
hinein! Vergiss nicht: Die Pfeffermühle, das bist du!"

Die unheimliche Frau drehte die Pfeffermühle in
ihrer Hand und schaute sie nachdenklich an. „Die Pfeffermühle ... das bin ich ..."

„Da solltest du nichts hineininterpretieren! Die
Pfeffermühle ist jetzt nur ein beliebiger Gegenstand."

„Ich bin ja so empfindlich bei Gewürzen."

„Ich weiß. Also, wo stellst du die Pfeffermühle hin?"

Sie schaute, dachte nach, zögerte. Dann stellte sie
die Pfeffermühle genau dorthin, wo sie immer stand,
nämlich direkt neben den Salzstreuer.

Langsam wurde ich wütend, aber ich unterdrückte meine Gefühle. „Nun", sagte ich zwischen zusammengebissenen Zähnen, „du stellst die Pfeffermühle also direkt neben den Salzstreuer."

„Ja, das erschien mir jetzt irgendwie richtig. So vom Gefühl her. Ich weiß auch nicht, warum."

„Du stellst also dich selbst direkt neben das Telefon."

Auf einmal schien sie aufzublühen und wollte ihr Verhalten ganz genau erklären: „Es hat sich einfach so richtig angefühlt, weißt du, die Pfeffermühle genau neben den Salzstreuer zu stellen, in der Mitte des Tisches. Als würde das von meinem Unbewussten irgendwie gesteuert. Ich habe das genau gespürt: Hier ist es richtig, hier gehört das hin!"

„Na schön", sagte ich, aber dann ging doch der Ärger mit mir durch: „Kann es nicht sein, dass sich das für dich einfach deswegen richtig angefühlt hat, weil diese Sachen immer da stehen?"

Die unheimliche Frau wiegte den Kopf und sagte langsam: „Jetzt, wo du es sagst ..."

„Du hast überhaupt nicht mitgemacht!", schrie ich und sprang wütend auf.

„Doch, ich habe genau das gemacht, was du gesagt hast."

„Nein! Du hast dich nicht in das System hineingedacht! Du solltest doch dich selbst in der Pfeffermühle sehen und im Salzstreuer das Telefon!"

„Aber glaubst du wirklich, dass das irgendetwas bringt, wenn ich jetzt den Salzstreuer und die Pfeffermühle irgendwohin stelle? Ich meine, ich weiß doch, wo das Telefon steht …"

Wütend nahm ich den Salzstreuer in die linke und die Pfeffermühle in die rechte Hand. „Kannst du überhaupt nicht systemisch denken und abstrahieren? Wenn du ein bisschen nachgedacht und ehrlich mitgemacht hättest, dann hättest du zum Beispiel den Salzstreuer da", ich stellte den Salzstreuer heftig an die linke äußere Ecke des Tisches, „und die Pfeffermühle da hingestellt", ich knallte die Pfeffermühle an die rechte äußere Ecke des Tisches, so laut, dass die unheimliche Frau zusammenzuckte, „ganz weit auseinander, verstehst du? Um euer gespanntes Verhältnis zu symbolisieren! Und dann hätte ich dich gefragt, warum ihr so weit auseinandersteht, das Telefon und du, und wir hätten geschaut, wie wir es anstellen können, dass ihr beide euch wieder annähert, damit dann der Salzstreuer und die Pfeffermühle", ich nahm beide hoch und stellte sie nebeneinander in die Mitte des Tisches, so nah, als wollten sie einander küssen, „ganz nah und harmonisch hier mitten auf dem Tisch beisammenstehen. Das Telefon und du."

Es folgte ein kurzes Schweigen, dann sagte die unheimliche Frau: „Na gut, das hättest du ja auch gleich sagen können …"

„Aber es soll doch von selbst aus dir heraus kommen!" Müde ließ ich mich auf den Küchensessel fallen.

„Weißt du, mit solchen Aufgaben hatte ich immer schon Schwierigkeiten", erklärte die unheimliche Frau leise, während sie vor sich hin auf den Salzstreuer blickte. „In der Schule habe ich oft geglaubt, ich bin dumm. Ich war nie imstande, Aufgaben so zu lösen, wie die Lehrer es wollten. Immer bin ich irgendwelche Umwege gegangen, und die Lehrer haben es nicht verstanden. Dann hab ich mich geschämt. Darunter hab ich all die Jahre sehr gelitten. Während der ganzen Schulzeit hab ich mich deswegen sehr zurückgezogen und viel geweint ... Ich hatte auch nie wirklich Freunde in der Schule. Es war einfach schwer für mich, mich normal auszudrücken ... und auch später noch ...“

Ich winkte ab. „Lass es gut sein, das ist jetzt nicht so wichtig. Wir werden das mit dem Telefon schon irgendwie in den Griff kriegen, wenn du dich das nächste Mal bei einer Therapieform kooperativ zeigst. Ist noch etwas von der Suppe da?“

Daraufhin schöpfte die unheimliche Frau trockenes Gemüse in meinen Suppenteller und wir unterhielten uns über die Pflanzen am Balkon und ihren letzten Frisörbesuch. Die unheimliche Frau geht nicht gern zum Frisör, weil sie nie weiß, was sie beim Haareschneiden erzählen soll. Sie schämt sich dafür, dass sie keinen Beruf hat, aber auch nicht Ehefrau oder so etwas Ähnliches ist. Und sie ist schlecht im Lügen. Ich habe einmal mögliche Geschichten mit ihr durchgekaut, die sie Frisören beim Haareschneiden erzählen kann, zum Beispiel: „Ich bin Lehrerin und verheiratet, bald wollen mein Mann und ich ein Kind“, oder: „Ich bin Anwältin und Single, so wie Ally McBeal, kennen Sie die Serie?“, oder: „Ich bin seit zwei Jahren von meinem Mann getrennt und versuche gerade, mich beruflich selbstständig zu machen." Aber irgendwie kriegt sie das einfach nicht hin.

„Gestern hab ich gesagt: Ich bin Kindergärtnerin. Da hat die Frisörin gefragt: Oh schön, in welchem Kindergarten? Na, und dann bin ich ganz rot geworden und hab ganz lang herumgestottert. Schließlich hab ich gesagt: Es fällt mir jetzt gerade nicht ein, wissen Sie, ich bin immer so nervös beim Frisör. Ich hab mir gedacht: Was ist, wenn ich irgendeinen Kindergarten sage, der bei mir in der Nähe ist, und dann hat die zufällig ein Kind oder kennt ein Kind, das dort hingeht, und will dann meinen Namen wissen oder so. Dann fliegt alles auf."

„Hättest du gesagt, du bist aus Graz und machst jetzt gerade Urlaub in Wien."

„Dann hätte die sicher wen in Graz gekannt. Warte ... Dann hätte ich ja sagen können: Oh, entschuldigen Sie, ich hab mich vertan ... Ich habe eigentlich Linz gemeint ... Aber dann hätte die dort vielleicht auch wen gekannt ..."

„Nein, nein ... Das ist übrigens eine ganz köstliche Suppe heute. Ein bisschen trocken, aber sonst ..."

Wir kamen an diesem Nachmittag nicht mehr auf das Telefon-Thema zurück, aber im Hinterkopf dachte ich die ganze Zeit darüber nach, welche Therapieform für die unheimliche Frau die passende sein könnte. Da sie an diesem Tag besonders gesprächig war, kam mir der Gedanke, wir sollten vielleicht das nächste Mal einfach nur reden.

Vier Tage später war ich wieder bei ihr und wies sie an, sich auf das Sofa zu legen.

„Aber das machen wir sonst doch nie", meinte die unheimliche Frau, als wäre ihr das ein bisschen unheimlich.

„Sei ganz entspannt! Wir müssen diesem Telefon-Problem auf den Grund gehen, und vielleicht hilft es am meisten, wenn du einfach ganz frei von der Seele sprichst. Wenn du dich hier ganz gemütlich auf das Sofa legst und ich hinter dir sitze, sodass du mich gar nicht siehst, kannst du vielleicht sogar vergessen, dass ich da bin. Ich werde auch fast nichts sagen. Leg dich einfach hin und sag mir, was du ganz frei assoziierst."

Etwas zögerlich legte sie sich auf das Sofa. Die Tigerpranken-Pantoffeln hingen über der Armlehne in der Luft. „Ich soll vergessen, dass du da bist, und trotzdem laut reden?"

„Du führst doch sonst auch Selbstgespräche", merkte ich an, „wenn du herumgehst und dauernd sagst: Ich weiß einfach nicht, was ich machen soll." Ich war froh, dass mir das eingefallen war.

„Ja, freilich", sagte die unheimliche Frau und gab sich offenbar zufrieden.

Ich setzte mich hinter dem Sofa auf einen kleinen Sessel. Eine ganze Weile sah ich zu, wie ihre Tigerpranken-Pantoffeln unruhig hin- und herwackelten. Die unheimliche Frau sagte nichts, und schließlich begann ich, ihr ein wenig zu helfen: „Nun, vielleicht fängst du mal mit deiner frühesten Erinnerung an ein Telefon an."

„Ich erinnere mich an kein Telefon."

„Hatten deine Eltern keins?"

„Oh, meine Mutter hat nie telefoniert. Ich wurde ja nur von ihr großgezogen. Weißt du, meinen Vater habe ich nie kennengelernt, der ist ja schon vor meiner Geburt gestorben. Ich war immer nur alleine mit meiner Mutter und verschiedenen Stiefvätern. Das war nicht immer einfach, musst du wissen ..."

Ich winkte ab: „Jaja, ganz interessant, aber darum geht es jetzt nicht. Wir wollen über das Telefon reden und herausfinden, was mit dir los ist. Ich glaube nämlich, das Telefon ist ein Symbol für irgendetwas. Konzentriere dich bitte darauf, anstatt abzuschweifen."

„Gut ... entschuldige. Ja, also ... Meine Mutter hatte kein Telefon. Sie hat nie telefoniert. Wozu auch? Sie hatte ja nie Freunde oder irgendwelche anderen Kontakte. Hin und wieder gab es vorübergehend Männer, die sie bei der Arbeit kennengelernt hatte. Aber Freundinnen hatte sie überhaupt keine. Und Verwandtschaft gab es im Grunde auch nicht. Sie war schwer depressiv und lag immer nur zu Hause auf dem Sofa herum, wenn sie nicht in der Arbeit war. Oft konnte sie deswegen auch gar nicht arbeiten gehen. Es war nicht leicht für mich ... Ich hab das alles schon als Kind mitgekriegt. Ihre Traurigkeit und ihre Einsamkeit waren schrecklich. Wenn ich von der Schule heimgekommen bin, lag sie oft verweint auf dem Sofa ..."

Zornig stand ich auf: „Ich sehe schon, heute wird das nichts mehr! Du konzentrierst dich einfach nicht auf das Telefon! Stattdessen willst du dauernd ablen-

ken und über irgendwelche anderen Dinge reden! So
kann man keine Therapie machen!"

Die unheimliche Frau setzte sich auf und schaute
schuldbewusst vor sich auf den Boden: „Es tut mir leid.
Wirklich."

„Schon gut, schon gut ... Nun ja ... Der Erfolg einer
Therapie hängt oft auch von der Tagesverfassung ab,
und die ist bei dir heute einfach nicht günstig."

Wir brachen also auch diesen Therapieversuch ab
und schauten uns stattdessen die Blumen am Balkon
an. Manchen Leuten kann man einfach nicht helfen.
Es hat keinen Sinn, wenn ein Individuum – so wie die
unheimliche Frau – komplett therapieunfähig ist. Ich
beschloss, in Zukunft nicht mehr darauf zurückzu-
kommen. Wenigstens hatte ich getan, was ich konnte.

Als ich die unheimliche Frau kennenlernte, war ich
schwer depressiv. Es war ein trostloser Winter gewesen,
in dem ich geglaubt hatte, bald zu sterben. Immer häufiger war ich in der Früh gar nicht mehr fähig gewesen, aus dem Bett aufzustehen. Eine psychosomatische
Krankheit löste die andere ab, und ich lag tagelang auf
dem Rücken und starrte an die Decke. Nichts interessierte mich. Ein Monat nach dem anderen verstrich,
während ich nur an ganz wenigen, vereinzelten Tagen
meiner freiberuflichen Tätigkeit nachging. Wenn ich in
einem Monat sieben Arbeitstage hatte, war das schon
viel. Die ganze Welt um mich herum war verschwunden, nichts hatte eine Bedeutung. Zu dieser Vernissage
war ich nur hingegangen, weil ich wusste, es gab dort

ein kostenloses Buffet, und ich brauchte dringend etwas zu essen. Das war schon in der Vergangenheit oft meine Notlösung gewesen. Ich hatte mich also wegen der Aussicht auf ein paar Lachs- und Thunfischbrote, ein wenig Schafskäse, Oliven und Tomaten sowie einige Gläser Rotwein gegen achtzehn Uhr aus dem Bett gequält, seit Langem wieder einmal ausgiebig geduscht und mir die Haare gekämmt. Gerade rechtzeitig zu den Schlussworten der Eröffnungsrede war ich im Museum angekommen. Ich war der Erste am Buffet.

Ein paar Minuten später saß ich auf einer der Holzbänke etwas abseits vom Buffet, hielt den Pappteller vor mir auf den Knien wie einen Goldschatz und stach immer wieder mit der Plastikgabel hinein, um Oliven oder Tomaten aufzuspießen. Ich aß gierig und ohne Eitelkeit, zwischendurch trank ich von dem billigen Wein. Dabei war ich so konzentriert, dass ich mich kein einziges Mal umsah. Ich nahm keines der Gesichter um mich herum wahr, achtete auf keines der Gemälde und auf keine der Skulpturen. Für mich existierten nur der Pappteller, die Plastikgabel und das Essen.

Deswegen nahm ich zuerst auch kaum Notiz von der unheimlichen Frau, die sich neben mich gesetzt hatte und ohne Pause redete. Eine ganze Weile hörte ich diesem Redeschwall zu wie einem Hintergrundgeräusch, während ich konzentriert auf den Pappteller schaute, und gab sogar beiläufig Antworten auf ihre Fragen, ohne dass die Frage oder die Antwort zu meinem Bewusstsein durchdrangen. Die unheimliche Frau hatte eine laute Stimme und lachte schrill, und irgendwann dachte ich: „Wie kann jemand so lang ohne Unterbrechung quasseln, obwohl offensichtlich niemand zuhört?" Also hob ich den Kopf, drehte ihn nach links und sah zum ersten Mal die Frau an, die da saß.

Im ersten Moment fiel mir nur auf, dass sie sehr dünn war, nicht geschminkt und ziemlich mädchenhaft gekleidet. Sie wirkte wie die Unschuld vom Lande, irgendwie jungfräulich. Ihr ganzes Auftreten hatte etwas Vorpubertäres, man hätte sie leicht für eine großgewachsene Zwölfjährige halten können. Jedoch verriet ihre Ausdrucksweise, dass sie hochgebildet war, auch wenn sie andauernd peinlich kicherte. Während ich ihr beim Reden zusah, bemerkte ich, dass sie ein sehr schönes Gesicht hatte. Ihre Haare waren lang und seidig. Hellwach sah sie mich mit funkelnden Augen an, zwinkerte dabei und gestikulierte wild mit den eleganten Händen, sodass ich plötzlich dachte: „Flirtet die etwa mit mir? Will die mit mir ins Bett?"

Also gab ich mir Mühe, ein bisschen genauer hinzuhören. Wann hatte zum letzten Mal eine Frau so mit mir geredet, so überschwänglich, scherzend, irgendwie überdreht? Sie redete über die Ausstellung und über andere Ausstellungen, über Kunst im Allgemeinen, über verschiedene Museen und verschiedene Länder, in denen sich diese Museen befinden, außerdem über das Kochen und die Geschichte der Medizin. Mir fiel auf, dass sie sehr schnell von einem Thema zum anderen sprang und immer wieder Dinge sagte, die unerwartet waren. Wann hatte ich zum letzten Mal ein dermaßen skurriles Gespräch geführt?

„Irgendwie ist die verrückt", dachte ich, „aber sie will garantiert mit mir ins Bett!"

Wir gingen an diesem Abend nicht miteinander ins Bett. Sie verabschiedete sich artig an der U-Bahn-Station, wie sich das für eine Unschuld vom Lande gehört. Aber ich hatte ihr aus Höflichkeit meine Visitenkarte gegeben, und so gingen wir einige Wochen später zu einer Lesung und dann wieder zu einer Vernissage. Immer wenn ich gerade vergessen hatte, dass sie existierte, schickte sie mir alberne Nachrichten. Zum Beispiel erhielt ich von ihr per SMS Kommentare zu tagespolitischen Themen, die ihr offenbar gerade durch den Kopf gingen. Gern kommentierte sie auch die Fernsehwerbung oder Bücher, die sie gerade gelesen hatte. Nachdem ich zum ersten Mal bei ihr zum Essen war, pendelte es sich ein, dass ich sie regelmäßig besuchte, und langsam kam es mir immer normaler vor, dass sie ein Teil meines Lebens war. Mittlerweile esse ich zweimal pro Woche bei ihr Suppe, dabei sitzen wir zusammen und reden. Meistens gehen wir auch miteinander ins Bett, weil man im Liegen und im Dunkeln besser reden kann und weil das Körperliche erstaunlich gut klappt zwischen uns.

Durch die regelmäßigen Termine hat mein Leben wieder Struktur bekommen. Ich bin mehr auf den Beinen und habe begonnen, die Zeit zwischen unseren Treffen zunehmend mit Arbeit und Erledigungen zu füllen. Immer noch gibt es viele Tage, an denen ich in der Früh nicht aufstehen kann, aber es hat sich deutlich gebessert. Ich genieße die Ablenkung und die Inspiration. Es tut gut, wenn man nicht dauernd mit den eigenen Gedanken beschäftigt ist, sondern ab und zu etwas Frisches von draußen hereinweht.

Die unheimliche Frau erzählte mir einmal, sie sei ein Depressiven-Magnet. Mit absoluter Zielsicherheit gerate sie ständig an Männer, die gerade in tiefen Lebenskrisen steckten.

„Wahrscheinlich gehört das zu diesen Dingen, die man irgendwie hormonell spürt", meinte sie. „Ich kann das riechen, wenn in einem großen Raum in irgendeiner Ecke ein verzweifelter und liebesunfähiger Mann ist, und zu dem zieht es mich dann hin."

Ich bezog das nicht auf mich, fand aber die Aussage interessant. Die unheimliche Frau hat in der Liebe noch nie Glück gehabt, obwohl sie ja schon gar nicht mehr so jung ist. Die Beziehungen, die sie hatte, haben im Durchschnitt ein bis zwei Monate gedauert und im Grunde nur aus einer Handvoll Verabredungen bestanden. Meist haben die Männer ihr von Anfang an gesagt, sie seien nicht in sie verliebt, aber die unheimliche Frau hat trotzdem, wie sie sagt, ihr Bestes gegeben und bis zum Schluss gehofft, dass doch noch irgendwann ein Happy End mit Hochzeit daraus wird.

Ob überhaupt schon einmal jemand in die unheimliche Frau verliebt war, kann ich nicht sagen. Ich kann es mir beim besten Willen nicht vorstellen. Man kann mit ihr überhaupt nichts Normales machen wie zum Beispiel ins Kino gehen oder auf Urlaub fahren. Sie sitzt wie eine Spinne in der Wohnung und kocht ungenießbare Speisen. Die bizarren Gespräche amüsieren mich von einem wissenschaftlichen, analytischen Standpunkt aus, aber verliebt sein könnte ich in so jemanden nicht. Für eine Beziehung kann man sich doch nur qualifizieren, wenn man zumindest in Ansätzen zu einem normalen Alltagsleben taugt, und davon ist die unheimliche Frau einfach unendlich weit entfernt. Im Bett haben wir, wie ich schon erwähnte, sehr viel Spaß, sogar weitaus mehr, als ich jemals mit jemandem hatte. Woran das liegt, verstehe ich nicht. Die unheimliche Frau hat mir außerdem verraten, dass ich der erste Mann bin, mit dem ihr das Körperliche gefällt. Das macht mich ein bisschen stolz.

Manchmal macht mich der Gedanke ein bisschen traurig, dass sie vielleicht eines Tages doch Liebe finden könnte und wir dann unsere regelmäßigen Treffen einstellen müssten. Wahrscheinlich würden wir dann auch nicht mehr miteinander ins Bett gehen können. So unrealistisch es mir vorkommt, man kann es nie ausschließen. Ich schiebe den Gedanken weit von mir weg und versuche, jeden Moment mit ihr zu genießen. Auch wenn ich nicht weiß, warum ich da dauernd hinfahre.

Terpsichore (Tanz)

Ines wartete vor dem Eingang zum Tanzstudio auf mich, und ich erkannte sie schon aus einiger Entfernung. Bei unserer ersten Begegnung war mir ihre Haltung aufgefallen, die ein wenig hölzern und ungelenk gewirkt hatte. Ines sah nicht aus wie jemand, der weiß, dass er einen Körper hat. Sie schien diesen Körper zu benutzen wie ein Fahrrad oder die Straßenbahn, wie etwas, das dazu dient, ihren Geist von A nach B zu bringen.

Wir gingen in den Supermarkt unterhalb des Tanzstudios, um noch Wasser und Fruchtsaft sowie zwei Müsliriegel zu kaufen. Bei der Kassa stand ich plötzlich sehr nah neben Ines, während sie mit einem lauten Ratsch-Geräusch den Klettverschluss ihrer Geldbörse aufriss und nach Münzen suchte. Ich konnte jedes Detail ihres Gesichts sehen, die griechisch geschnittene Nase, die sehr dichten Wimpern, die sie noch nie in ihrem Leben geschminkt hatte, die Katzenform ihrer Augen. Sie hatte die Schönheit einer Marmorstatue, die auf einem Dachboden verstaubt, von Spinnweben verhangen ist und dennoch dieses Besondere ausstrahlt, wenn durch die Balken das Licht darauf fällt. Ich glaube fest, dass es unmöglich ist, wahre Schönheit zu verbergen. Umgekehrt fällt es leichter: Man kann Hässlichkeit überschminken, Unreinheiten kaschieren, unvorteilhafte Proportionen durch Kleidung verstecken oder in eine andere Form pressen und dergleichen. Freilich kann auch Schönheit abgeschwächt werden, durch fettige Haare, aufgesprungene Lippen, ungepflegte Kleidung. Dennoch leuchtet die Schönheit immer wieder hervor. Die Gesichtszüge und die Form des Mundes lassen sich nicht leugnen, die feine Nuance, wie weit die Lippen sich beim Lächeln öffnen, wie viel sie von den Zähnen freigeben, ob das Zahnfleisch dabei sichtbar wird oder nicht.

Ines fiel beim Zahlen eine Münze hinunter, doch sie reagierte schnell und konnte sie gerade noch in der Luft auffangen, bevor sie auf dem Förderband gelandet wäre. Rasch sah sie mich an und schaute dann wieder weg, mit verlegenem Lächeln, als wolle sie sich bei mir persönlich entschuldigen, dass ich diese Peinlichkeit mitansehen hatte müssen. Bevor ich ermutigend lächeln konnte, hatte sie sich schon wieder der Kassiererin zugewandt.

Ich nahm ihr die beiden Getränkeflaschen aus der Hand, als wir den Supermarkt verließen und durch den direkt daneben liegenden Eingang das Gebäude betraten, in dem das Tanzstudio sich befand. Ich drückte den Knopf für den Aufzug und spürte, wie sich Ines' Unruhe auf mich übertrug.

„Du musst nicht aufgeregt sein", sagte ich zu ihr. „Wir tanzen heute keine schwierige Choreografie, wir machen nur einfache Übungen für den Anfang."

Ich hoffte, meine Worte klangen nicht zu patronisierend. Im nächsten Moment fiel mir ein, dass ich doch sonst auch nicht alles, was ich sagte, auf die Goldwaage legte. Es musste an der Nervosität liegen, die Ines ausstrahlte und die immer mehr zu meiner eigenen wurde.

Ines nickte und lächelte. „Ich freue mich schon sehr", sagte sie.

Nicht ohne Grund hatte Ines bei mir eine Stunde gebucht, dachte ich. Warum behandelte ich sie wie ein Teenager-Mädchen, das von seinen Eltern zum Tanzunterricht gezwungen wird und vorher extra beruhigt oder motiviert werden musste? Ines war eine erwachsene Frau, die sich völlig freiwillig dafür entschieden hatte, Geld für eine Tanzstunde auszugeben, nachdem wir uns bei Karlas Gartenfest begegnet waren.

„Oh, Sie sind Tanzlehrerin?", hatte sie überrascht ausgerufen und den Teller mit den vegetarischen Maki vor lauter Emotion bedrohlich schief gehalten. Ich hatte an meinem Weißwein genippt und meinen Beruf noch nie zuvor so spannend gefunden. Danach dauerte es nur wenige Minuten, bis wir beim Du waren und aus unserem Smalltalk ein tiefsinniges Gespräch über die Abgründe des Lebens wurde.

„Ich glaube ja immer", sagte sie später, als wir an einem ruhigen Tisch saßen, auf dem die leeren Weingläser um uns herum wie Pilze aus dem Boden gewachsen waren, „dass es mir sehr helfen würde, auch so ein körperbezogener Mensch zu sein. Also, ich bewundere immer alle Tänzer und Sportler, weil ich mir denke, dass die wahrscheinlich gewisse Probleme nicht haben, die ich habe."

Ohne dass sie es näher ausführen musste, war mir völlig klar, was sie meinte: Sie war Brillenträgerin und arbeitete als Rechercheurin in einer Fernsehredaktion, war also immer im Hintergrund tätig und bestimmt Hypochonderin und bestimmt nicht in einer erfüllenden Beziehung. Manche Dinge sehe ich einfach auf den ersten Blick.

Sehr schnell, fast übereifrig schwenkte ihre Stimmung mitten im Erzählen um: „Kann ich bei dir einen Tanzkurs buchen?"

„Meine Kurse sind für dieses Semester alle schon voll. Ich nehme immer nur maximal zehn Schüler pro Kurs."

„Schade ..." Sie streckte ihren Arm sehr lang über den Tisch aus und streichelte undefiniert den Stiel eines Weinglases.

„Aber ...", sagte ich schnell, „also ... ich habe eh schon öfter überlegt, ob ich auch versuchen könnte, Einzelstunden anzubieten. Natürlich nur für Erwachsene, was du ja zweifellos bist. Du könntest mein Versuchskaninchen sein."

Glücklich hatte sie mich angestrahlt.

Jetzt stand sie sehr ernst neben mir, und die weinselige Vertrautheit der Gartenparty schien sehr weit weg. Der Aufzug kam und öffnete seine Türen. Als wir einstiegen, zeigte der Spiegel zwei Frauen Mitte dreißig in legerer Kleidung, eine mit Brille, ungeschminkt und überdimensional schön, die andere trug zwei Plastikflaschen und hatte zu sämtlichen Hilfsmitteln gegriffen, die der Markt hergab. Ines' schwarze Sporttasche hing schlaff an einem Gurt von ihrer Schulter herab, während der Träger meines pinken Lackbeutels quer über meinen Brustkorb gespannt war.

„Sechzehnter Stock", sagte ich.

„Wow", meinte sie und drückte die Taste fast ehrfurchtsvoll.

Ich drehte mich vom Spiegel weg, weil ich mein Gesicht nicht mit ihrem vergleichen wollte, das praktisch makellos war. Sie hatte gar nicht hineingeschaut.

„Ich hoffe, ich habe die richtige Kleidung dabei."

„Kein Problem", sagte ich, „alles, worin du dich wohlfühlst und gut bewegen kannst, ist okay. Jede Variante von T-Shirt und Leggings oder Top und Jogginghose passt zum Tanzen."

„Ich war unsicher wegen der Schuhe."

„Viele bei uns tanzen ganz ohne Schuhe."

Sie sah mich verstört an, als hätte ich ihr ein seltsames Reptil auf die Handfläche gelegt: „Das könnte ich nicht."

„Du wirst zu nichts gezwungen. Nur Socken ohne Schuhe gehen nicht, die sind zu rutschig. Und Schuhe, mit denen du schon einmal auf der Straße warst, gehen auch nicht, wegen der Sauberkeit."

Es dauert manchmal ganz schön lang, sechzehn Stockwerke hinaufzufahren.

„Ich habe mir am Wochenende Videos von Tänzern im Internet angeschaut", erklärte sie.

Achter Stock.

„Da haben die alle mit bloßen Füßen auf dem Parkettboden getanzt."

„Ja, das machen hier auch die meisten."

„Erstens würde mich das hygienisch sehr verunsichern. Und zweitens ... dieses Quietschgeräusch, wenn der Fuß schnell über das gebohnerte Holz fährt ... das kann ich nicht ertragen. Da kriege ich so ein unangenehmes Ziehen im Hals. Mir fährt das ganz tief rein."

Das war immerhin ein Argument, das ich nachvollziehen konnte. Ich schaute in ihr Gesicht, das sich verzogen hatte wie nach einem Schluck Schnaps, und musste lächeln.

„Kein Problem. Ich hab meine Gymnastikschuhe dabei."

„Stört dich das nicht mit dem Quietschen?"

Elfter Stock.

„Es geht. Ich weiß aber, was du meinst. Das Lustige ist, die Gymnastikschuhe quietschen auch manchmal."

„Ja, aber irgendwie anders, oder nicht?"

„Ja, irgendwie anders. Industrieller, glaube ich, künstlicher."

„Das ist besser."

Wir lächelten beide.

„Wahrscheinlich", meinte sie dann und zwinkerte ein bisschen albern, „ist das auch der Grund, warum es beim Tanzen Musik gibt. Damit man das Quietschen nicht so hört."

Der Aufzug blieb stehen, klingelte und öffnete die Schiebetüren. Ich wies Ines den Weg, damit sie voranginge, aber sie drehte den Kopf nach hinten und sah mich erwartungsvoll an. Erst im nächsten Moment wurde mir bewusst, dass sie auf mein Lachen wartete, sie hatte ja einen Witz gemacht. Ich hob die Augenbrauen, wackelte mit dem Kopf und gab so etwas Ähnliches wie ein Schnauben von mir.

„Du kannst dich dort umziehen", erklärte ich und deutete zum Kämmerchen für die Schüler. Ihre Getränkeflasche schob ich wie eine Hantel gegen ihre Brust, wo sie sie entgegennahm. „Ich ziehe mich im Trainerraum um. Wir sehen uns dann gleich."

Ich wartete einen Moment und sah Ines zu, wie sie zögerlich die Klinke zum Kämmerchen hinunterdrückte und auffallend umständlich mit der Sporttasche hantierte, die an ihrer Schulter zu rutschen begonnen hatte. Sie bewegte sich, als würde sie sich permanent fragen, ob sie alles richtig machte. Da war immer ein Abwarten, kein Zupacken, keine Selbstverständlichkeit. Es war eindeutig erkennbar, dass sie sich nicht besonders wohlfühlte. Konnte ich dafür wirklich ein Honorar von ihr verlangen? Sollte ein Tanzkurs nicht primär Spaß machen und den Alltag verschönern? Ich wollte kein Geld dafür nehmen, dass sie sich quälte und litt. Abermals erinnerte ich mich an ihre Eigenverantwortung und ging meinerseits aus dem Raum, um mich umzuziehen.

Die vertraute Atmosphäre im Trainerraum beruhigte mich und gab mir meine Routine zurück. Ich träufelte ein paar Tropfen Öl auf den Zirbenholzbrunnen, legte meine pinke Sporttasche ab und zog mich um. Als ich in Leggings und neunzigerjahrebauchfreiem Top vor dem Spiegel stand, hatte ich bereits das Gefühl, eine ganz normale Tanzstunde liege vor mir. Gleichzeitig wusste ich, dass das nicht stimmte. Beinahe seit der ersten Sekunde unseres Gesprächs auf der Gartenparty war mir klar gewesen, dass diese Frau nicht einfach nur nach Tanzunterricht suchte. Es ging ihr um etwas Umfassenderes, eine Verbindung zu einem Teil ihrer selbst. Freilich stellte sich eine solche irgendwann bei vielen Schülern ein. Vor allem Teenager-Mädchen kamen oft angespannt und voller Selbstzweifel hier an und blühten nach wenigen Stunden auf, hielten ihre Schultern ganz anders und strahlten plötzlich ein Selbstvertrauen aus, das zeigte, dass sie ihren Körper endlich nicht mehr nur von außen wahrnahmen. Durch das Tanzen wurde der Körper zu etwas, das nicht ausschließlich optisch existierte, nicht allein für den kritischen Betrachter bestimmt war, sondern Gefühle, Signale und Empfindungen für das Individuum selbst bereithielt. Bei diesen Teenagern war es eine natürliche Entwicklung, der durch den Tanzsport ein bisschen nachgeholfen wurde. Ines hingegen war Mitte dreißig, und ihr war viel zu stark bewusst, wo ihre Probleme lagen. Sie würde die Entwicklung herbeizwingen wollen und von Anfang an darauf fokussieren. Sollte sie sich nicht einstellen, würde sie enttäuscht sein und vielleicht über das Honorar verhandeln wollen. Tanzen würde sie dann wahrscheinlich nie mehr lernen.

Ich war überrascht, dass Ines bereits auf mich wartete, als ich den Tanzraum betrat. Sie stand mit dem Rücken zum Spiegel, als gäbe es darin nichts Interessantes zu sehen, und schaute gebannt in meine Richtung. Ihr Outfit wirkte deutlich professioneller, als ich es vermutet hätte: ein asymmetrisch geschnittenes blaues Top mit dünnen Trägern, unter denen schwarze BH-Träger hervorschauten, eine enge schwarze Hose und hübsche blaue Stulpen um die Knöchel, dazu Gymnastikschuhe. Sie sah aus wie eine perfekte Tänzerin. Dann fiel mir ein, dass sie Rechercheurin war und sich vermutlich eingehend auf diesen Termin vorbereitet hatte. Bestimmt hatte sie im Internet ausgiebig nach Tanzoutfits gesucht, sofort das Beste bestellt und sich über Nacht schicken lassen.

„Möchtest du die Brille nicht abnehmen?"

„Nein, sonst bewege ich mich zu unsicher."

Wir machten ein paar Aufwärmübungen, die sie anscheinend noch aus dem Sportunterricht in der Schule kannte, dann standen wir einander voller Erwartung gegenüber.

„Machen wir zuerst eine ganz einfache Übung, die noch gar nichts mit Rhythmus oder Musik zu tun hat", begann ich. „Stell dich ganz nah zu mir."

Sie kam auf mich zu, blieb vor mir stehen. Ich meinte, den Duft ihrer Haare wahrzunehmen, die in sanften Wellen auf ihre Schultern fielen. Irgendwann vor Jahren hatte ich auch einmal so ein Shampoo gehabt; noch Stunden nach dem Waschen hatten die Haare nach Kirschen geduftet. Oder irgendeiner anderen Frucht.

„Ungefähr einen Schritt Abstand halten", erklärte ich.

Ihre Nähe strahlte eine Wärme aus, die angenehm war. Bei manchen Schülern hatte ich schon widerwillige Gefühle gehabt, war durch irgendein kleines Detail abgestoßen worden, vielleicht eine Nuance des Duftes (ohne dass dieser per se unangenehm gewesen wäre) oder eine gewisse Unruhe des Blickes oder irgendetwas an der Mundstellung. An Ines gab es nichts dergleichen; ich empfand alles an ihr als einladend. Vielleicht weil alles an ihr unaufdringlich war.

„Ich werde mich jetzt durch den Raum bewegen, und ich möchte, dass du mir folgst und alle meine Bewegungen spiegelst, als wärst du mein Schatten. Also, wenn ich einen Arm hebe, dann hebst du spiegelverkehrt deinen Arm, und wenn ich einen Schritt nach rechts mache, dann folgst du mir genau nach, okay?"

Sie sah mich direkt an und nickte, und mir fiel das Traurige in ihren Augen auf. Diese Traurigkeit hatte etwas Attraktives, weil sie von Lebenserfahrung sprach. Sie unterschied sich deutlich etwa von jener Traurigkeit, die ich als Schülerin während eines Praktikums im Sozialbereich gesehen hatte. Der Blick in den Augen der Langzeitarbeitslosen und Frühpensionisten, die ich betreut hatte, war besonders bedrückend gewesen, weil er von einem Mangel an Erfahrungen und Erlebnissen erzählte. Er schien zu sagen: „Warum werde ich am Leben gehindert? Warum darf ich nicht hinaus in die Welt gehen und dieselben alltäglichen Kleinigkeiten erleben wie alle anderen auch?" Als schüchterne Achtzehnjährige, die erst in den darauffolgenden Jahren langsam anfangen sollte, den Radius ihres Lebens zu erweitern – durch Reisen, neue Hobbys und vor allem das Tanzen –, hatte mich das besonders betroffen gemacht, weil ich mich viel zu stark damit identifizierte.

Auch mein eigenes Leben kam mir damals noch eng und arm an Möglichkeiten vor, weil ich einfach das meiste noch nicht entdeckt hatte.

Ines' Traurigkeit jedoch war eine zurückblickende, sie hatte eine Geschichte. Diese Augen waren nicht stumpf geworden, weil sie zu wenig sehen hatten dürfen, sondern waren müde geworden vom Gesehenen. Es erschien mir schwierig, diese Erfahrenheit in ihren Augen mit der ungelenken Haltung ihres Körpers in Einklang zu bringen, aber dann begriff ich: Für Ines hatte es zu viel Sichtbares gegeben und zu wenig darüber hinaus. Ihr Kopf war übervoll.

Mir fiel ein, dass sie auf der Gartenparty von vielen Reisen erzählt hatte. Während sie sehr geschickt und flink mit Stäbchen die Gurken- und Avocadomaki aß, war es ihr gelungen, nebenbei fast ebenso schnell zu reden.

„Ich war in fast allen europäischen Metropolen", hatte sie berichtet, „früher bin ich geflogen, seit einigen Jahren fahre ich aber nur noch Zug. Ich hab diese billige Jahreskarte, weißt du? Ich bin immer alleine unterwegs, aber trinke zu jedem Abendessen Wein. Die Stadtspaziergänge, die Museen, die Architektur! Nachmittags sitze ich in Cafés und schreibe ins Notizbuch, was ich gelernt habe. Das sind die glücklichsten Zeiten des Jahres. Wenn ich zu Hause in Wien mit Grippe im Bett liege, blättere ich manchmal die Notizbücher durch, schwelge in Erinnerungen und werde ganz melancholisch. Dann sehe ich alles wieder, zum Beispiel die junge Spanierin, die im Café in Barcelona ihrem Kind die Jacke anzog und ihm erklärte, warum es keine Angst vor dem Zahnarzt haben müsse. All diese Dinge."

„Und fehlt dir nie eine Begleitung? Auf den Reisen, meine ich."

„Ich habe es ein paar Mal versucht", erklärte sie, „zum Beispiel war ich mit einer Freundin in Paris oder einmal mit zwei Kolleginnen in Rom. Aber da gab es jedes Mal so viel Frustration und Ärger. Die wollten dann zum Beispiel noch bis in den frühen Morgen ausgehen. Ich bin lieber die Erste am Frühstücksbuffet."

Wir lachten und holten noch mehr Sushi und Wein. Es amüsierte mich, dass sie trotz ihrer leicht puristischen Ader keine Abstinenzlerin war. Außerdem gab es eine bestimmte Geste, wie sie mit der Hand ihre Haare aus dem Gesicht strich, die mir in ihrer Verwegenheit gefiel. Da waren so viele Widersprüche in ihr: Die Art, wie sie reiste, sprach von einer seltsam gezähmten Abenteuerlust. Sie bewegte sich ständig vorwärts, genoss den Ausbruch, aber wollte dabei immer in einem sicheren Rahmen bleiben, mit dem Zug auf ihrem Heimatkontinent, abends früh im kuscheligen Hotel, dennoch alles Gute kosten. Sie war zu schüchtern, auf ihren Reisen Kontakte zu knüpfen, aber gleichzeitig hatte sie kein Problem damit, alleine in ein gutes Restaurant zu gehen und ein üppiges Essen und Wein nur für sich selbst zu bestellen. Ich kannte viele Menschen, vor allem Frauen, denen das wesentlich schwerer gefallen wäre. Manchen fiel es leichter, sich mit einer schwierigen oder zudringlichen Bekanntschaft zu arrangieren, als alleine in einem Lokal zu sein.

„Ich sammle Postkarten und klebe die in meine Notizbücher ein, und ich fotografiere viel", erklärte sie, „in meinem Regal reihen sich die Notizbücher und Fotoalben aneinander und erzählen eine kontinuierliche Geschichte von mir und meinen Reisen."

„Was schreibst du da alles auf?"

„Alles, was ich lerne, was ich sehe. Kunstgeschichte, historische Daten, Kulturgeschichtliches. Und dann Beobachtungen: Straßenszenen, Dialoge in Cafés. Banalitäten, die unendlich viel bedeuten."

Als ich nach der Gartenparty im Bett lag, mit leichtem Schwindel von der Betrunkenheit, dachte ich über diese Worte am meisten nach, und mir fiel ein, was ich eigentlich hätte sagen sollen: Ob es sie nicht manchmal störte, dass alles, was sie in ihren Notizbüchern aufschrieb, bereits bekanntes Wissen war. Die kunst- und kulturgeschichtlichen Details, die Jahreszahlen und Ereignisse gab es doch alle schon. Und die Straßenszenen gehörten nicht ihr allein, sondern wurden zur selben Zeit von anderen beobachtet und vor allem: von anderen erlebt. Sie war nicht selbst die Mutter mit dem Kind, sondern sah ihnen nur zu, und andere sahen ihnen auch zu.

Ich dachte an meine eigenen Tagebücher, die sich im Regal neben meinem Bett aneinanderreihten und voller Namen und persönlicher Momente waren: *Fabian hat mich lange und intensiv geküsst, Sandra hat mich belogen, Irene sagt, niemand könne so gut zuhören und trösten wie ich.* Meine Tagebücher mochten trivial sein, aber sie erzählten meine persönliche, unverwechselbare Geschichte. Freilich hatte es all dies – Küsse, Betrug und Trost – schon tausendmal im Lauf der Jahrhunderte gegeben, aber in meinem Leben, in der Konstellation meiner Beziehungen war es genauso neu wie vor tausenden von Jahren. Und wenn es ein Genre auf der Welt gab, welches das absolute und unumstößliche Recht hatte, trivial zu sein, dann doch wohl das Tagebuch! „Banalitäten, die unendlich viel bedeuten" – ja, und es waren meine Banalitäten. Die Banalitäten, die Ines sammelte, waren immer die von jemand anderem.

Aber vielleicht war sie damit am glücklichsten, dachte ich, während ich nun begann, mich in Schlangenbewegungen durch den Raum zu drehen, und Ines mir folgte. In ihrem Beruf war sie Rechercheurin des Weltgeschehens. Es lag nicht in ihrer Absicht, selbst das Weltgeschehen zu sein.

Auch das hatte sie auf der Gartenparty erzählt. „Weißt du, wenn du ganz alleine bist, das Wetter vor dem Fenster ist grau und trüb, du kannst nicht rausgehen, hast niemanden zum Reden ... Dann hast du immer noch die Nachrichten. Du hast sie in deinem Laptop oder Fernseher oder Radio. Sie sprechen zu dir, sie erzählen dir etwas von der Welt. Und du weißt, ganz viele andere beschäftigt in diesem Moment dasselbe, was dich beschäftigt. Du kannst die Minister beim Vornamen nennen, du kannst ironisch lächelnd den Hurrikan benennen – Sabine oder Tamara oder Frank oder wie der gerade heißt –, und du weißt, du bist ein Teil dieser Welt."

Ich verstand sie instinktiv. Auch ich kannte diese Erregung, wenn sich irgendetwas Wichtiges in der Welt tat, und ich hätte mich zu jedem Zeitpunkt meines Erwachsenenlebens als gut informiert bezeichnet. In besonders einsamen Zeiten genügte die geringste Verbindung mit anderen Menschen, um mich zutiefst zu berühren. Einmal waren mir sogar die Tränen gekommen, als nach einer längeren U-Bahn-Sperre eines Morgens auf sämtlichen Anzeigetafeln der Text erschien: *Die Sperre ist behoben, wir danken Ihnen für Ihre Geduld!* Zu wissen, dass unzählige Pendler, Schüler oder Studenten in diesem Moment erleichtert aufatmeten, sich freuten oder auch nur kurz schmunzelten und ich irgendwie ein Teil davon war, überwältigte mich.

An Ines' Seite bewegte ich mich jetzt durch den Raum, nahm verschiedene Arm- und Beinhaltungen an, und Ines kopierte sie. Obwohl ihre Bewegungen mit meinen identisch waren, sahen sie doch ganz anders aus. Ines war verkrampft, angestrengt wie manche Schüler im Standardkurs, denen man ansah, dass sie permanent ihre Schritte zählten. Ständig schaute sie zu mir herüber und dann wieder auf ihren eigenen Körper, kontrollierte, ob sie die Hand wirklich im selben Winkel hielt wie ich, und es wirkte grotesk wie eine Clownsnummer. Nach einer Weile blieb ich stehen und stemmte die Hände in die Hüften. „Okay, du bist noch sehr angespannt", sagte ich.

„Angespannt? Das kann nicht sein! Ich merke nichts davon!"

„Nein?"

„Ich hatte den Eindruck, dass ich noch nie so locker war wie jetzt."

Wahrscheinlich stimmte das sogar. Ich rieb mir kurz die Stirn, strich mir die Haare zurück. „Okay, pass auf, wir machen das anders. Ich drehe ein bisschen Musik auf, und du bewegst dich einfach ganz frei, wie es dir gerade gefällt, ohne auf mich zu achten. Ich bleibe in der anderen Ecke und tanze vor mich hin."

So verbrachten wir den Rest der Stunde. Als ich merkte, dass Ines immer wieder unsicher in meine Richtung schaute, zog ich die Vorhänge zu und dimmte das Licht um ein paar Nuancen, wie in einem Club, damit sie sich nicht beobachtet fühlte. Langsam, sehr langsam schien die Musik auf sie überzugehen, und ich sah aus dem Augenwinkel, wie sie sich etwas freier und entspannter bewegte. Als ich nach einer halben Stunde die Musik abdrehte und zu ihr ging, sah ich, dass sie Tränen in den Augen hatte.

„Das war so schön", sagte sie, „ich hab mich noch nie so frei gefühlt."

In den kommenden Wochen lernte ich Ines besser kennen. Bald trafen wir uns nicht mehr nur zur wöchentlichen Tanzstunde, sondern auch zwischendurch zu langen Gesprächen im Kaffeehaus und Spaziergängen. Mir fiel auf, dass Ines eine eigenartige Scheu vor Hunden hatte. Es wirkte nicht direkt wie Angst, sondern eher wie ein ganz seltsamer, unheimlicher Dialog, der sich zwischen ihr und den Tieren abspielte. Wenn wir zum Beispiel im Stadtpark an einer Person mit einem Hund vorbeikamen, fixierte sich Ines' Blick ganz starr auf das Tier, als wolle sie mit ihm kommunizieren oder eine geheime Botschaft aus ihm herausziehen. Fragte sie die Tiere irgendetwas, überlegte ich mehr als einmal, wollte sie irgendetwas von ihnen wissen?

Eines Abends hatten wir uns zum Kino verabredet und trafen uns vorher im Sushi-Restaurant, da nahm ich meinen Mut zusammen und sprach sie darauf an.

„Hattest du immer schon Angst vor Hunden?", fragte ich betont unschuldig, um sie nicht zu verschrecken. Entspannt tunkte ich dabei ein Sushi in die Sojasauce.

„Ach ... äh ... das hast du bemerkt?"

Ich verstand sofort, dass sie bluffte. Sie wollte austesten, wie genau ich sie beobachtet hatte und ob sie mir mit einer Ausrede kommen könnte. „Na ja ... ehrlich gesagt, mir ist ziemlich klar, dass du nicht wirklich Angst vor ihnen hast. Es ist irgendetwas anderes, oder? Irgendwie verhältst du dich komisch mit Hunden."

Sie nahm einen Schluck Weißwein, dann spielte sie mit ihren Fingern auf dem Glasrand. „Ja, also ... ich habe mir schon gedacht, dass dir das nicht entgangen ist ..."

„Also, worum handelt es sich?"

Ich erkannte, wie sie immer noch zögerte, aber sich langsam umstimmen ließ. Im Grunde schien sie darauf gewartet zu haben, endlich darüber reden zu können. „Es ist ein bisschen seltsam, und ich will natürlich nicht, dass du mich für komisch hältst."

„Ach, jeder Mensch ist doch komisch."

„Schon, aber ... also, diese Sache ist wirklich besonders komisch."

„Kein Problem, dann erzähl ich dir nachher auch etwas Komisches über mich."

„Du wirst sicher nichts finden, das so komisch ist."

Wir sahen uns kurz an und lachten.

„Okay, ich erzähle es dir, weil ich glaube ... hoffe, dass unsere Freundschaft das verkraften kann ..."

Mein Herz stolperte für einen Moment. In letzter Zeit hatte es öfters Rhythmusstörungen gehabt.

„Es hat vor ein paar Wochen begonnen", erzählte sie, „kurz bevor wir uns auf der Gartenparty kennengelernt haben. Ich glaube, deshalb war ich auch gleich so versessen darauf, bei dir Tanzunterricht zu nehmen."

Verwirrt sah ich sie an – ihre nachdenklichen Augen, die schlanken Finger am Stiel ihres Glases – und verstand kein Wort. Was konnte ihr seltsames Verhältnis zu Hunden mit meinen Tanzstunden zu tun haben?

„Es fing damit an, dass ich aus dem Supermarkt ging, große Taschen an beiden Schultern voll mit Einkäufen ... und du weißt ja, beim Supermarkteingang sind oft Hunde angehängt, neben diesem Schild: *Ich muss draußen bleiben*. Du weißt schon."

„Ja, klar."

„Ich ging also voll bepackt aus dem Supermarkt, und da war bei der Tür ein kleiner Chihuahua angehängt. Ich wollte ganz normal an ihm vorbeigehen, aber er starrte mich so intensiv an, dass es mir durch Mark und Bein fuhr."

Ich zeigte keine Reaktion und schaute bewusst beiläufig vor mich hin, um sie nicht zu verunsichern, aber insgeheim fragte ich mich, wie ein Chihuahua einen anstarren konnte. Ich versuchte, es mir vorzustellen, aber es gelang mir nicht. Mich hatte noch nie ein Chihuahua angestarrt. Unsicher nahm ich einen Schluck Wein.

„Es war eigenartig und brachte mich komplett durcheinander, aber es gelang mir noch, das wegzustecken. Am Abend zu Hause hatte ich es fast schon wieder vergessen. Aber am nächsten Tag wollte ich zur Arbeit in die Redaktion. Ich muss immer ein ganzes Stück zu Fuß bis zum Bus gehen, und da sind freilich immer Hunde unterwegs. Und ... da war dann so ein Schäferhund an der Leine seiner Besitzerin ..."

Ihre Finger strichen immer nervöser am Trinkrand ihres Glases herum, und ich stellte mir vor, wie sie dort Keime verteilten.

„Der Schäferhund drehte richtig den Kopf, als ich an ihm vorbeiging, und starrte mich wie entgeistert an. Seine Besitzerin zog ihn an der Leine weiter, und er musste ihr folgen, schrittweise von mir weg, aber dabei hatte er die ganze Zeit den Kopf so gedreht, dass er mich anschauen konnte. Das war richtig unheimlich. Du kannst dir nicht vorstellen, was ich für ein Herzrasen bekam. Mir wurde ganz schlecht vor Angst."

„Warum? Hat der Hund die Zähne gefletscht oder geknurrt ...?"

„Nein, gar nicht. Aber er schaute mich so intensiv an ... Fast als hätte er Angst vor mir oder wäre irgendwie beunruhigt wegen mir ..."

Nervös tunkte ich ein Sushi ein. Ein beunruhigter Hund? Warum sollte ein völlig fremder Schäferhund beunruhigt wegen Ines sein? War das nicht eine ziemlich komplexe Gedankenleistung, die sie dem Tier da unterstellte? Beunruhigung war in meinem Kopf mit Besorgnis verknüpft, und die war doch primär auf Ereignisse in der Zukunft gerichtet. Dachten Tiere ausreichend über die Zukunft nach, um beunruhigt zu sein? Angst, eine direkte, akute Angst mochte ein Tier durchaus haben, aber zerbrach es sich den Kopf und grübelte? Noch dazu über einen völlig fremden Menschen?

„Ich sehe dir an, dass es dich irritiert, vielleicht hab ich auch schon zu viel gesagt ...", meinte Ines und schüttelte den Kopf.

„Nein, nein! Rede weiter! Ich verstehe, also ... mir kommen nur so viele Gedanken ..."

Sie nickte: „Ich hab mir ja dann auch viele Gedanken gemacht. Vor allem, weil es immer häufiger passiert ist. Überall, wo ich vorbeikam, war so ein Hund, der mich anschaute. Beunruhigt, nervös. Manchmal kamen sie mir vor, als wollten sie mich warnen. Als wüssten die Hunde irgendetwas über mich, das mir selbst noch nicht klar ist."

„Du meinst, eine Gefahr, in der du schwebst ...?"

„Hm ja ... oder eher ein grundsätzliches Problem ... Sie schienen etwas darüber zu wissen, was in meinem Leben falsch läuft."

Ich überlegte schweigend. Im Grunde war es nicht ganz ausgeschlossen. Auch ich hatte ja auf der Gartenparty sehr schnell kapiert, welche Probleme Ines hatte. Die Dinge, die in Ines' Leben falsch liefen, mochten so offensichtlich sein, dass sogar Hunde sie entdeckten. Tiere hatten gute Instinkte. „Na ja", sagte ich irgendwann, da Ines nun schwieg, „und bist du draufgekommen, was die Hunde dir sagen wollten?"

„Schau, ich hab es mir ganz logisch erarbeitet", sagte sie nun eifrig, beugte sich vor und zählte etwas an ihren Fingern ab. „Gewisse Themengebiete konnte ich sofort mit der Ausschließungsmethode abhaken. Zum Beispiel war mir schnell klar, dass Hunde nichts darüber wissen können, ob ich irgendwelche Fehler bei der Arbeit gemacht habe oder ob ich intellektuell auf dem falschen Dampfer bin. So etwas wissen Tiere nicht."

„Klar ..."

„Tiere nehmen andere Dinge wahr: Gerüche, körperliche Dinge, hormonelle Veränderungen, irgendwelche Ungleichgewichte im Körper ... Deswegen war mir klar: Das, was die Hunde so an mir verschreckt und verstört, muss eine körperliche Ursache haben. Darüber dachte ich nach. Und mir wurde klar, dass ich all die Jahre, eigentlich mein ganzes Leben lang, meinen Körper zu wenig beachtet habe."

Ich atmete erleichtert aus. Es amüsierte mich einigermaßen, dass Ines auf dem absurdesten und unlogischsten Weg zu dem gekommen war, was auch ich für die richtige Lösung hielt.

„Nun ja ... und was hast du dann für Konsequenzen daraus gezogen?"

„Wie du siehst: Kurz nachdem ich das begriffen hatte, trafen wir uns bei der Gartenparty. Und ich hab sofort die Tanzstunde bei dir gebucht."

Ich lächelte. „Das ist ja sicher ganz gut, aber ... Glaubst du nicht, dass es vielleicht irgendwie ... begleitende Maßnahmen braucht?"

„Und ich habe eine umfassende Problemanalyse begonnen." Zufrieden lehnte sich Ines zurück und trank einen Schluck Wein. Manchmal trank sie ziemlich schnell. Angesichts der Wendung, die das Gespräch genommen hatte, beruhigte mich das fast ein bisschen; man konnte wohlwollend einen Teil ihrer Aussagen auf den Alkohol zurückführen.

„Siehst du, mir ist bewusst geworden, dass mir in meiner Kindheit alles Körperliche sehr theoretisch vermittelt wurde. Meine Eltern waren, beziehungsweise sind, beide Psychotherapeuten mit Schwerpunkt auf Sexualtherapie. Sie haben Sexualität theoretisch beschrieben, aus historischer, psychologischer und wissenschaftlicher Perspektive."

So wie du, Ines, dachte ich. So wie du in deiner Fernsehredaktion alles aus zweiter Hand erfährst und auf deinen Reisen nur Daten und fremde Erlebnisse niederschreibst.

„Vielleicht war ich einfach erschlagen von all diesem Wissen, von ihren Gesprächen am Frühstückstisch ... Ich konnte mir diesen Bereich nie selbst erarbeiten. Immer wenn ich irgendwen kennenlernte und es einmal zu einem quasi-sexuellen Erlebnis kam, hatte ich das Gefühl, als würden sie mir dabei zuschauen, mit all ihren Theorien und Statistiken. Der Reiz der Sexualität besteht doch sonst gerade darin, dass man sich von seinen Eltern emanzipiert, dass man sich einen eigenen Raum schafft, den die nicht betreten können. Das war in meinem Fall einfach nicht möglich."

Nickend hörte ich ihr zu, schaute mich im Lokal um. Hier herrschte weiterhin relative Normalität, unabhängig von den Details, die Ines vielleicht noch berichten wollte. Eine Kellnerin eilte zwischen den Tischen herum, eine Frau trank Tee und tippte in ihr Handy, mehrere Paare redeten und lachten. Zwei große Plakate zeigten die Auswahl an Sushi-Sets, die es hier gab, und wenn man den Kopf ein wenig drehte, konnte man die Monitore mit den Filmtiteln und Beginnzeiten sehen. Unser Film würde in zwanzig Minuten beginnen.

Ich war erleichtert, dass wir eine Doku über den Klimawandel ausgewählt hatten und nicht einen Liebesfilm.

„Später hab ich den schönsten Mann bekommen, den es im ganzen Dorf gab. Weil ich die Einzige war, die sich nicht für ihn interessierte. Wir waren sieben Jahre zusammen."

„Tja ...", meinte ich; jetzt wollte ich nichts mehr wissen.

„Ihm ist nie aufgefallen ..."

„Okay", sagte ich schnell und laut, „wir sollten dann vielleicht langsam zahlen und uns bei der Popcorn-Schlange anstellen!"

Sie sah mich verwundert an, schaute dann auf ihren Wein und die restlichen Sushi-Röllchen auf meinem Teller. „Ja … klar, wenn du meinst …"

„Ja, es dauert dann doch immer alles länger …"

Wir bezahlten eilig bei der Kellnerin und verließen das Restaurant.

Ich merkte, dass Ines etwas irritiert war, und auf einmal tat es mir leid. „Morgen ist ja wieder Tanzstunde", sagte ich zwinkernd.